バブリング創世記

第一章

ドンドンはドンドコの父なり。ドンドンの子ドンドコ、ドンドコドンを生み、ドンドコドン、ドコドンドンとドンタカタを生む。ドンタカタ、ドカタンタンを生めり。ドンタカタ、ドカタンタンを生みしのち四百六年生きながらえて多くの子を生めり。ドカタンタン、ドカドカとドカシャバを生み、ドカシャバ、シャバドスを生み、シャバドス、シャバドビとシャバドビアを生む。シャバドビア、シャバダを生み、シャバダ、シャバラとシュビラを生む。シュビラ、シュビダを生み、シュビダ、シュビドゥバを生み、シュビドゥバ、シュビドゥンドゥンを生めり。シュビドゥバの子シュビドゥンドゥン、ズビドゥンドゥンを生みしのち二百五十二年生きながらえて多くの子を生めり。ズビドゥンドゥン、ズビダを生み、ズビダ、ズビズバとズビズバズーを生む。ズビズバ、ズバダを生み、ズバダ、ズバラとズバダンダンを生む。ズバダンダン、ズバダバダを生み、ズバダバダ、ダバダバとダバダバダを生む。ダバダバダ、ウバダとウバダバダを生み、ウバダバダ、ウンダバダを生み、ウンダバダ、ウンタパタを生み、ウンタパタ、ウンパパとウンパパパを生めり。タンパパパはウンパパパの子なり。タンパパパ、タントパトとタイヤパタを生めり。タンパパパの子タイヤパタ、タイヤとタイヤパタパを生み、タイヤ、クギをふめり。タンパパパの子タントパト、タンパトパを生み、タンパトパ、タパトントを生み、タパトント、タパタを生み、タパタ、タパトトンとグガンを生む。タパタの子タパトトン、トンタパを生み、トンタパ、トンパパを生み、トンパパ、トンガガを生み、トンガガ、トンガとトンガトンガを生めり。トンガガの子トンガトンガ、ガンガガンガを生み、ガンガガンガ、ガラガッチャとバンガバンガを生めり。ガンガガンガの子バンガバンガ、バンバンを生み、バンバン、バンババを生み、バンバ、バンババを生み、バンババ、バズンとバズンバズンを生み、バズンバズン、バラバとバラバラを生めり。バズンバズンの子バラバラ、バラバラバラとバタバタを生み、バタバタ、バタンバタンを生み、バタンバタン、パダンパダンとバタンキュを生めり。パダンパダン、パラパラとパンパンとパンパカパンを生み、パラパラ、ペラペラを生み、ペラペラ、ペケペケとペロペロを生み、ペケペケ、ペンペケペンを生み、ペンペケペン、ペケペンペンを生み、ペケペンペン、ペンペンとポコポンポンを生めり。ペケペンペンの子ポコポンポン、ポンポコを生み、ポンポコ、ボンボコとブンブクとブクブクとブブブンブンを生めり。ポンポコの子ブブブンブン、ブブブンを生み、ブブブン、ブンブンを生み、ブンブン、ブブンを生み、ブブン、ブンとフンを生めり。ブブンの子ブン、プンを生み、プン、プリンとペルリンプリンを生み、ペルリンプリン、プルンとプルプルを生めり。ペルリンプリンの子プルプル、ピラピラを生み、ピラピラ、ビラビラを生み、ビラビラ、ビリビリを生み、ビリビリ、ピリピリを生み、ピリピリ、ピヨロピヨロを生み、ピヨロピヨロ、ピーヒャラとピーヒヨロヒヨロを生む。ピヨロピヨロの子ピーヒヨロヒヨロ、トンビを生み、トンビ、タカを生み、タカ、ハゲタカとクマタカとヨシタカを生めり。ヨシタカ、ヤスタカを生み、ヤスタカ、シンスケを生めり。

第二章

ドンタカタはドンドコドンの子なり。ドンタカタ、ドカタンタンを生みしのちドンタッタを生めり。ドンタッタ、ドンチャカチャとドンチャカチャカを生み、ドンチャカチャ、ドゥンチャカチャを生み、ドゥンチャカチャ、ズンチャカチャとウンチャッチャとブンチャッチャを生む。ブンチャッチャ、ブンチャカチャカを生む。ブンチャッチャ、ブンチャカチャカを生みしのち三百八十二年生きながらえて多くの子を生めり。ドゥンチャカチャの子ズンチャカチャ、ズンチキチを生み、ズンチキチ、コンチキチを生み、コンチキチ、コンチキチキとコンコンチキチキを生めり。コンチキチの子コンコンチキチキチ、コンコンチキチキチコンチキチを生み、コンコンチキチコンチキチ、コンを生み、コン、コンコンとココンコンコンを生む。コンの子ココンコン、カカンカンとカカンカンを生めり。ココンコンの子カカンカン、カンカカを生み、カンカカ、カンカカカを生み、カンカカカ、カンカカカカとカカカカを生めり。カンカカカの子カカカ、フカカカを生み、フカカカ、フカフカを生み、フカフカ、フカフカフカとフカカフカカを生めり。フカフカの子フカフカフカ、フクフクとフクフククフクを生む。フクフク、ブクブクを生み、ブクブク、ズクズクを生み、ズクズク、スクスクを生み、スクスク、ヌクヌクを生み、ヌクヌク、ムクムクを生み、ムクムク、モクモクを生み、モクモク、ゴクゴクを生み、ゴクゴク、ゾクゾクを生み、ゾクゾク、ザクザクを生み、ザクザク、ダクダクとスキヤキを生めり。ザクザクの子ダクダク、パクパクを生み、パクパク、プクプクを生み、プクプク、クプクプとポクポクを生む。プクプクの子ポクポク、ボクボクを生み、ボクボク、ボキボキを生み、ボキボキ、ポキポキを生み、ポキポキ、ポンキッキを生み、ポンキッキ、ポンキポンキを生み、ポンキポンキ、タンキポンキを生み、タンキポンキ、タンコロリン、トンコロリとイボコロリを生めり。タンコロリンの子トンコロリ、コロリ、コロコロを生み、コロコロ、コンコロを生み、コンコロ、カンコロを生み、カンコロ、カランコロンを生み、カランコロン、ガランゴロンを生み、ガランゴロン、ガランガランとゴロンゴロンを生めり。ガランゴロンの子ガランガラン、カランカランを生み、カランカラン、ウランとスランとソランとチャランポランを生めり。カランカランの子チャランポラン、チャランチャランを生み、チャランチャラン、チャンチャラを生み、チャンチャラ、アチャラカを生み、アチャラカ、スチャラカとコチャラカを生む。アチャラカの子スチャラカ、スチャラカチャを生み、スチャラカチャ、スチャラカチャンを生み、スチャラカチャン、スチャラカチャンチャンを生み、スチャラカチャンチャン、チャンバラを生み、チャンバラ、チャンチャンバラバラを生み、チャンチャンバラバラ、スナホコリを生み、スナホコリ、死体を生む。

第三章

シュビドゥンドゥンドゥンはシュビドゥバの子なり。シュビドゥンドゥンドゥン、ズビドゥンドゥンを生みしのちシュビドゥンパとウンシュビドゥンを生めり。シュビドゥンドゥンドゥンの子シュビドゥンパ、ドゥンパラドゥンドゥンを生み、ドゥンパラドゥンドゥン、ドゥンパラドゥンパラを生み、ドゥンパラドゥンパラ、パラドゥンパラドゥンを生み、パラドゥンパラドゥン、パラドゥンパを生み、パラドゥンパ、パラドゥンヤを生み、パラドゥンヤ、パラドゥヤを生み、パラドゥヤ、パドゥヤを生み、パドゥヤ、ドゥヤーを生み、ドゥヤー、ドゥーアーを生み、ドゥーアー、ドゥーワーを生み、ドゥーワー、ドゥッドゥワーを生み、ドゥッドゥワー、ドッドッドッドッドッとワーを生めり。ドゥッドゥワーの子ワー、シュワーを生み、シュワー、ショワーを生み、ショワー、ジョワーを生み、ジョワー、ジョワジョワを生み、ジョワジョワ、ジョロジョロを生み、ジョロジョロ、ジョンジョロリンを生み、ジョンジョロリン、ギョンギョロリンを生む。ギョンギョロリン、ギョロギョロンを生みしのち百二十一年生きながらえて多くの子を生めり。ギョンギョロリンの子ギョロギョロン、ギャロギャロンを生み、ギャロギャロン、ギャロギャロリンカリコレラを生み、ギャロギャロリンカリコレラ、ギャロギャロリンカリカリコレラを生み、ギャロギャロリンカリカリコレラ、カリカリコレラカリコレラを生み、カリカリコレラ、カリコレラカリコレカリコレを生み、カリコレカリコレ、カリコカリコを生み、カリコカリコ、カリコキョリキョリを生み、カリコキョリキョリ、キョリキョリとキョリキョリを生めり。カリコキョリキョリの子キョリキョリキョリ、ギョリギョリギョリを生み、ギョリギョリギョリ、ギョリグリギョリを生み、ギョリグリギョリ、グリギョリギョリを生み、グリギョリギョリ、グリグリギョリを生み、グリグリギョリ、グリグリを生み、グリグリ、グリグリグリとガリグリを生めり。グリグリの子ガリグリ、ガリグリゴリを生み、ガリグリゴリ、ガリグリゴレを生み、ガリグリゴレ、ガリグリゴレギャラギャラを生み、ガリグリゴレギャラギャラ、グリギャラを生み、グリギャラ、グリギャバを生み、グリギャバ、グリギャバギャバとギャバギャバを生めり。ギャバギャバはグリギャバの子なり。ギャバギャバ、グギギャバとグギャバグギャバを生み、グギャバグギャバ、グギャグギャを生み、グギャグギャ、グギャを生み、グギャ、ギャを生み、ギャ、ギャーとギャートルズとギャゴンを生む。ギャの子ギャゴン、ギャゴンギャゴンを生み、ギャゴンギャゴン、ギャゴンゴンを生み、ギャゴンゴン、ギャゴンゴンゴンギャゴを生み、ギャゴンゴンゴンギャゴ、ギャゴンゴンギャゴギャゴを生み、ギャゴンゴンギャゴギャゴ、ギャギャゴギャギャゴとギャゴゴギャゴゴを生めり。ギャゴンゴンギャゴギャゴの子ギャギャゴギャギャゴ、ギャギョギョを生み、ギャギョギョ、ギョとギョギョとギョギョギョとギョギョギョノギョとギャギョギョギョギョギャギョギョギョを生む。ギャギョギョギョギャギョギョ、ギャギョギョジョジャジョジョを生み、ギャギョギョジョジャジョジョ、ギョジャジョギョジャジョジョを生み、ギョジャジョギョジャジョジョ、ジョジャジョジャジョジャガジャガを生み、ジョジャジョジャジョジャガジャガ、ジャガラジャガラを生み、ジャガラジャガラ、ジャラジャラを生み、ジャラジャラ、チンジャラジャラとジャラメシャを生めり。ジャラジャラの子ジャラメシャ、ハラメシャとウラメシャとイチゼンメシャとゲイシャを生み、ハラメシャ、ドシャメシャを生み、ドシャメシャ、ドシャラメシャラを生み、ドシャラメシャラ、ドンシャラメシャを生み、ドンシャラメシャ、シャラメシャを生み、シャラメシャ、メシャメシャを生み、メシャメシャ、メチャメチャを生み、メチャメチャ、メチャクチャを生み、メチャクチャ、メチャラクチャラを生み、メチャラクチャラ、メッチャラクッチャカを生み、メッチャラクッチャカ、ヒッチャカメッチャカを生み、ヒッチャカメッチャカ、ハチャメチャを生み、ハチャメチャ、ハチャハチャとハチャカバを生めり。ハチャメチャの子ハチャハチャ、ハチャラホチャラを生み、ハチャラホチャラ、ハチャラホチャテを生み、ハチャラホチャテ、ハラホテを生み、ハラホテ、ハラホテタを生み、ハラホテタ、ハラリホテタとハラホリホレホタを生み、ハラホリホレホタ、ハラホレホタを生み、ハラホレホタ、ハラリホラテタとホラリホラテタを生む。ハラリホラテタ、ハロヘトタを生み、ハロヘトタ、ヘロヘトタとヘロヘトヘを生み、ヘロヘトヘ、ヘロヘロを生み、ヘロヘロ、ヘロホを生み、ヘロホ、ヘロホヘロホを生み、ヘロホヘロホ、ヘロホイニトハを生み、ヘロホイニトハ、ヘロホヘニトハとヘロイホノヘハを生めり。ヘロホイニトハの子ヘロイホノヘハ、ヘニイホロヘハを生み、ヘニイホロヘハ、トニイホロヘハを生み、トニイホロヘハ、ニトホロヘハを生み、ニトホロヘハ、ニホロヘハを生み、ニホロヘハ、ホロヘハを生み、ホロヘハ、ホヘハを生み、ホヘハ、ヘハを生み、ヘハ、ヘモハを生み、ヘモハ、ヘモハモハを生み、ヘモハモハ、ヘモハハモハハを生み、ヘモハハモハハ、モハハモハハを生み、モハハモハハ、モカハモハを生み、モカハモハ、モケハモハを生み、モケハモハ、モケモケハモハモケハモハを生み、モケモケハモハモケハモハ、モケを生み、モケ、モケモケを生み、モケモケ、モケモケモケを生み、モケモケモケ、モケケモケケとオケケモケケを生めり。モケモケモケの子モケケモケケ、モケカモケカを生み、モケカモケカ、モケカモカを生み、モケカモカ、コケカモカを生み、コケカモカ、コケカを生み、コケカ、コケコとコケカキイキイを生む。コケカの子コケコ、コケコッコとコッコッコッコッを生み、コケコッコ、オンドリを生み、オンドリ、メンドリとヨリドリミドリとイケドリとワタシャウキヨノワタリドリを生み、メンドリ、タマゴを生み、タマゴ、メンドリを生む。そのメンドリ、タマゴを生み、タマゴ、メンドリを生み、メンドリ、タマゴを生む。そのタマゴ、メンドリを生み、メンドリ、タマゴを生み……。

第四章

ブンチャッチャはドゥンチャカチャの子なり。ブンチャッチャ、ブンチャカチャカを生みしのち、ブンタッタとブンタカタを生めり。ブンタッタ、ブンタを生み、ブンタ、ブンタブンタを生み、ブンタブンタ、ブンタタタを生み、ブンタタタ、ブンタタタタを生み、ブンタタタタ、タタタタタを生み、タタタタタ、タテタタタを生み、タテタタタ、タテトタテを生み、タテトタテ、タテトタテタタを生み、タテトタテタタ、タテチトタを生み、タテチトタ、タテチツテを生み、タテチツテ、タテチツトテを生み、タテチツトテ、トテチツタを生み、トテチツタ、トテチテタ、トテタを生み、トテタ、トパタを生み、トパタ、トパタパタ、トパラパラを生み、トパラパラ、パラパラを生み、パラリパラリを生み、パラリパラリ、パラリロレを生み、パラリロレ、ラリリロレ、ロレリラリリラとラリリロレリラとリロリラレリラを生む。ロレリラリリラはラリリロレの子なり。ロレリラリリラ、ラリリラとロレリラリリララロトベリビッチョレコチャハベラダカンジョレギリヤンドを生めり。ロレリラリリラの子ラリリラ、ラリリラリとラリリを生み、ラリリ、ラリを生み、ラリ、バラリを生み、スラリとヒラリとノラリクラリを生めり。バラリの子スラリ、スラリを生み、スラリ、スラリコスラリリを生み、スラリコスラリリ、スリコスリコを生み、スリコスリコ、スコスコを生み、スコスコ、シコシコとスカスカを生めり。スコスコの子スカスカ、ドスカスカを生み、ドスカスカ、ドスカドスカを生み、ドスカドスカ、ドダスカドダスカを生み、ドダスカドダスカ、ドダフカドダフカを生み、ドダフカドダフカ、ドダフカドダフカフカドダフカを生み、ドダフカドダフカフカフカドダフカ、ドカフカドカを生み、ドカフカドカ、ドカカドカカを生み、ドカカドカカ、ドデカドデカを生み、ドデカドデカ、ドデカデカとデカドデカを生めり。デカドデカはドデカドデカの子なデゲデゲ、デカデカ、デカデカを生み、デカデカ、デケデケ、デケデケを生み、デケデケ、デゲデゲを生み、デゲデゲデゲデゲ、デゴデゴデゴデゴを生み、デゴデゴデゴデゴ、デオデオデオデオを生み、デオデオデオデオ、レオレオレオレオを生み、レオレオレオ、レオを生み、レオ、レロとジャングルを生み、レロ、レロレロを生み、レロレロ、テロテロとツーツーレロレロツーレーロを生めり。テロテロはレロレロの子なり。テロテロ、ケロケロとヘロヘロとメロメロとコロコロとシロシロとシロクロとクロクロとゲロゲロとガロとソノタモロモロを生めり。ケロケロはテロテロの子なり。ケロケロ、ケロンパとケロヨンを生み、ケロンパ、クビチョンパを生み、ケロヨン、カエルを生めり。カエルの子はカエルなり。カエル、カエルを生み、カエル、カエルを生む。そのカエル、カエル、カエルを生み、カエル、カエル、カエルを生み……。

第五章

ジョンジョロリンはギョンギョロリンの父なり。ジョンジョロリンの子ギョンギョロリン、ギョロギョロンを生みしのちギョロリとジャンジャラリを生めり。ジャンジャラリ、ジンジロリを生み、ジンジロリ、チンチロリとジロリンタンとジンジロゲヤジンジロゲドレドンガラガッタを生み、ジンジロゲヤジンジロゲドレドンガラガッタ、トンガラガッタを生み、トンガラガッタ、ツンガラガッタを生み、ツンガラガッタ、ツンパラダッタを生み、ツンパラダッタ、スーパラダッタを生み、スーパラダッタ、スーダラダッタを生み、スーダラダッタ、スーダラダを生み、スーダラダ、スーダラを生み、スーダラ、グータラとピチカートスーダラを生めり。スーダラの子グータラ、ブータラを生み、ブータラ、チータラを生み、チータラ、ノタラを生み、ノタラ、ノタラノタラを生み、ノタラノタラ、ノッタラベッタラを生み、ノッタラベッタラ、ノッタラベンチャラを生み、ノッタラベンチャラ、ベンチャラベンチャラを生み、ベンチャラベンチャラ、ベントラベントラを生み、ベントラベントラ、UFOとトラトラトラを生めり。ベントラベントラの子トラトラトラ、トララトトララを生み、トララトララ、トラとトラジとトラウマとトライアングルとトランキライザーとトラブルを生めり。トララはトララトララの子なり。トララ、トラララを生み、トラララ、トラタラタを生み、トラタラタ、トラビアタとトラタトラタを生み、トラタトラタ、トランタを生み、トランタ、トレラタを生み、トレラタ、トレラタトラタを生み、トレラタトラタ、トレトレトラタとトレタを生めり。トレトレトラタ、トレトレトレタを生み、トレトレタ、トレトレトレを生み、トレトレトレ、トレトレトレを生み、トレトレ、トレを生み、トレ、トレチン、トレチンテンを生み、トレチンテン、トテチンテン、トテチンテン、トテチントテチンとトテチンツンテンを生めり。トテチンテンの子トテチンツンテン、トテツンテンシャンを生み、トテツンテンシャン、トテツンテンシャンコロリとチツンテントシャンを生み、チツンテントシャン、チンを生み、チン、チンチンを生み、チンチン、デンシャを生み、デンシャ、ストを生み、スト、ストナとヤトナとヨイトマケとヨイヨイヨイトナを生めり。ストの子ストナ、ストラを生み、ストラ、テトラを生み、テトラ、テトラポトラを生み、テトラポトラ、テトラトポトラとポトラトテトラを生み、ポトラトテトラ、プトラトチトナを生み、プトラトチトナ、プラチナを生み、プラチナ、メッキを生み、メッキ、メッカを生み、メッカ、マホメッドを生み、マホメッド、フイフイを生み、フイフイ、ブイブイとホイホイを生めり。フイフイの子ホイホイ、ゴキブリとホホイホイホイを生み、ホホイホイホイ、ホーイホイホイを生み、ホーイホイホイ、ホイサッサを生み、ホイサッサ、ホイサカホイサカを生み、ホイサカホイサカ、サカホイサカホイを生み、サカホイサカホイ、チャカホイチャカホイを生み、チャカホイチャカホイ、チンカラホイを生み、チンカラホイ、ドンジャラホイを生み、ドンジャラホイ、コビトとドンガラホイを生めり。ドンジャラホイの子ドンガラホイ、ジョンガラとホーイホーイを生み、ホーイホーイ、ポーイポーイを生み、ポーイポーイ、ポイポイを生み、ポイポイ、ポエポエとポピーポピーを生み、ポピーポピー、ポペプピパとプピープピーを生み、プピープピー、パピーパピーを生み、パピーパピー、ハヒーハヒーを生み、ハヒーハヒー、ホヒーホヒーを生み、ホヒーホヒー、フヒーフヒーを生み、フヒーフヒー、ワヒーワヒーを生み、ワヒーワヒー、アヒーアヒーを生み、アヒーアヒー、アヘーアヘーを生み、アヘーアヘー、アヘアヘを生み、アヘアヘ、ワヘワヘを生み、ワヘワヘ、ワハワハを生み、ワハワハ、ウハウハを生み、ウハウハ、ウハイを生み、ウハイ、ウハを生み、ウハ、ムハを生み、ムハ、ドハを生み、ドハ、ギャハを生み、ギャハ、ギャハギャハを生み、ギャハギャハ、ギャバギャバを生み、ギャバギャバ、キャパキャパを生み、キャパキャパ、カパカパを生み、カパカパ、スパスパを生み、スパスパ、スパを生み、スパ、スパイを生み、スパイ、マタハリを生み、マタハリ、マタハリノツンダラハヌシャマヨを生み、マタハリノツンダラハヌシャマヨ、オシャマを生み、オシャマ、オシャマンベを生み、オシャマンベ、シシャモを生み、シシャモ、シャモを生み、シャモ、喧嘩《けんか》を生み、喧嘩、怪我人《けがにん》を生み、怪我人、薬と包帯と絆創膏《ばんそうこう》と医者を生み、医者、病院を生み、病院、看護婦を生み、看護婦、医者の子と注射ミスを生み、注射ミス、ハイミスを生み、ハイミス、ミズとオールドミスを生み、ミズ、ミミズを生み、ミミズ、ミミズクを生み、ミミズク、覚醒剤を生み、覚醒剤、徹夜を生み、徹夜、疲労を生み、疲労、事故を生み、事故、野次馬を生み、野次馬、つけ馬を生み、つけ馬、貧困を生み、貧困、信仰を生み、信仰、神を生めり。神、光あれと言いたまいければサバ、イワシ、コハダ、キス、その他森羅万象有象無象すべて地に充ちたり。

死にかた

その日突然、オニが会社にやってきた。

オニは赤鬼で、樫の木のような腕に鉄ボタンのついた金棒を持ち、その金棒でドアを叩《たた》きこわして原価計算第二課のオフィスに入ってきた。その時オフィスには課長以下十名の課員が全員揃っていて、いつものように部屋の奥の壁を背にしたデスクには課長がすわり、課員九名は教室のように課長に向かいあって三名ずつ三列に並んでいた。おれの席は左の列のいちばん前である。オニが入ってきたドアにいちばん近い席は右列のいちばんうしろだから、おれの席は課長のデスクを除けばオニからいちばん遠いわけである。

ドアの壊れる音で計算事務をしていた全員が顔をあげ、オニに注目した。右列のいちばんうしろは一の瀬という女子社員に評判のいい気さくな若い男の席だった。彼は、入ってくるなり金棒を大上段に振りかざしたオニをひと眼見て、すぐ社内の誰かのいたずらだと判断したらしく、苦笑しながら冗談はよせとでもいうように軽く片手を振り、また机の上の書類に眼を落した。

オニは一の瀬の頭に金棒を振りおろした。狙《ねら》いが正確だったせいか、一の瀬の頭部は両肩の間へほとんどめり込んでしまった。頭頂の骨が砕けたらしく、頭髪の間からは白い骨片の尖《とが》った尖端がひとつ突き出た。一の瀬は上半身を机の上にほんの少し傾けただけで動かなくなった。両肩の間にはふさふさとした黒い頭髪だけが盛りあがっていた。頭頂から出た血が頭髪をつたってひと筋、白いワイシャツの肩から胸もとへと流れた。

悲鳴をあげる者はひとりもいなかった。あまりのことに驚き、というより、これ以上あまりのことというのは他にちょっとないから、全員が夢を見ているような非現実的な気持にとらわれていて、悲鳴というような現実的な反応を示すには到らなかったのであろう。おれもそうだった。

ゆっくりと金棒をあげ、次はどいつを、というようにオニが室内を見まわしはじめた時、一の瀬の左隣り、つまり中央の列のいちばんうしろの席にいる二谷という男が立ちあがった。この男は労働組合の委員をしている色の浅黒い三十二歳の男で、他人を糾弾《きゅうだん》することには異常なほどの情熱を燃やす闘争的な性格の人間である。彼はオニに指をつきつけ、大声で怒鳴りはじめた。

「何をする。人間をなんだと思っているんだ。虫けらじゃないぞ。そんなに簡単に人を殺していいのか。いったいその男がそんなに無惨に叩き殺されなければならないような、どんな悪いことをしたっていうんだ。たとえ貴様が本もののオニでも、殺す理由のひとことぐらいは言ったらどうなんだ。そしてその男にも、ひとことぐらいは弁解する機会を」

どしゃ、と、西瓜《すいか》を叩き潰したような音がして、オニの振りおろした金棒が二谷の頭蓋骨を砕いた。今度は後頭部に近いところへ命中したので二谷は前にのめり、彼の頭は机の上に散らばった書類の上でへしゃげた。資材価格表の上に灰茶色の脳漿《のうしょう》がとび散った。二谷は手を大きく左右に拡げて机の上にのばし、ピアニストのように指さきを激しく、ひくひくと動かした。

　血が冷え、逆流していた。したがって手足がしびれ、動けなかった。部屋のうしろの悪夢、オフィスの惨劇、社内地獄、そんなことばを次つぎと思い浮かべるだけで他には何も考えられず、わずかに、次は誰の番だ、誰がやられるのだという一種の期待に似た感情があることを自覚しているだけだった。あのオニはあのまままっすぐ窓ぎわに進み、左列のいちばんうしろを襲うのだろうか。いや、それとも現在の彼からはいちばん近い右列の二番めを狙うのだろうか。他の連中の気持もおれとさほど変らぬらしく、これを見逃しては一生の損とばかり、無言でオニを注視しているだけだった。

オニは右列の二番めにいる三田という男に向きなおり、血のりで赤く染まった金棒をまた振りあげた。三田というのは色の白い小柄な男で、会社内のピエロだった。大きな黒縁の眼鏡が尚さら彼を道化者らしい顔つきにしていた。臆病さを胡麻化《ごまか》すためにふざけ散らしているらしいことがわかってからは、誰もが彼を問題にしなくなった。しかしそれ故にこそ彼は社内の派閥争いにも巻きこまれないですんでいたのだ。彼は今、また彼の唯一の護身術を使おうとしていた。ぴょんと机の上にとびあがって膝をくっつけた内股の珍妙なポーズをとり、片手を突き出して大袈裟《おおげさ》に顫《ふる》えて見せた。「いや。いや。オニさん。こっちへ来ないで。来ちゃいや」身をくねらせた。「ああ。来ないでったら」

オニは三田に一歩近づいた。

三田は歌い出した。「桃から生まれた桃太郎さん」眼を見ひらいた。「ああら、ちっとも怖がってくださらないのね」机の上に正座し、落語をやりはじめた。「普通このオニ、オニと申しますが、もともとはオヌ、つまり姿が見えないことを前提にした怪物でございまして、やって参りますのが丑寅《うしとら》の方角すなわち鬼門でございます。そこにございますそのドアが鬼門だったわけでございますな。で、今このオニさんがお穿きになっていらっしゃいます虎の皮の褌《ふんどし》でございますが」

落ちを思いつく前に、三田は金棒の下でへしゃげた。机の上にひと塊りになって盛りあがっている叩き潰された肉塊から、宙に向けて二本の腕と二本の足がてんでんばらばらの方向に突き出ていた。オニは金棒の先にからみついた眼鏡をうるさそうにはらい落した。

ここまでくるとオニが次に誰を殺そうとするか、その順番はおぼろげながら誰にでも推測できた。オニが次に狙うのは右列の最前列にいる四家に違いなかった。四家は四十歳前後の生真面目な男で、さながら計算するために生まれてきたような男だった。したがって冗談を聞けば顔をしかめ、洒落《しゃれ》を言われると怪訝《けげん》な顔をし、たとえば怪奇現象などという、非現実的な話題が発生すると露骨に軽蔑《けいべつ》の表情をして見せるといった風《ふう》であった。それでも現実にオニがあらわれ、同僚が眼の前で殺されているのだから、いくら四家でも現在のこの状況をすべて否定し去ることはできない筈《はず》だった。なぜなら、もし自己に忠実にオニの存在を否定すれば彼はオニに対してなんの反応を示すこともできず、逃げ出すこともできないからだ。そしてあくまで自己に忠実にオニの存在を無視したままでオニに殺されていく他ないのだ。

どうするつもりだろう、と、おれは思った。彼はオニを認め、死から逃がれようとするだろうか。それとも、あくまでオニを否定し、黙ってオニの金棒の下でへしゃげるつもりだろうか。

人間の精神機構というものは、なんと相反する自己主張と保身の間をうまく折りあわせるものであろうかと、おれは感心した。四家はオニを否定したままでこの状況から逃げ出せる口実を見つけ出したのだ。三田が殺されるまでじっとオニの行動を見まもっていた四家は、次にオニが自分を睨《にら》みつけたと知るなりさっと机上の書類に眼を落し、大きく首を傾げた。

「おかしいなあ。この原価、また違っているぞ。どうやら資材課のやつ、先月の原価を書いてきたらしい」課内の全員に聞こえるような、むろんオニにも聞こえるような大声でそう言った四家は、書類を持って立ちあがった。「資材課へ行って聞いてこよう」

いかにもオニなどそこにいないものの如き平静さを保ちながら、あいかわらず書類を見て首を傾げつつ四家は早足に壁ぎわを歩き、オニの横をすり抜けてドアの方へ行こうとした。

今までと同じように大上段に振りかぶれば移動している四家に狙いを定めにくいため、オニはぶんと風を切って金棒を水平に振りまわし、その先端近くで四家の横っ面を殴りつけた。四家の側頭骨と頬骨が金棒によって壁に叩きつけられ、こなごなに砕けた。頭部全体が潰れた。がん、という今までにない大きな音がし、壁が揺れ、天井の螢光灯がまたたいた。潰された四家の顔面が筋肉の粘着力によって壁にへばりつき、両の眼球をだらりと顎の下まで垂らしたもはや顔ともいえぬその顔が、ぐったりした四肢を下にぶら下げて課内を恨めしげに見た。壁には蛆虫《うじむし》のように見える折れた白い歯が上下二列に並んで突き立ち、豚の鼻の如く真正面に向かい二つ並んで開いた鼻孔を中心として血と脳味噌が放射状にとび散り、ライト・グリーンの壁に赤茶色の海星《ひとで》形を描いた。正面とも側面とも受けとれ、平面にも立体にも感じられるピカソの描いた人物像に似たその顔からは、ピンクの舌だけが実際に壁から前の方へ突き出ていて、それは勃起した犬の陰茎のようでもあった。

中央の列の二番め、部屋のまん中の席にいる五島という女子社員が立ちあがり、服を脱ぎはじめた。少し眼尻《めじり》が下がっている点を除けば彼女は申しぶんのない美人で、その美貌に対すると同じく肉体にも彼女自身たいへん自信を持っていて、自分のことを「ミドリは」などと言ったりするそのナルシズムの強さはやや鼻持ちならぬほどであった。彼女は焦っていることをオニに悟られまいとしながら手早く肌着だけになり、腹と腰の部分にだけはストリップ・ガールの如きゆったりとしたうねりを保ち、さらにブラジャーをせわしい指さきの動きだけではずしながらウインクした。

「ねえ。オニさん」彼女は自分の方に向きなおったオニを、もうひとつの衝動へ誘うために挑発した。「わたしみたいな美人、ただ殺してしまうだけじゃもったいないと思わない」ブラジャーをはずした。

駝鳥《だちょう》の卵ほどもある乳房が露出した。その乳房はおれもつれこみホテルの一室で見たことのある乳房だ。彼女は自分の讃美者であれば誰とでも寝た。この課内でも彼女とベッドを共にした記憶を持つ男はおれ一人だけではない筈だった。

「ね。いいじゃないの。ここでしましょうよ。皆が見ていたっていいじゃないの。どうせみんな殺しちゃうんでしょ。わたしも殺しちゃうんでしょ。だったらその前に、皆に見せて楽しみましょうよ」パンティを脱いだ。「ほら。欲しいでしょう」

彼女の自信は、オニが金棒を振りあげたことによって崩壊した。自分も、自分ほど美しくない他の連中と同様虫けらのように叩き潰されるのだと知った時、彼女はオニに背を向けて髪を逆立て、怪鳥のようにぎゃあと叫び、怒りと恐怖で顔を歪《ゆが》めた。その顔はもともと美貌であっただけに異様なほど醜く変貌した。

一瞬後、おれと愛しあったことのあるピンクの柔らかな肉体はオニの金棒の下でぐじゃぐじゃになり、床の上のその一塊の肉は血と内臓をあちこちから噴出させて湯気を立て、赤黒く開いた陰唇を上に向けていた。駝鳥の卵ほどの乳房がはじけ、脂肪組織をとび散らせていた。

　悲鳴を聞きつけたらしく、営業四課の六本木という男がドアをあけ、廊下からとびこんできた。

「何だなんだ何だ。どうした」

　ん、どしたどした、ん、と、のべつまくなしに言いながら彼はながい間顔を左右に振り向けてきょろきょろし続けたあげく、やっと手近の二、三の屍体に気づき、ひえっ、と叫んで眼を丸くした。その眼には喜悦の表情が浮かんでいた。

　六本木の騒動好きは社内一であった。誰かと誰かが経理課前の廊下で殴りあったと聞けばとんで行って見物し、総務部長が階段で滑って骨折したと聞けば医務室へ駆けつけて治療の様子を見たがるという具合であった。むろん心配してのことではなく、争いごとや他人の不幸が根っから好きなのである。うわべだけは心を痛めているかの如く装ってはいるが、喜びにぎらぎら輝いているその眼を見れば、誰にでも彼の本心はわかってしまう。騒動に限らず、同僚の失敗にしろ上役の左遷にしろ自分がそのようなことにならなくてよかったという局面にはその感情を露骨に示してはしゃぐため、彼を好いている者はほとんどいなかった。事件を嗅ぎつける能力にも優れていて、何かが起るといちばん先に駈けつけるのは彼であったし、事件が起った時の現場に居合わせたことも多い。彼がドアをあけて部屋に入ってきた時、まだ生き残っている誰の胸にもああやっぱりこいつが来たかという少しほっとしたような思いが浮かんだ筈であった。

一生のうちに二度と出会えるかどうかわからぬという大事件を前にして、六本木はもはや有頂天であった。眼球をとび出させ、屍体の臭いを嗅ごうとでもするように鼻をひくひくさせて荒い息を吐き、舐めるように死骸の惨状を睨めまわした。しかし、一生のうちに二度と出会えるかどうかわからぬという大事件に出会った時には自分自身の命も危いのだということに彼はまだ気づいていなかった。背をかがめ、屍体を順に嗅いでいき、オニのすぐ傍まで来てから、さてこの事件の原因はと、やおら身を起した時にはじめて彼はオニに気づいた。もはや他人の不幸を喜んでいられる身の上ではないのだということが、彼にはなかなか理解できないようであった。彼は自分に向かって金棒を振りあげているオニを見あげ、凝視しながら弱よわしくかぶりを振った。「おれ、関係ないんだよ」彼は弁解しはじめた。「おれ、第三者。おれ、廊下を通りかかって、ここをちょっと覗《のぞ》いただけの」

あまりにも近づき過ぎている六本木に対してオニはその頭上へ金棒を垂直に構え、杵《きね》のように振りおろさなければならなかった。

彼の屍体の無惨さは、今しがた六本木が見たどの屍体よりもひどかった。潰れる瞬間、彼のからだを中心とする一メートル四方に、中心部の彼のからだが見えなくなったほど大量の血がシャワーのようにしぶいたが、それはもし六本木自身が見たとしたら躍りあがって喜ぶであろうほどの見ものであった。

左列のいちばんうしろは七尾という高慢な女子社員の席で、彼女はオニが自分を見据えるなりさっと立ちあがり、あべこべにオニを睨み返した。下唇を噛んでいた。オニ如きに叩き潰されるのは癪《しゃく》でしかたがない、といった表情だった。彼女は官立一流大学首席卒業を誇りとする醜い女で、他人から命令されることが嫌いだった。たとえ相手が上役であってもそれが命令口調でなされる限り猛然とその仕事の内容に反撥し、その仕事を自分にやらせようとする計画の欠陥を鋭い言いかたで衝かねば気が済まなかった。彼女に対する命令は、すべて懇願でなければならなかった。今、彼女は、自分の意志ではなくオニの意志によって死なねばならぬ事態に直面していた。他の連中が殺されている間中ずっと自分の意志を通す手段を考え続けていたらしい彼女は、やっとその唯一の方法を発見したようであった。

「自分で死にます」彼女は吐き捨てるように言った。「何も、あなたなんかに殺してもらう必要はないわ」

彼女の席は窓ぎわだった。彼女はアルミ・サッシュのガラス窓をさっと横に滑らせると、窓框に足をかけ、空中に身を躍らせた。窓框を蹴った彼女の生白い大根足がおれの網膜に残った。二十二階の高さであり、途中の張り出しがないビルでもあり、地上はコンクリート・タイルの歩道である。死ねることは確実であった。彼女、突っ張りづめの人生だったな、と、おれは思った。

左列の二番め、つまり、おれのすぐうしろにいるのも女子社員で、そこは八橋という去年入社したばかりの女の子の席だった。彼女はオニが自分を睨むなり、すぐに中央の列のいちばん前にいる九条という女子社員を指さした。

「この人を先にして」彼女は泣き声で叫んだ。「お願い。同じことでしょ。この人を先に殺して。わたしをあとまわしにして」

また始まったか、と、おれは思った。いつも失敗ばかりしているのだが、彼女の失敗であることがわかりきっているその失敗を胡麻化そうとしたり他人のせいにしたり、つまり本格的な叱責をほんの一分でも二分でも先へのばそうとする無意味な悪あがきによって彼女は上役たちの頭痛の種であった。いよいよ言い逃がれができないところまで追いつめられると彼女は女性の奥の手を出して泣き出すのであるが、それはまるで自分が被害者であるかのような泣きかたであり、叱《しか》る方としては今までさんざ彼女を問い詰めてきた手前それ以上叱責することがひどく執念深いことのように思え、加害者的な感情を持たざるを得なくなる。そこで上役たちは叱責をあきらめるのである。「なぜこの人じゃなくて、私なの」どちらが先に殺されてもたいした違いはない、と普通なら思うところであろうが、死に直面すれば誰でもある程度は一瞬にしろながく生きていたいと思うものであって、ましてこのお嬢さんの日常の言動から考えれば当然のことであろう。彼女は泣き出した。「わたしをあとにして。何も、きちんと決った順番があるわけじゃないんでしょ。だったら同じことでしょ。ね。わたしをあとにして」身も世もあらず、被害者的に泣いて見せた。

だが、いくら被害者的に泣いて見せたところで、この場では彼女は本当に被害者であり、オニは実際上加害者なのだから、彼女の涙と泣き顔にはそれ以上オニをたじろがせるための、まったく何の効果もなかった。オニは彼女を叩き潰した。血しぶきがあがり、すぐ前の席にいるおれの白いワイシャツは血糊でべとべとになった。彼女の鮮血がおれの眼に入り、それはとびあがるほど熱かった。

中央の最前列、つまりおれのすぐ右の席にいる九条という女子社員は、しばらく前からオニが演じている残虐行為の見物をやめ、机に向かって頭を垂れ、組んだ手を胸もとにあてて祈り続けていた。会社での彼女の渾名《あだな》は「アーメン」だった。彼女は熱心なキリスト教徒であり、キリスト教徒であることをいささか誇示し過ぎる傾向を持っていた。彼女は常に愛に満ちた微笑をたたえ、自分を嫌っている者、憎んでいる者にさえその微笑を向けた。それは相手を許す微笑であって、その微笑を向けられた者には彼女が心で「神さまこの人をお許しください」と唱えていることがはっきりわかるていの微笑だった。その上その微笑は強《あなが》ち彼女を嫌う者や憎む者にだけ向けられるのではなく、彼女に軽口をたたく若い男性に対しても向けられた。そこで可哀想なことにその若い男性たちは、彼女を笑わせ関心を得ようとしてややエロチックな軽口をたたいた自分の罪深さを恥じなければならなかった。具合の悪いことに、時と場合によっては蔑視の笑みとしか思えないようなその微笑はまた、彼女が意図《いと》してかまた意図せずしてか、彼女の不注意を指摘した人間、彼女の欠点を改めさせようとして忠告する人間、さらにはまた彼女の失敗を注意しようとする人間にまで向けられた。誰だって蔑視されるくらい心が傷つき、いやな気のすることはないので、今では文字通り「さわらぬ神に祟りなし」とばかり誰も彼女に構わなくなった。孤独になった彼女はますます狂信的な教徒になっていき、今では彼女の内面が以前と比べてどれくらい猛烈な微笑に満ちあふれていることやら想像もつかなかった。

八橋という女子社員が殺されてしまうと、まだオニが自分の方を振り向きもしないうちに彼女はゆっくりと立ちあがり、胸もとで手を組んだままオニと向かいあった。そしてオニの視線にもたじろがず、うなずきかけながら微笑して見せ、オニが金棒を振りおろしやすい位置へと、自らの頭をさし出した。

もともと猩猩緋《しょうじょうひ》に近い色をしている赤鬼の顔がさらに赤くなった。怒りで鬱血したらしく、紫色に近くなった。にゅっ、と、唇の両端から白い牙がさらにながくのびたように思えたのは、怒りで上唇がまくれあがったためであろう。

オニははじめて声を出した。「この馬鹿《ばか》め」

破《わ》れ鐘のようなその罵声には、横にいるおれでさえ一尺近くもとびあがり、むろん彼女自身も雷に打たれたような衝撃で、がく、と身を大きくのけぞらせた。しかし、なんという度胸のよさであろう。身をたてなおした彼女はぎくしゃくと顫《ふる》えるわが身をはげましてまたもやオニの方へ首をさしのべたのである。それは狂信者の持つ無神経さといおうか、神に近い鈍感さといおうか、常人であればいかに錯覚による勇気をふるい起したところで到底できることではなかった。

「がお」

うめき声とともにオニが振りおろした金棒は、あまりの激怒で逆上したためかせっかくオニの真正面に突き出されていた彼女の頭の頂きを少しそれて右の顳顬《こめかみ》の上にあたった。ずるり、と、彼女の黒くながい髪が顔面の皮膚もろとも顔の片側に剝げ落ちた。彼女は化け物のように顔面の筋肉をむき出しにし、鼻孔を黒くおっ拡げ、瞼《まぶた》をなくして眼球を突き出し、上下の歯茎と二列に並んだ白い歯を見せた。その彼女の上半身がぐらり、と右に傾き、彼女ははじめて、きいっ、という悲鳴をあげた。鷹に襲われた瞬間、ふだんは滅多に声を出さぬ齧歯《げっし》類があげる断末魔の悲鳴と同じであった。オニは少し焦り気味に第二撃を振りおろした。また狙いがそれ、金棒は彼女の左肩の骨を砕いた。彼女はおれのすぐ横の床にぶっ倒れ、激痛にひいひい泣き叫びながらのたうちまわった。

オニがまだ金棒を振りおろすつもりらしいので、へたをするととばっちりを受けかねないから、おれは抜けかけている腰をやっとの思いで持ちあげ、窓ぎわまで退いた。オニの第三撃はジャージイのスカートがまくれあがってむき出しになっている彼女の白い太腿《ふともも》にあたり、彼女はぎゃっと叫んで蝦《えび》のように跳ねた。第四撃は腹部に命中し、彼女はやっと静かになった。それでもまだ痙攣《けいれん》し続けている彼女のからだの上へ、オニは怒りにまかせてさらに第五撃、第六撃、第七撃、第八撃と、続けさまに金棒をふりおろした。事務服もその下の白いブラウスもスカートもすべてぼろぼろになってしまい、腹部からは内臓があふれ出、肋骨《ろっこつ》は龍骨の如くからだの左右に向かって突き出た。金棒の先には十字架のついた金鎖と小腸がからみついた。オニが十数回の打撃ののち、やっとひと息ついた頃には彼女のからだは挽き肉の盛りあがりに過ぎなくなっていて、こんなひどいことをされたからにはよほど人から恨みを買ったのではなかろうかと天国の神さま連が首を傾げそうな状態であった。

いよいよ次はおれの番かと思うとおれの足はまっすぐに立っていられないほど大きく顫え出した。だが、待てよ、と、おれは思った。左列二番めと中央の列の一番めとを結ぶ直線の延長上には課長のデスクがひっかかってくる。もしや次はおれではなくて、十倉課長が殺される番なのではあるまいか。むろんそうであったからといってそれが今日ここで死ぬということ自体にたいした変りはない。しかし、課長が惨殺されるところを見て死ぬのと見ないで死ぬのとでは三十二年という短い一生の最後の経験として、単なる損得以上の、やはりちょっとした違いになってくる。無意味なようではあるが老人が孫の顔を見て死にたいなどと言うのと同じことだ。今までの他の連中の死にかたから類推するに、自分を殺そうとするオニへの彼の反応はちょっとした見ものであるに違いなかった。

期待通り、オニは課長を睨みつけた。

「わはははは。まあ、あのね。君ね。そんなに怒ることはない。まあまあ」課長が立ちあがり、オニの方へ突き出した両手で宥《なだ》める仕草をした。「何をそんなに怒っているのかね。え。まあ、君ね。言ってみなさい。聞こうじゃないの。そういうことはね。話しあえばわかるもんだよ。ね。話しあえば」

オニが課長の方へ歩み寄った。

「そりゃね。君の方にもいろいろ事情というものがある。そりゃ、わかるよ。ね。それはわかるんだ。だからだね」どっと汗を噴き出させて、課長はけんめいに得意の丸め込みをやり続けた。「そこはだね、こちらの事情とうまく折りあいをつけるような、何かの方法がね。うん。ある筈だからね。わはははははは。そのためには君。まあね。いろいろとやっぱり。ね。話しあわんけりゃ。ね」オニが近づくにつれ、課長の声は次第に語尾がはねあがりはじめた。「さあ。話しなさいよ。え。何か話しなさいったら。君っ。話せっ。何か言えっ。言わなきゃわからんだろうが。言わんかっ」彼はおれに向きなおり、吊りあがった眼を赤く充血させて怒鳴った。「君っ。今までどうしてぼんやりと見ておったのだ。えっ。どうしてこういうものを課内に入れたんだ。他の皆がやられている間、こいつをなんとかしようという気にならなかったのか。え」

部長とか次長とかいった上役に叱責され、のっぴきならぬ局面に追い込まれると、課員に責任を転嫁して怒鳴りつけるのはこの課長の癖であった。しかし、まさかこんな時に課員であるおれを怒鳴りつけてなんとかなると考えるほど馬鹿な課長ではない。恐怖をまぎらわせるために怒鳴っているのだということは、痛いほどよくわかった。しかし、だからといってこの課長の演技につきあってやるほどの余裕はおれにだってない。恐縮した表情をして見せようにも、顔の筋肉がひき攣《つ》ってどうしようもないのだ。

「もっと早くに警備保障へ電話するとかだな、なんとか方法があっただろう。そうじゃないか。えっ。君っ。何かの対策を講ずるべきだったんだよ。そうだろうが」

怒鳴り続ける課長の頭に金棒が振りおろされた。ごき、という音がして課長の頸椎《けいつい》骨《こつ》が折れ、彼は首を胸もとへ折り曲げて両手を開き、肩の少し上あたりで万歳をしたまま息絶えた。

オニが、おれに向きなおった。嘆息とも悲鳴ともつかぬ笛の音のようなものが咽喉《のど》から洩《も》れ、窓ぎわに立っていたおれはくたくたとその場に這いつくばった。眼からは、はじけとぶような勢いでどっと涙が噴出し、ペニスはなまあたたかい小便を大量にパンツの中へ送り込んだ。死にたくないという思いだけでいっぱいだった。死の恐怖以外、心には何もなかった。おれは命乞いをした。助けてください。殺さないでください。お願いです。単にそういったことばのくり返しだけで、他に気のきいたことは何ひとつ言えなかった。そもそも、何を言っているのか自分でもよくわからなかった。

オニが、いったん振りあげかけた金棒をおろし、眼を輝かせておれにうなずきかけた。何かしら親愛の笑みを浮かべているようにも感じられた。

「ほう」彼は感心したようにいった。「やっとまともな反応を示すやつを見つけたぞ」

オニの意外なことばにちょっと驚き、おれはきょとんとした。「はあ」

「死にたくないといってまともに命乞いしたやつはお前だけだよ」オニはそういってやや上を向き、あっはっはっはっと陽気に笑った。

やや希望が湧いてきたので、おれは勇気をふるい起し、おそるおそるオニに訊ねた。「あのう、すると、わたしだけは助けてくださるのですか」

オニは真顔に戻り、かぶりを振った。「いや。やっぱり殺すのだ」

ぶん、と、金棒が唸《うな》った。おれの頭蓋骨が粉ごなに砕けるその瞬間、なぜかおれは一種の爽快感を味わっていた。

発明後のパターン

旧版「発明後のパターン」

ハリボガト博士はおどりあがった。

「おお。万歳。ながい年研究の甲斐《かい》あってついにロチャニをベラルゴしたぞ。ああ。これで世界中のボリスカロをスペサトレしることができる。やっぱりわしは大天才だ」

その時、クロドレズが研究室へ入ってきた。彼はポルヘリドを見せびらかしながら博士にいった。「そうか。そうか。ついにロチャニをベラルゴしたな。この時を待っていたのだ。さあ。すぐにそのベラルゴしたロチャニをおとなしくこちらへエドドジロビソるのだ。さもなければこのポルヘリドをピタロレるぞ」

「やめてくれ」博士は絶叫した。「ピタロレるな。それだけはやめてくれ」

「では、エドドジロビソるか」

「エドドジロビソらぬことはない」と博士はいった。「しかしクロドレズ。お前はこのベラルゴしたロチャニがどれほどベテデビするものか知っているのか。もしこれがベテデビすればジョジラフトるのだぞ。どうするつもりだ」

「ベテデビてジョジラフトれば、グリドバグマればいいのさ」クロドレズは冷笑した。

「さあ。早くエドドジロビソれ。さもなければピタロレるぞ。ピタロレるとキャグニいぞ。それでもいいのか」

「いやだ。キャグニいのは困る。しかたがない。エドドジロビソろう」

ハリボガト博士はしぶしぶベラルゴしたロチャニをクロドレズにエドドジロビソった。

ベラルゴしたロチャニを首尾よくエドドジロビソって大喜びのクロドレズが研究室を出て行くと、ハリボガト博士はくすくす笑いながらつぶやいた。「馬鹿《ばか》なやつだ。あのベラルゴしたロチャニは、ただ単にベテデビするだけでなく、ジョジラフトった反応で世界中のボリスカロはちっともスペサトレしないで、それどころかいくらでもボリスカロるのだ。そうなるとあのクロドレズはロレバコるのだ。ロレバコり、ロレバコり、そしてついにはジンティアニって……」

最新版「発明後のパターン」

ハリソフォド博士はおどりあがった。

「おお。万歳。なが年研究の甲斐《かい》あってついにバトデニロをシュワツネがったぞ。ああ。これで世界中のマロブラドをトムハンクすることができる。やっぱりわしは大天才だ」

その時、シルベスタロンが研究室へ入ってきた。彼はジーハクマンを見せびらかしながら博士に言った。「そうか。そうか。ついにバトデニロをシュワツネがったな。この時を待っていたのだ。さあ。すぐにそのシュワツネがったバトデニロをおとなしくこちらへブルスウィリするのだ。さもなければこのジーハクマンをケビンコスぞ」

「やめてくれ」博士は絶叫した。「ケビンコスな。それだけはやめてくれ」

「では、ブルスウィリするか」

「ブルスウィリさぬことはない」と博士はいった。「しかしシルベスタロン。お前はこのシュワッツネがったバトデニロがどれほどメルストリプるものか知っているのか。もしこれがメルストリプったらトムクルうのだぞ。どうするつもりだ」

「メルストリプってトムクルったら、ジョデフォスタればいいのさ」シルベスタロンは冷笑した。「さあ。早くブルスウィリしろ。さもなければケビンコスぞ。ケビンコスとアルパチイぞ。それでもいいのか」

「いやだ。アルパチイのは困る。しかたがない。ブルスウィリすることにしよう」

ハリソフォド博士はしぶしぶシュワッツネがったバトデニロをシルベスタロンにブルスウィリした。

シュワッツネがったバトデニロを首尾よくブルスウィリして大喜びのシルベスタロンが研究室を出て行くと、ハリソフォド博士はくすくす笑いながらつぶやいた。「馬鹿《ばか》なやつ。あのシュワッツネがったバトデニロは、ただ単にメルストリプるだけではない。トムクルうた反応で世界中のマロブラドはちっともトムハンクすることなく、それどころかいくらでもマロブラドるのだ。そうなるとあのシルベスタロンはウディアれるのだ。ウディアれり、ウディアれり、そしてついにはシガニウィバって……」

案内人

親から相続した数千万の財産を使いあぐね、旅が好きなのであちこちの観光地へばかり気ちがいみたいに出かけているうち、やっとどこの観光地へ行っても同じだということに気がついた。それが十年前である。それでもほかにすることがないまま暇にあかせ金にあかせてまだ観光地めぐりを続けているうち、やっと五年前になって、今度は、日本の観光地というのはすべて観光地のパロディなのだということに気がついた。最初は観光資源に乏《とぼ》しい観光地が大観光地の真似をしていたのだ。そのうち大観光地までが観光資源そのものから遊離してしまい、とにかく観光地らしい装いを凝《こ》らすことにのみけんめいとなり、日本中の観光地がまたたく間に同じになってしまった。観光地という登録商標で大量生産された既製品が日本全国へばら撒かれたようなもので、そのため観光地ではホテルと旅館の区別がなくなり、どこの料理も同じになった。こんな馬鹿《ばか》な話はない。本物がなくなりパロディばかりになった観光地を歩きまわる必要を感じなくなって、おれは旅をやめた。それでもたまにはどこかへ行きたくなる。行くなら誰れも行かないところへ行こうと思い、おれはできるだけへんぴなところへ行ってやれと考えて、地図を眺め、行き先を決め、その結果、その小さな、山奥の駅に降り立ったのである。

「お婆さん。この辺にどこか、おもしろいところがあるかい」

どっちへ行っていいかわからないので、おれは駅前の小さな飲食店でサイダーを注文し、店番をしている老婆にそう訊《たず》ねた。飲食店といっても食べるものはカレーライスとうどんぐらいで、あとは飲みものと氷菓類しか置いていない汚い店である。線路に沿って山間を縫う舗装されていない細い街道は埃《ほこり》っぽく、街道に面した数軒の店や農家のたたずまいはいずれも侘《わび》しげだ。車の行き来はもちろん、人通りさえ滅多にない。

「あんたはまあ」老婆が目を丸くした。「面白いところがないかと思うて、こんなところへ来なさったのかね」かぶりを振った。「ここには、面白いところなんて、ひとつもないよ」

「でも、あなたがた土地のひとには面白くなくても、おれみたいなよそ者には面白いというところがあるかもしれんだろう」と、おれは笑いながらいった。「ま、それをお婆さんに訊ねるのはお門《かど》違いかもしれないけどね」

「そんなものがあれば、ひとが大勢見にきてるだろうけど、それらしいものは何もないしね」と、老婆はいった。「やっぱり、何もないってことだろうね。面白いものが見たければ、そういうところがほかにたくさんあるだろうに」

「そういうところはいやなんだよ」おれは駅の彼方《かなた》の山を眺めた。「あの山には、何かあるかね」

「ないね」老婆は眼を細め、山を眺めた。「あれは、ただの山だよ」

「しかし、神社とか寺とか、何かあるんじゃないかね」

「さあねえ」老婆は溜息《ためいき》をついた。「そこまでは知らないねえ。それに、ただの山とはいっても、山は山だからね」

「そりゃあまあ、たしかに山だね。一応川もあるだろうし、谷もあるだろうし」

「そういうことじゃなく、ただの山とはいっても小山じゃないんだから、相当奥深くて、あんたひとりで行きなさるのはちょっと危いんじゃあるまいかと、まあ、あたしゃそう言いたかったんだけどね」

「なるほど。そうか」言われてみればたしかにその通り、地形図もなしに見知らぬ山へのこのこ入っていくのは山というものの恐ろしさを知らぬ馬鹿だけである。「誰か、案内してくれるひとがいないだろうか。この辺に」

「さあ」老婆は少し驚いておれを見つめた。「案内する人間なんて、この辺にゃいないだろうねえ」

その時、それまで気がつかなかったのだが、店のいちばん奥のうす暗がりの中のテーブルで壁に向かってひとりでビールを飲んでいた男がふり返り、眼をぎょろりと光らせておれの顔を見つめた。

「なんなら、おれが案内してやろうか」

七つさがりのねずみ色のワイシャツに、膝から上が思いきり横に拡がった黒いペラペラの木綿《もめん》の乗馬ズボンという、どう見てもただものとは思えぬ恰好をしたその男は、色黒で背が低く、肩幅だけがやけに広い中年男だった。婆さんが目顔でよせよせと合図したような気もしたが、せっかくここまできて何もせず帰る気は毛頭ない。

「やあ。それはありがたいな。で、あんた、あの山にくわしいのかい」

「そりゃまあ、あの山奥に住んでるからね」彼はそういって、保証を求めるかのように老婆の方へ顔を向けた。

「源さんなら」と、老婆もさすがに本人の前で貶《けな》すわけにはいかず、横から口を添えた。「あの山にくわしいのはあたり前だよ。どこに何があるかも知ってるだろうしね」

「何があるんだい」何もない山に登る必要はないと思い、おれは訊ねた。「何かあるんだろうね」

「ああ。小さな鍾乳洞《しょうにゅうどう》があるよ。だいぶ奥だがね」彼はこともなげにそういった。

「えっ。そんなものがあるのか」おれはちょっと驚き、老婆と顔を見合わせた。老婆も、そんなものの存在を今まで知らなかったらしく、眼を丸くした。「じゃ、案内してもらおうかな」おれは源さん、と老婆が呼んだその男の方を振り返った。「いくらで案内してくれる。金のことを、最初にはっきりしておいた方がいいと思うが」

「ああ。五千円でいいよ」と、彼はいった。

少し高いな、と思わぬでもなかったが、他に人がいないのだし、男の軽い口調でそれが相場なのだろうと考えなおし、おれはうなずいた。「よかろう」

「じゃ、ざっそく出かけるかね」男は立ちあがり、顎でおれのショルダー・バッグを指した。「荷物はそれだけかい」

「ああ。これだけだ」

彼はさらに、おれが登山可能な服装をしているかどうかを調べるようにおれを眺めまわした。「その靴はゴム底だろうね。よし。飯などはまあ、山の上におれの知っている家があって、そこでありつけるから大丈夫だ。出かけよう」

彼は小さな風呂敷包みをベルトにくくりつけ、店を出た。おれは老婆にサイダーの代金を支払い、彼に続いて店を出た。老婆もやや心配そうな顔でおれのあとから店を出てきて、おれの背中に、まるで墓参りの時みたいなていねいなお辞儀をした。

「お気をつけなさってな」

線路を越えるとすぐ山道だった。昼少し前で日は中天にあったが、樹木の繁みが陽光を遮っていて、山道は涼しく、その山道はところどころで谷川と交差していて、汗を拭《ぬぐ》ったりのどをうるおしたりする水にも不自由せず、登山は快適だった。もっと都会に近ければいいハイキング・コースになる筈《はず》だな、と、おれは思った。しかし悲しいかな観光地ずれしたおれには、いつまでも続く山道はやはり単調で物足りなかった。数キロ歩いただけで、おれは景色に飽きてきた。

「鍾乳洞はまだかい」

彼はにやりと笑った。「山道に飽きてきたかね」

「よくわかるね。少し飽きた」

「すぐそこに、山番の小屋がある」と、彼はいった。「今ならちょうど昼飯ができている筈だ。行って昼飯にしよう」

山番の小屋は渓流に沿った空地にあり、ちょうど山番は見まわりに出かけていて留守、山番のかみさんだという四十女がひとり、飯の支度をして亭主の帰りを待っていた。源さんは山番のかみさんとも相当深い馴染《なじみ》らしく、まるで自分の家のような気安さで亭主用に作ってあった飯を否応なしに出させておれに食わせ、自分も食べた上、腹が減った時の用心にと、飯の残りをかみさんに命じてぜんぶ握り飯に握らせてしまった。

「これじゃ、ご主人が戻っても食べるものがなくて困るでしょうが」

さすがに心配になっておれがそういうと、かみさんは源さんと顔を見あわせてくすくす笑った。「なあに。あんなものは」

おれはかみさんと源さんの仲を一瞬疑った。なんとなくあやしげな雰囲気だったからだ。

「金は、とったかね」と、かみさんが源さんに小声で訊ねた。

「ああ、とった」源さんはそういってワイシャツの上から腹巻きをぽんと叩《たた》き、うす笑いを浮かべ、おれにじろりと横眼を遣《つか》った。

「そうそう」二人の会話で、おれは金のことを思いつき、札入れをとり出した。「昼飯代と、握り飯代を払っとかなければ。いくらお渡しすりゃいいですか」

「まあまあ」かみさんに口出しする暇をあたえず、源さんがでかい掌《てのひら》をこちらに向けておれを制した。「いいんだ。いいんだ。おれの案内料の中から、適当に払っとくよ」そういってから、彼はいかにも今思いついたと言わんばかりの表情で、ぽんと膝を叩いた。「そうだ。案内料を今貰っておこうかな」

案内料はあと払いとばかり思っていたので、おれがちょっと心外そうな顔つきをして見せると、源さんはにやにや笑いながら近づいてきて、やや脅迫的におれの肩をどんと叩いた。「せっかくポケットから札入れを出したんだ。ついでだから今、払っときなよ」

「そうだな。では、そうしようか」おれはしぶしぶ、札入れから五千円札を一枚抜き出した。

源さんに渡そうとすると彼は、いつも旅行には充分余裕のある金額の金を持って行く習慣なので高額紙幣がぎっしりのおれの札入れを、おれの肩越しに眼を光らせて覗《のぞ》きこんでいた。そして彼は、おれから受けとった五千円札をすぐ腹巻きの中へ押しこんでしまったまま、山番のかみさんに金をやろうとする様子はまったく見せなかった。かみさんの方も別段不服そうなそぶりは見せない。おれはますますふたりの仲をあやしんだ。

山番の小屋から鍾乳洞まではほんの一キロだった。山腹に女陰を思わせる開口部があり、石灰岩で縁どりされたその洞窟の入口はわずか七、八十センチの幅しかなく、観光化されていないためどこにも洞窟の名前は記されていず、はたして名前があるのやらないのやらそれもわからず、中には照明設備らしいものがある気配もなく、ただ暗黒の中からごうごうと水音が聞こえてくるだけである。

「ちいさな鍾乳洞だから、すぐ行きどまりだよ」と、源さんはいった。「あんただけ、入って行ったらいいだろう。その鞄《かばん》はおれが持っていてやるよ」

手を出した源さんに、高級カメラや何やかや貴重品が入っているため、やや心許《こころもと》ない思いをしながら、おれはしかたなくショルダー・バッグを渡した。

いざ入ろうとし、洞窟の中から吹きつけてくる冷気に、おれは思わず身ぶるいをした。

「気味が悪いな」そういって、おれは源さんを振り返った。「おれ以前にここへ入っていったひとは、たしかにいるんだろうね」

「そりゃいるさ。びくびくするなよ」源さんは笑った。

天井が低いので腰を曲げ、濡れてつるつると滑りやすい鍾乳石の上を、おれは入口からの明りだけをたよりに一歩、二歩と奥へ進んだ。二メートルほど入るともう先が見えなくなってきたので、おれはあたりを照らすためポケットからライターを出そうとした。

その時、足がすべった。おれは急な傾斜をすべり落ちて行きそうになり、まっくら闇のことだからそのまま落ちていけばどこまで落ちていくかわかったものではないので、近くにあった石筍《せきじゅん》と思える出っぱりに無我夢中でしがみついた。

「助けてくれ」おれはそう叫んだ。

当然聞こえた筈なのに、源さんは助けにこなかった。

傾斜からやっと這いあがり、ライターで下を照らして見ておれは慄然《りつぜん》とした。そこは優に十メートル以上あると思える深い穴であって、穴の底は音から判断するに水がごうごうと渦巻く急流で、穴の彼方は鍾乳石の壁であり、つまりこの鍾乳洞はその穴で行き止まりになっていて、それ以上進もうとすれば穴の底へ落ちていく以外にないのだ。

あっ。これではまるで、穴へ落すためにおれをこの洞窟へ入らせたようなものではないか。おれはそう思ってかっとなり、すぐさま引き返して外に出た。源さんは近くの岩に腰をおろし、にたにた笑っていた。

「どうして穴があると言わなかった。もう少しで落ちて死ぬところだったぞ」

「スリルを味わったかね」おれが怒鳴っても彼はいっこうに顔から笑いを消そうとせず、そんなとぼけた言いかたをしてみせた。

「あんたは、安全だと言ったぞ」

源さんはかぶりを振った。「入っていったやつがいるとは言ったが、出てきたやつがいるとは言わなかったぜ」

おれを殺すつもりだったのか、そう思っておれが唖然としていると、源さんは大笑いをしながら立ちあがり、またおれの肩を叩いた。「冗談冗談。ま、こんな小さな、つまらない鍾乳洞だから、せっかく来た以上、せめてスリルなど味わって帰ってもらいたいと思ってね」

「それにしても悪い冗談だ」腹立ちはおさまらず、おれは続けざまに文句を並べ立てた。「鍾乳洞がこんな近くにあるとは思わなかった。あんたはもっと奥にあるみたいな口ぶりで言ったじゃないか。ここへ案内してもらうだけで五千円は高いよ。それに、こんなちっぽけな鍾乳洞とは知らなかった。中へ入ったら穴があるだけだ。つまらないよ」

「それを、おれに言ったってはじまらんだろうが」源さんは哀れむようにおれを見た。「もしこれがでかい鍾乳洞なら、この辺は観光ルートになっていた筈だ。だけどあんたは、そういうところへ行くのが嫌いだったんだろう」

「それはそうだが」おれはちょっとことばに詰ったが、すぐ言い返した。「それならそうと、なぜそれを早く言わなかったんだ。とにかく、こんなつまらない鍾乳洞を見ただけで引き返すのは馬鹿らしいよ。ほかにもっと面白いところはないのか。五千円もとったんだ。もっと面白いところへ案内するのはあんたの義務だぜ」

「そういう言いかたをするやつがいるから、無理に面白いものを作ろうとして観光地がおかしな具合になるんだろうねえ」ぶつくさ言いながらも源さんはちょっと考え、やがてうなずいた。「よし、じゃあ、このもうひとつ奥の山になるが、露天の小さな温泉があるから案内しよう」

「えっ。温泉があるのか」おれはまた、ちょっと驚いた。「日本というのはまったく、どこへ行っても必ず何かある国だな。便利なものだ。じゃあ、そこへ案内してもらおうか」

「そのかわり」源さんはおれに身をすり寄せてきた。「案内料を、もう五千円ほしいんだがねえ」

おれは露骨にしぶい顔をして見せた。「また金か」

「いいじゃないか」源さんは鋭い眼つきでおれをうわ眼遣いに見つめた。「あんた、金をたくさん持ってる癖に。誰も行かず、観光ルートにもないところへ案内してやるっていってるんだぜ。他所《よそ》よりも金がかかるのはあたり前だと思わないか」

「前金でかねえ」

源さんは腕組みした。「ああ。前金だ」

いやだとでも言おうものならさっさとどこかへ行ってしまい、この山中へ抛《ほ》ったらかしにしてやるぞとでも言い出しそうな様子だったので、おれは溜息をつきながら五千円札を出した。源さんは札をひったくり、また腹巻きの中へ押しこんで、すたすたと歩きはじめた。

さっきはおれを、やはりあの鍾乳洞の穴に落して殺すつもりだったんだろうか、と、源さんのあとを追って歩きながらおれは考えた。しかし札入れはおれが持っていたんだし、あの穴の底へおれが落ちてしまえば死体はどこかへ流れてしまい、金を奪うことはできなかった筈だ。金以外に、この源さんがおれを殺そうとする理由は何もない。してみるとやはりあれはおれにスリルを味わせるためだけの冗談だったのだろうか。

「しばらく来ないうちに、ずいぶん生えやがったな」

山道にはびこって行く手を遮る蔓《つる》を切るため、前を行く源さんが腹巻きの中から急にでかい山刀《やまがたな》を出し、鞘《さや》をはらってどきどきするような刃をふるいはじめた。あんなものでぶすりとやられたらひとたまりもないな、と、おれは思った。

温泉というのは、鍾乳洞から歩いて約一時間の、渓流に沿った谷あいにあり、白い湯けむりとともに岩の間から温泉特有の臭気のある湯が多量に噴き出ていた。湯の中へ手をつっこんでみると、約三十五度と思える温度で、さほど熱くない。

「この温泉は何にきくんだね」と、おれは源さんに訊ねた。

「皮膚病にきくらしいね」

水虫だからちょうどいい、と思い、おれは服を脱ぎはじめた。

源さんが、着ているものを脱ごうとする様子を見せないのでおれは訊ねた。「あんたは入らないのか」

「ああ。おれは入らない」彼はにやにや笑った。「あんたの服の番をしていてやるよ」

こんな山中に物盗りなど出る筈はなく、むしろ源さんの方が物騒なのだが、そんなことは言えない。金を奪われて逃げられたりしては大変だから、おれはショルダー・バッグから出した手拭《てぬぐ》いの間へ、服の内ポケットから出した札入れをこっそりはさみこんで頭にのせた。

「この温泉には」おれは片足をおそるおそる湯に浸しながら念を押した。「おれ以前に、入ったやつはいるんだろうね」

源さんが笑った。「もちろんだ」

「出てきたやつはいるのか」

彼は大声で笑った。「馬鹿だな。もちろんいるよ」

ゆっくり全身を浸すと底は砂地だった。ずいぶん深く、大人が直立しても湯が首までくる。湯けむりでよくわからないが四周を岩で囲まれたこの自然の浴槽はだいぶ広いらしい。そのうち湯の音で、彼方の岩陰に誰かが入浴しているらしいことを知り、おれは木の葉の浮いた湯をかきわけてそっちへ近づいていった。近くに住む山の娘でも入浴していれば儲《もう》けものと思ったからである。湯けむりの中に、人の顔が黒いシルエットとなって浮かんでいた。やたらに顔のながい人物で、どうやら女ではないらしい。どういって声をかけようかと思いながらさらに近づくとながい顔であったのも道理それは馬だった。

「ひやー馬だ」

湯の中で腰を抜かしそうになり、おれはあわてて向きを変えると手でばしゃばしゃ湯をはねとばしながら大あわてで逃げた。途中、底の砂地から突き出ていた岩かどに足をとられて倒れ、がぶがぶと水を飲んでしまい、手拭いと札入れを湯の中に落したので大いそぎで潜って拾いあげ、馬の湯を飲んだことを思い出してげえげえいいながら源さんが立っているもとの岩場にたどりついた。

「馬だ。馬が入っていた」

そう叫びながら岩場へはいあがろうとするおれに手を貸しながら、源さんはいった。

「そうだろう。近くの猟師の持っている馬が、勝手によく入りにくるんだ。馬の病気にきくらしい」

「馬用の温泉か」一瞬唖然とし、おれはすぐかっとなっておどりあがった。「皮膚病にきくなどといい加減なことをいって、おれをだましたな」

「人間の皮膚病にきく、とは言わなかったよ」源さんはまたにやにや笑いを浮べてそういった。「馬の仮性皮疽《かせいひそ》にきくんだ」

げえ、とおれはのどを鳴らした。「その湯を飲んだ」

「ま、命に別条はないさ」

「金を返せ」おれは源さんを睨《にら》みつけた。「五千円なんて大金をとっておきながら、よくもこんな馬の温泉につれてきやがったな」

「ほう。威勢がいいね。お兄さん」源さんは笑いを消さず、眼だけはぎらぎら光らせておれを睨み返した。「返してやってもいいがね。しかし、あんた、ここからひとりでさっきの駅まで戻れるのかい」

ぐっ、とことばに詰まり、おれは口の中でぶつぶつと不平を言いながら手拭いでからだを拭いて胡麻化《ごまか》した。「いくらなんでも、あんな鍾乳洞と、こんな馬の湯へ案内するだけで一万円は高すぎるよ」

源さんは狡《ずる》そうな眼つきで、裸のおれに身をすり寄せてきた。「もっと変ったところへ行きたいかい」

「まだ、何かあるのか」

「この山の上から、もう一つ奥の山まで行けるロープウエイがあるんだぜ」

おれは驚いて、源さんの顔をまじまじと見た。「嘘だろう」

「信用がないんだな。本当だよ」

こんな誰もこない山の中にロープウエイなどあるわけがないと思ったが、源さんが本当だと断言するのでそれ以上嘘だろうとは言えず、おれはためらった。「今から行ってると、帰りが遅くならないか」

「まだ三時だぜ」

「でも、どんどん奥へ行くことになるから」

源さんが腕組みした。「あんた、おれから早く逃げ出したくてそんなこと言ってるんだろう」

おれはどぎまぎした。図星だったからだ。「いや。そうじゃないさ」

「それなら行こうぜ」もう決めた、というように源さんはひとりでうなずいた。「決していい加減なことをいってるんじゃない。すばらしく見晴らしのいいロープウエイだ。ちゃちなもんじゃないぜ。立派なロープウエイだ。近くの山や谷間の景色がよく見えるし、スリル満点だ。そこへ案内して、そのロープウエイに乗せてやろうって言ってるんだ。あと、たった五千円でな」

まだ金をとるのかと言おうとし、絶対に文句を言わせないぞという脅迫的な顔つきの源さんを見ておれは口をとざした。さっきの、どきどきするような山刀の白刃を思い出したのだ。無言で札入れから五千円札を出し、源さんに渡すと、彼は濡れた札を指さきでつまみ、ひらひらさせて乾かしながら吐き捨てるようにいった。

「札入れを持ったまま湯に入りやがった。ひとを泥棒みたいに思っていやがる」

おれたちは渓流を越え、さらにもうひとつ奥の山に入った。

山道を登りながら、おれは前を行く源さんにおそるおそる訊ねた。「あのう、そのロープウエイというのは、たしかに、おれ以前にも乗ったやつが」

「あたり前だ」みなまで言わせず、源さんは怒鳴り返した。「乗ったやつはいる」

「で、あの、あのう、降りてきたやつは」

「降りてきたやつだっている。心配するな」

「あのう、そのロープウエイは、たしかにあの、人間の乗るロープウエイなんだろうね」

源さんは、とうとう笑い出した。「人間じゃなくて誰が乗るっていうんだ。馬はロープウエイに乗ったりしないぞ」

「そうじゃなくって、たとえばあの、伐《き》り出した材木を運ぶためのロープウエイであるとか」

「ちゃちなもんじゃないって、さっき言っただろ。どうも疳《かん》にさわることばかり言うやつだな」源さんは投げやりな口調で説明した。「なぜこんな山奥の誰もこないところにロープウエイがあるかというとだな、以前、この山の持ち主が谷間の景色があまりいいので自分や家族たちの楽しみのためにだけ作ったからだ。その後持ち主は変ったが、機械の手入れだけはしてあって、誰でもいつでも乗れるようにしてあるんだ。わかったか」

「わかりました」おれは悄然《しょうぜん》としてうなずいた。

その山の中腹を迂回して裏に出ると、かすかに渓流が光って見える谷底からは霧《きり》が立ちのぼり、さらに奥にある彼方の山のいただきはかすんで見えなかった。山腹の崖っぷちに、丸太で組んだロープウエイのプラットホームがあり、ゴンドラがひとつ、プラットホームについていた。ゴンドラといっても四人の人間が二人ずつ向かいあわせに腰かければ満員という小さなもので、むろんドアなどはない。遊園地などによくである、小さなゴンドラである。彼方の山頂に向かっているらしい鋼索《こうさく》は、やはり途中で霧にかくれていた。

「少し霧が出てきたなあ」と、源さんはいった。

「このケーブルを、どうやって操作するんですか」

そう訊ねると源さんは傍らにある丸太小屋を指さした。「この中に機械がある。おれが操作してやる」

「乗るのはぼくひとりですか」

「そうだよ。怖いかね」源さんが軽蔑《けいべつ》するようにいった。

「いや。平気です」おれはやや憤然《ふんぜん》として言い返した。「霧の中をひとりで乗るというのはすばらしい」

あっちのプラットホームにつけば、この源さんから逃げ出してやろう、とおれは決心した。なんとかしてこの谷間におりて、あの渓流づたいに歩いて行けばどこかの村へ出られる筈だと思ったからである。これ以上この源さんの言いなりになるのはご免だった。

源さんが機械小屋に入ってしばらくすると、小屋の中のモーターが山の静かな大気をふるわせて唸《うな》りはじめた。巻揚滑車《まきあげかっしゃ》や曳索《ひきづな》の具合を見ると、いわゆるつるべ式といわれる単線交走式で、鋼索が一本、ゴンドラが二個しかないやつである。途中には支柱らしいものも見えず、これで向こうの山までの長距離をどうやって保たせるのかと思い多少不安だったが、これよりもっとひどい貨物用ケーブルに乗ったことがあるので、まさかロープが切れて落ちることもなかろうと自分を安心させ、おれはひとりゴンドラに乗りこんだ。

「動かすぞ」と、源さんが小屋の中から叫んだ。「いいかね」

おれの返事も待たず、小屋の中の起動装置に直結されているらしい巻揚滑車がまわりはじめ、ゴンドラがごとんと揺れて動き出した。おれは思わずゴンドラの中央の柱にしがみついた。

ゴンドラはよく揺れ、ロープをつかんでいる握索装置がぎいぎいと鳴った。少し風が出てきたからであったが、おれには下から湧き出てくる白い霧がゴンドラを持ちあげているような気がしたし、また、プラットホームで源さんが意地悪をしてロープを揺すっているような気もした。もし霧がなければ谷間の景色は眼もくらむようなものであったに相違ない。しかし見えるのは近くの山やまの黒いシルエットと、谷底にぼうと光る白い渓流だけであった。

中ほどまできて、おれの乗ったゴンドラはもう一台のゴンドラとすれ違った。そのゴンドラには、家族づれを気どる四体のマネキンが乗っていた。旅装をし、にこやかな表情をした男、女、少年、少女の四体のマネキンで、彼らは風雨に打たれて黒ずみ、鼻が欠けたりしてひどく不気味だった。なぜそんなものを乗せておくのか、おれには理由がわからなかった。

そろそろ停留所に着くころだと思って行く手に眼をこらしたが、山腹らしい赤黒い岩肌があるばかりでプラットホームらしいものはまだ見えない。やがてゴンドラが霧から抜け出て視界が鮮明になり、行く手のありさまがはっきりした。

その途端、おれはわっと叫んだ。「プラットホームがない」

ロープウエイは行く手の山腹の、切り立ったような崖の中腹で行きどまりになっていた。岩肌に釘《くぎ》を叩きこみ、それに曳索用の滑車をとりつけているだけで、そこからは崖の下へ曳索緊張用の重錘《じゅうすい》が鳩時計の錘《おも》りみたいにだらりと垂れ下がっている。つまりこのロープウエイは、重量を平衡させるためゴンドラこそ二つあるものの、じつは片方で往復するだけのものだったのだ。おれは源さんが操作を誤らないでくれることを祈り、手に汗を握った。ゴンドラが岩にぶつかれば滑車がふっとび、おれはゴンドラもろとも谷底へ墜落である。

目前に岩肌が迫り、もう衝突するという寸前にゴンドラはやっと停止した。手をのばせば崖に手がとどくほどの近さである。おれは額と手の汗を拭った。

もとの停留所へ戻ってゴンドラからおりると、源さんが機械小屋から出てきて笑いながらいった。「どうだい。面白かっただろう」

おれは泣きそうになりながらも、皮肉たっぷりにいった。「ああ。面白うございましたよ。は。それはもう、何やかやとね」

「わかってるよ」源さんはまた、狡猾そうな表情でおれに身をすり寄せてきて、おれの腰を指で小突いた。「あんた、おれから逃げ出すつもりだったんだろう」

おれは狼狽《ろうばい》し、すぐに開きなおった。「ああ、そうだよ。だけどそんなこと、もうどうでもいいでしょ。さ。もとのあの駅まで案内を頼みます」

「いや。そいつは駄目だな」源さんは腰に手をあて、周囲を見まわした。「霧が出てきた。危険だ。あの駅へ戻るよりは、この近くの宿屋に泊った方がいい」

「こんな山の中に宿屋がありますか。ないんでしょ」そんなものある筈がなく、あってもろくな宿屋でないに決っている。おろおろ声でおれは頼んだ。「ねえ。駅へつれて行ってくださいよ」

「心配するな。宿屋はあるさ。あんたはおれと一緒にその宿屋へきて泊るんだ」源さんはおれにそう命令した。「なあに。命まで貰うとはいわないよ。けけけけけけ」

おれは観念した。こうなっては源さんの言いなりになるしかない。

「その宿屋はどこにあるんですか」前をすたすた歩いていく源さんに、おれは訊ねた。

「この山と、もうひとつ東側の小さな山との間にある一軒家だ」

「あのう、その宿屋には、ぼくより前に」

「泊ったやつはいるよ。出ていったやつもいる」源さんはおれが訊ねるよりも先にそう答えた。「馬の泊る宿屋じゃない。人間の泊る宿屋だ」

「そんなに先まわりされては、何も言えませんね」おれはそう言うのがせいぜいだった。

宿屋についたのは夕方だった。とても泊る者などいそうもない荒れ果てた宿屋で、もともと谷間の一軒家だったものに宿屋の看板をかけただけという代物《しろもの》らしい。軒は傾き、障子はぼろぼろに破れ、土間にまで雑草が生えている。

「おい兄貴。客をつれてきたぞ」

源さんの声に応と答えて奥から出てきたのは、源さんそっくりの男だった。おれはもう一度観念した。兄弟に違いない。ここは源さんの家だったのだ。

「よく来たな。客が来るのは二年ぶりだ。今夜で宿屋をやめようと思っていたので、あんたが最後の客ということになる。まあ、あがれあがれ」源さんが兄貴と呼んだぞの男は浮きうきとおれを板の間に請じ入れた。

酒が出て、源さんたちはコップ酒をやりはじめ、おれもすすめられるままにがぶがぶ飲み、たちまち酔っぱらってしまった。もうどうにでもなれ、と、おれは思った。殺されて金を奪われたってかまうもんか。さっきのあの山刀で、ぶすりとやりたきゃ勝手にやれ。

一升近くも飲んだろうか。おれが酔っぱらったのを囲炉裏の彼方からうわ眼遣いにうかがい、源さんたちがひそひそ話をはじめた。

「おい。金はとってきたんだろうな」

「ああ。とってきた」

源さんが腹巻きから部厚い札束をいくつも出した。おれの朦朧《もうろう》とした酔眼にも、それが何千万円という大金であることはわかった。はて、あんな大金を持っていながら、なぜおれの金などを狙《ねら》うんだろう。ぼんやりそんなことを思いながら、おれは眠りに陥った。

深夜、酔っぱらった源さんたちが暴れまわる物音で、数度眼を醒《さ》ました。

「こーらこらこらこらこら」

「こーらこらこらこらこら」

そんなことを叫びながら走りまわり、ふたりはげらげら笑っていた。うす眼をあけると彼らは片手に一升瓶、片手にコップを持ったまま廊下や部屋の中や土間を「こーらこらこらこらこら」といって突っ走り、最後にからだを丸めて障子や襖に体あたりをし、穴をあけたり桟をへし折ったりして破壊し、そのたびにげらげら笑っているのだ。今夜限りで宿屋を廃業するため、あんなにはしゃぎ、家をぶち壊しているのだろうと、おれは眼を醒ますたびにそう思い、また眠った。

大騒ぎは明け方に近づくとますますひどくなり、ついには頂点に達して天地もひっくり返らんばかりの轟音となった。昼少し前と思える頃、ぐゎーん、ぐゎーん、どどどど、どかーん、どかーんという戦争のような大音響に、宿酔《ふつかよ》いの重い頭をかかえて身を起し、あたりを見まわしたおれは、思わず眼を剝《む》いてわっと叫んだ。

宿屋はおれの寝ている板の間と土間とその天井を残してほとんど破壊し尽され、あたりには砂ほこりが立ちこめ、奥座敷などがあった筈の部分は空地となりブルドーザーやパワー・ショベルが動きまわり、数十人の工事人夫が走りまわり、いやそれどころか、昨夜はたしかにあった宿屋の背後の小さな裏山までなくなってしまっている。そして今朝のうちにつき崩されたと思えるその裏山の彼方には広い舗装道路ができていて車が走り、立ちあがって眺めればその道路の彼方には市街らしいビル群がかすかに見え、道路の左右には展望観覧車がまわるレジャー・ランドや、ブギウギで客を誘う高級スナックなどができているのだ。おれが今度の旅の行く先を決めるために見たあの古い地図にはまだ記載されていなかった新しい市街が、たちまちのうちに拡がり、この山の背後にまで近づいてきていたのであろう。

内ポケットにはちゃんと札入れが入っていて、金もそのままだった。おれは枕にしていたショルダー・バッグを肩に、もはや残骸でしかない宿屋を出た。入口から少しはなれたところには源さん兄弟が立ち、工事の監督らしい男と何か話しこんでいた。

おれは、昨夜の酒代と宿賃を払わなければと思いながら源さんに近づいていき、おれに気がついて手をあげた彼ににやりと笑いかけた。「源さん。あなた、儲けましたね」

裏小倉

秋《あき》の田《た》の　かりほの庵《いほ》の　苫《とま》をあらみ　わが衣手《ころもで》は　露《つゆ》にぬれつつ　天智天皇《てんじてんのう》
あきのたの　かれきのいわの　うまをはやめ　あかごのむれは　かゆにむれつつ
〈通釈〉秋の田の枯木の岩でできた馬の足があまり早いので、赤ん坊の群れが粥《かゆ》にむらがっている。

春《はる》過《す》ぎて　夏来《なつき》にけらし　白妙《しろたへ》の　衣干《ころもほ》すてふ　天《あま》の香具山《かぐやま》　持統天皇《じとうてんのう》
はれすぎて　なつぼけらしく　うろたえの　こどもほすてす　かまをとぐやま
〈通釈〉天気がよすぎて夏ぼけのようだ。うろたえた子供やホステスが山の上で釜《かま》を磨《と》いでいる。のどかだなあ。

あしびきの　山鳥《やまどり》の尾《を》の　しだり尾《を》の　長々《ながなが》し夜《よ》を　ひとりかも寝《ね》む　柿本人麻呂《かきのもとのひとまろ》
あしびきの　やまでらのこの　ひだりての　ながながしてを　ひとがかむなり
〈通釈〉「あしびきの」は山の枕詞《まくらことば》。山寺の子の左手が長すぎるので、ひとが嚙みちぎった。おもしろいことである。

田子《たご》の浦《うら》に　うち出《い》でて見《み》れば　白妙《しろたへ》の　富士《ふじ》の高嶺《たかね》に　雪《ゆき》は降《ふ》りつつ　山部赤人《やまべのあかひと》

あごのうらに　くちいでてくれば　しろいはの　さじのたがねに　つきはかけつつ

〈通釈〉顎の裏に口ができ、白い歯がのぞいている。その歯でスプーン兼用の鏨《たがね》を嚙んだら、突然月が欠けた。

奥山《おくやま》に　紅葉踏《もみぢふ》み分《わ》け　鳴《な》く鹿《しか》の　声聞《こえき》くときぞ　秋《あき》はかなしき　猿丸大夫《さるまるだゆう》

おくさまに　いぼじふみつけ　なくしもの　よくきくときぞ　あすはふろしき

〈通釈〉しもの病気で泣いている奥様の疣痔《いぼじ》を踏んづけてあげたらよくきいたので、いよいよ明日は風呂敷をかぶせよう。

かささぎの　渡《わた》せる橋《はし》に　置《お》く霜《しも》の　白《しろ》きを見《み》れば　夜《よ》ぞ更《ふ》けにける　中納言家持《ちゅうなごんやかもち》

がさがさの　はだせるわれに　ひくひもの　しろめをみれば　すぐふけにける

〈通釈〉わたしのひも（情夫）が、象皮病になったわたしに気づいて眼を剝《む》いた。わたしはすぐに逃げた。

天《あま》の原《はら》　ふりさけ見《み》れば　春日《かすが》なる　三笠《みかさ》の山《やま》に　出《い》でし月《つき》かも　阿倍仲麻呂《あべのなかまろ》

あしとはら　やつざきみれば　かすかなる　ふかさのやまに　いけにえをかむ

〈通釈〉八つ裂きにされた足や腹部を見たので、わたしもやや奥深い山に戻り、生《い》け贄《にえ》にかぶりついた。

わが庵《いほ》は　都《みやこ》のたつみ　しかぞ住《す》む　世《よ》をうぢ山《やま》と　人《ひと》はいふなり　　喜撰法師《きせんほうし》

わかいこは　みぬこのたちみ　したをかむ　よろうじゃないかと　ひとはくるなり

〈通釈〉店に若い娘を置くと、まだ見ていない子らが立ち見をしたり舌を噛んだりするし、寄ろうじゃないかと人が来るのでうれしい。

花《はな》の色《いろ》は　うつりにけりな　いたづらに　わが身世《みよ》にふる　ながめせし間《ま》に　　小野小町《おののこまち》

はなのさきは　くずれにけりな　いたずらを　ばかみたように　ならべせしまに

〈通釈〉馬鹿《ばか》みたいにいたずらばかりしているうち、とうとう鼻の頭が崩れてしまった。

これやこの　行《ゆ》くも帰《かへ》るも　別《わか》れては　知《し》るも知《し》らぬも　あふ坂《さか》の関《せき》　　蟬丸《せみまる》

これやこの　ゆくもかえるも　これやこの　しるもしらぬも　ゆくもかえるも

〈通釈〉これがまあ、行く人も帰る人も、なんとまあ、知った人も知らない人も、行ったり帰ったりするものであるなあ。

わたの原《はら》　八十島《やそしま》かけて　漕《こ》ぎ出《い》でぬと　人《ひと》には告《つ》げよ　あまの釣舟《つりぶね》　参議《さんぎ》　篁《たかむら》

はらのわた　やっかいかけて　こぎたないと　ひとにはみせよ　たまのそりあと

〈通釈〉腸《はらわた》を見せると迷惑だし小汚いから、人にはそう言って、睾丸《こうがん》の剃り落した痕を見せなさい。

天《あま》つ風《かぜ》　雲《くも》の通《かよ》ひ路《ち》　吹《ふ》き閉《と》ぢよ　乙女《をとめ》の姿《すがた》　しばしとどめむ　僧正遍昭《そうじょうへんじょう》

あまつかぜ　くものかよいじ　ふきとべよ　すずめのすがた　くちばしとどめん

〈通釈〉空吹く風に蜘蛛《くも》の巣よ吹きとばされておくれ。雀の姿を嘴《くちばし》だけでもとどめておきたいから。

筑波嶺《つくばね》の　峰《みね》より落《お》つる　みなの川《がは》　恋《こひ》ぞ積《つ》もりて　淵《ふち》となりぬる　陽成院《ようぜいいん》

つくはねの　やねよりおつる　みずのあわ　こいにあたりて　ぶちとなりぬる

〈通釈〉羽根つきをしていたら屋根にあたり、屋根から汚い水が泡になって落ち、下にいた鯉《こい》がまだらになってしまった。

陸奥《みちのく》の　しのぶもぢずり　誰《たれ》ゆゑに　乱《みだ》れそめにし　我《われ》ならなくに　河原左大臣《かわらのさだいじん》
はちのすの　しのぎをけずり　あれゆえに　みだれすぎても　われなくならない
〈通釈〉蜂《はち》の巣で蜂が激しく戦っているように、乱れに乱れたあれをしたところで、自分は死なない。

君《きみ》がため　春《はる》の野《の》に出《い》でて　若菜摘《わかなつ》む　わが衣手《ころもて》に　雪《ゆき》は降《ふ》りつつ　光孝天皇《こうこうてんのう》
きみをたべ　しろみをすてて　さかなつる　わがはりぼての　うきはうきつつ
〈通釈〉卵の白身を捨てて黄身ばかりむさぼり食いながら魚を釣っていると、わたしのはりぼての浮きは浮いたままである。のどかだなあ。

立《た》ち別《わか》れ　いなばの山《やま》の　峰《みね》に生《お》ふる　まつとし聞《き》かば　今帰《いまかへ》り来《こ》む　中納言行平《ちゅうなごんゆきひら》
たちぐされ　いなばのうさぎ　みなにげる　まつのきのかば　いまかかえこむ
〈通釈〉立ち腐れを見て驚いた因幡《いなば》の白兎の群れが逃げ出した。それを待っていた松の木の上の河馬《かば》が、全部かかえこんだ。

ちはやぶる　神代《かみよ》も聞《き》かず　竜田川《たつたがは》　から紅《くれなゐ》に　水《みづ》くくるとは　在原業平朝臣《ありわらのなりひらあそん》
ちはやぶる　かみゆいいかず　かったかみ　からくれないに　みなそめるとは
〈通釈〉「ちはやぶる」は髪の枕詞。髪結いにも行かず自分で刈った髪をまっ赤に染めるとはなんということだ。

住《すみ》の江《え》の　岸《きし》に寄《よ》る波《なみ》　よるさへや　夢《ゆめ》の通《かよ》ひ路《ち》　人目《ひとめ》よくらむ　藤原敏行朝臣《ふじわらのとしゆきあそん》
うみのべの　きしによるあみ　とるさえら　ふねのかよいじ　ひとのよくぶか
〈通釈〉漁師が海岸で網を寄せ、さえらを漁っている。船が通るところを見るたび、人間とは欲深いものであるなあと思う。

難波潟《なにはがた》　短《みじか》き蘆《あし》の　ふしの間《ま》も　逢《あ》はでこの世《よ》を　過《す》ぐしてよとや　伊勢《いせ》
おんながた　みじかいあしの　ふしあなも　あわをぬれてで　すぐつかみどり
〈通釈〉女形の短い足の節穴でさえも、濡れ手で粟をすぐつかみ取りできるようになっている。おそろしいものであるなあ。

わびぬれば　今《いま》はた同《おな》じ　難波《なには》なる　みをつくしても　逢《あ》はむとぞ思《おも》ふ　元良親王《もとよししんのう》

わびぬれど　いまでもおなじ　なにになる　みをつくしても　あわんとおもうぞ

〈通釈〉いくらあやまってもだめだ。今でも許してはやらない。あやまって何になる。いくら身を捨ててあやまっても、お前には会わんと思っているのだ。

今来《いまこ》むと　言《い》ひしばかりに　長月《ながつき》の　有明《ありあけ》の月《つき》を　待《ま》ち出《い》でつるかな　素性法師《そせいほうし》

いまこむと　いいしばかりに　こぶつきの　としあけのつきを　まちがえつるかな

〈通釈〉今は混雑していますよと言ったばかりに、こぶつきの女と一緒に年が明けた月を間違える破目になってしまった。

吹《ふ》くからに　秋《あき》の草木《くさき》の　しをるれば　むべ山風《やまかぜ》を　あらしといふらむ　文屋康秀《ふんやのやすひで》

ひくからに　あきのくしゃみの　とめどなく　むべはなかぜを　つらしというらむ

〈通釈〉秋に風邪をひいたらくしゃみがとめどなく出た。なるほど鼻風邪がつらいというのはこのことか。

月見《つきみ》れば　千々《ちぢ》に物《もの》こそ　かなしけれ　わが身一《みひと》つの　秋《あき》にはあらねど　大江千里《おおえのちさと》

つきみれば　ちぢにものこそ　ばらしけれ　おおかみひとつの　ききにはあらねど
〈通釈〉月を見るたび、滅茶苦茶にものを破壊してしまう。狼男だけの危機ではないのだけれど。

このたびは　幣《ぬさ》もとりあへず　手向山《たむけやま》　紅葉《もみぢ》の錦《にしき》　神《かみ》のまにまに　菅家《かんけ》
このたびは　とるもとりあえず　かけつけた　あなたのやしき　なみのまにまに
〈通釈〉このたびは、あなたの屋敷が波の間に間に流されて行くというので、とるものもとりあえず駈けつけました。

名《な》にし負《お》はば　あふ坂山《さかやま》の　さねかづら　人《ひと》に知《し》られで　くるよしもがな　三条右大臣《さんじょううだいじん》
なにしおわば　まらさねがわの　さねかずら　まらにすかれて　くるしむがよい
〈通釈〉まらさね川のさねかずらが本当に評判通りのものであれば、まらに好かれて勝手に苦しんだらよかろう。

小倉山《をぐらやま》　峰《みね》のもみぢ葉《ば》　心《こころ》あらば　今《いま》ひとたびの　行幸《みゆき》待《ま》たなむ　貞信公《ていしんこう》

もぐらやま　みねのもぐらが　ころがれば　いまひとたびも　みるきおこらん

〈通釈〉もぐら山の峰にいるもぐらがころげ落ちた。もう二度と見る気はしない。

みかの原《はら》　わきて流《なが》るる　泉川《いづみがは》　いつ見《み》きとてか　恋《こひ》しかるらむ　中納言兼輔《ちゅうなごんかねすけ》

ふけのけら　さきてあばるる　いつみかれ　いつみかとれか　ひきらかるめん

〈通釈〉不能。

山里《やまざと》は　冬《ふゆ》ぞ寂《さび》しさ　まさりける　人目《ひとめ》も草《くさ》も　かれぬと思《おも》へば　源宗于朝臣《みなもとのむねゆきあそん》

やまざとは　かねのちからぞ　まさりける　ひとめもうわさも　へいきとおもえば

〈通釈〉田舎の選挙区はマスコミの影響も少いので、金だけがものをいうなあ。

心《こころ》あてに　折《を》らばや折《を》らむ　初霜《はつしも》の　置《お》きまどはせる　白菊《しらぎく》の花《はな》　凡河内躬恒《おおしこうちのみつね》

ところあてに　おらばやおらん　ひっこしの　おれまどわせる　しらんまちかな

〈通釈〉引越しした友人が家にいるかいないか、書いてもらった住所をあてに来たものの、知らん町なので迷ってしまう。

有明《ありあけ》の　つれなく見《み》えし　別《わか》れより　暁《あかつき》ばかり　憂《う》きものはなし　　壬生忠岑《みぶのただみね》

てつやあけの　きいろくみえし　つかれより　ばかつきばかり　よきものはなし

〈通釈〉徹夜マージャンの疲れで太陽が黄色く見えたあの日から、馬鹿つきほどよいものはないなあと思うようになった。

朝《あさ》ぼらけ　有明《ありあけ》の月《つき》と　見《み》るまでに　吉野《よしの》の里《さと》に　降《ふ》れる白雪《しらゆき》　　坂上是則《さかのうえのこれのり》

あかだらけ　しにかけのときと　みるまでに　としのわからぬ　ふれるしらくも

〈通釈〉死にかけているのではないかと思うぐらい垢だらけのその男は、年齢のわからない、しらくも頭の気ちがいであった。

山川《やまがは》に　風《かぜ》のかけたる　しがらみは　流《なが》れもあへぬ　紅葉《もみち》なりけり　　春道列樹《はるのみちのつらき》

やたけたに　かねをかけたる　ほねがらみ　いのちもあえぬ　さいごなりけり

〈通釈〉豪遊した末に梅毒となり、あえない最期をとげたことである。

ひさかたの　光《ひかり》のどけき　春《はる》の日《ひ》に　しづ心《ごころ》なく　花《はな》の散《ち》るらむ　　紀友則《きのとものり》

ひさかたの　ひかりのどめき　さるのめに　しずこころなく　やねおちるらん

〈通釈〉「ひさかたの」はひかりの枕詞。ひかり号の轟音で、新幹線沿いの家の屋根が落ちる光景は、猿の目にはなんと落ちつかぬことであろうかと映じた。

誰《たれ》をかも　知《し》る人《ひと》にせむ　高砂《たかさご》の　松《まつ》も昔《むかし》の　友《とも》ならなくに　　藤原興風《ふじわらのおきかぜ》

だれをかも　しるひとにせん　みなしごの　さつもむかしの　ともならなくに

〈通釈〉どいつを噛んでやろうか。知っている人にしようか。どうせおれは孤児で、警察にも昔なじみはいないのだから。

人《ひと》はいさ　心《こころ》も知《し》らず　ふるさとは　花《はな》ぞ昔《むかし》の　香《か》に匂《にほ》ひける　　紀貫之《きのつらゆき》

ひとはいや　こころもしらず　ふるざるは　なかぞむかしの　かにせおいける

〈通釈〉人間は気ごころが知れないのでいやだと言っていた古猿が、昔なじみの蟹《かに》を背負っていた。

夏《なつ》の夜《よ》は　まだ宵《よひ》ながら　明《あ》けぬるを　雲《くも》のいづこに　月宿《つきやど》るらむ　　清原深養父《きよはらのふかやぶ》

さつのよは　まだよいながら　やけぬるを　きものいずこに　われやどるらん

〈通釈〉気がつくと夜になっていて、警察で泊っていた。まだ酔いは醒《さ》めず、おれはやけっぱちだ。きものはどうしたのだろう。

白露《しらつゆ》に　風《かぜ》の吹《ふ》きしく　秋《あき》の野《の》は　貫《つらぬ》きとめぬ　玉《たま》ぞ散《ち》りける　文屋朝康《ふんやのあさやす》

しらさねに　かぜのふきしく　ののはめは　つらぬきとめず　たまぞちりける

〈通釈〉野原で、はめということをすると、しらさねというものの上に風が吹くので、貫通しとどめを刺さぬうちにたまがとび散ってしまった。

忘《わす》らるる　身《み》をば思《おも》はず　誓《ちか》ひてし　人《ひと》の命《いのち》の　惜《を》しくもあるかな　右近《うこん》

ゆすらるる　みをばおもわず　かばいてし　おれのいのちの　おしくもあるかな

〈通釈〉やくざに強請《ゆす》られて、その恐ろしさに思わずわが身をかばった。まだ命は惜しい。

浅茅生《あさぢふ》の　小野《をの》の篠原《しのはら》　しのぶれど　あまりてなどか　人《ひと》の恋《こひ》しき　参議等《さんぎひとし》

あさじるの　おののきのつら　いたぶれど　あまりてながく　ひとのしぬじき

〈通釈〉朝の味噌汁の中に、ひどく自分を恐れているやつがいたので、いたぶってやったけれど、あまりにも自分の手が長すぎた。そういえば今は人のよく死ぬ時期であるなあ。

忍《しの》ぶれど　色《いろ》に出《い》でにけり　わが恋《こひ》は　物《もの》や思《おも》ふと　人《ひと》の問《と》ふまで　平兼盛《たいらのかねもり》

きすぐれど　いろにまけにけり　わがさけは　よもやひもだと　ひとはおもわず

〈通釈〉酒に弱いので、飲むと情婦に負ける。おれがひもだとは誰も思わない。

恋《こひ》すてふ　わが名《な》はまだき　立《た》ちにけり　人知《ひとし》れずこそ　思《おも》ひ初《そ》めしか　壬生忠見《みぶのただみ》

こいすてて　わがふなはまち　たちにけり　あとしれずこそ　おもいあさめし

〈通釈〉おれの鮒《ふな》とはまちが鯉を捨てて出発し、行方がわからない。そのために朝飯が重い。

契《ちぎ》りきな　かたみに袖《そで》を　しぼりつつ　末《すゑ》の松山《まつやま》　波越《なみこ》さじとは　清原元輔《きよはらのもとすけ》

ちぎりすて　かたわのそでを　しぼりつつ　すねのけつねり　かみころすとは

〈通釈〉片腕をちぎり捨てて片輪にした男の、もう片方の袖をしぼりあげ、脛《すね》の毛をつねり、あげくに嚙み殺すとは、なんということをするのか。

逢《あ》ひ見《み》ての　後《のち》の心《こころ》に　くらぶれば　昔《むかし》は物《もの》を　思《おも》はざりけり　権中納言敦忠《ごんちゅうなごんあつただ》

あいみてか　のちかこころか　うらぶれか　むかしかものか　ほろかなかはか

〈通釈〉不能。

逢《あ》ふことの　絶《た》えてしなくは　なかなかに　人《ひと》をも身《み》をも　恨《うら》みざらまし　中納言朝忠《ちゅうなごんあさただ》

あのひとの　たえてしなずば　なかなかに　ほねをもみをも　ばらばらざらまし

〈通釈〉あいつが絶対死なないのなら、かえって、骨や肉がばらばらになってしまうだろう。

あはれとも　いふべき人《ひと》は　思《おも》ほえで　身《み》のいたづらに　なりぬべきかな　謙徳公《けんとくこう》

あわれとも　いうべきこじき　いぬほえて　ひのいたずらに　もえるべきかな

〈通釈〉哀れな乞食は犬に吠えられ、火遊びの犠牲になって燃えてしまうべきだ。

由良《ゆら》のとを　渡《わた》る舟人《ふなびと》　かぢを絶《た》え　行方《ゆくへ》も知《し》らぬ　恋《こひ》の道《みち》かな　曾禰好忠《そねのよしただ》

うらのとを　あけるふなびと　かじをたえ　かきねもしらぬ　まわりみちかな

〈通釈〉裏の戸をあけて入ってきた舟びとは、かじをとりちがえ道にまよい、垣根を乗り越え、たいへんなまわり道をして行ってしまった。

八重《やへ》むぐら　しげれる宿《やど》の　寂《さび》しきに　人《ひと》こそ見《み》えね　秋《あき》は来《き》にけり　恵慶法師《えぎょうほうし》

はなむぐら　くじれるなどの　はげしきに　あとこそみえね　あきあきしにけり

〈通釈〉はなむぐらというものをくじるなどというはげしいことをしているうち、ついに跡かたもなくなったので、飽きてしまった。

風《かぜ》をいたみ　岩打《いはう》つ波《なみ》の　おのれのみ　砕《くだ》けて物《もの》を　思《おも》ふころかな　源重之《みなもとのしげゆき》

かたをいため　のたうつものは　おのれのみ　くだけてものが　かんがえられない

〈通釈〉肩を痛め、のたうちまわっているのはおれひとりである。肩の骨が砕けて以来、何も考えられない。

みかきもり　衛士《ゑじ》のたく火《ひ》の　夜《よる》は燃《も》え　昼《ひる》は消《き》えつつ　物《もの》をこそ思《おも》へ　大中臣能宣朝臣《おおなかとみのよしのぶあそん》

あかやもり　かじのたぐいの　よるはもえて　ひるももえつつ　ものをこそもやせ

〈通釈〉「あかやもり」は火事の枕詞。火事の類が夜も昼も続いて、ものを全部燃やしてしまえ。

君《きみ》がため　惜《を》しからざりし　命《いのち》さへ　長《なが》くもがなと　思《おも》ひけるかな　藤原義孝《ふじわらのよしたか》

きちがいめ　おしからざりし　いのちさえ　ながくもがなと　おもいやがるかな

〈通釈〉気違いめ。惜しくもない命なのに、長生きしたいなどと考えていやがる。

かくとだに　えやはいぶきの　さしも草《ぐさ》　さしも知《し》らじな　燃《も》ゆる思《おも》ひを　藤原実方朝臣《ふじわらのさねかたあそん》

かくとだめ　えははいふきの　さるもねら　さるもねらねら　もちはべとべと

〈通釈〉絵は、描いても灰吹きのサルモネラにしかならないから駄目である。そういえばサルモネラはねらねらだし、もちはべとべとであるなあ。

明《あ》けぬれば　暮《く》るるものとは　知《し》りながら　なほ恨《うら》めしき　朝《あさ》ぼらけかな　藤原道信朝臣《ふじわらのみちのぶあそん》

さけぬれば　くるしきものとは　しりながら　なおさらいたい　またひらきかな

〈通釈〉裂けたら苦しいということはよく知っているので股を開くと尚さら痛い。

嘆《なげ》きつつ　ひとり寝《ぬ》る夜《よ》の　明《あ》くる間《ま》は　いかに久《ひさ》しき　ものとかは知《し》る
右大将道綱母《うだいしょうみちつなのはは》

あがきつつ　ひとりするよの　あくるひは　いかにもはげしく　ほねとかわだけ

〈通釈〉あがきながら、ひとりでそれをした夜の次の日は、骨と皮だけになってしまうので、いかにはげしくやったかがわかるというものだ。

忘《わす》れじの　行《ゆ》く末《すゑ》までは　難《かた》ければ　今日《けふ》を限《かぎ》りの　命《のち》ともがな　儀同三司母《ぎどうさんしのはは》

がすれんじの　もとのこっくの　かたければ　きょうをかぎりに　こわすともがな

〈通釈〉ガス・レンジの元栓がかたくて開かない。今日を限りに壊してしまいたい。

滝《たき》の音《おと》は　絶《た》えて久《ひさ》しく　なりぬれど　名《な》こそ流《なが》れて　なほ聞《き》こえけれ　大納言公任《だいなごんきんとう》

しんおんは　たえてひさしく　なりぬれど　ちこそながれて　てあしひくひく

〈通釈〉心音が聞こえなくなってだいぶ経つけれど、血は流れているし、手足もひくひく動いている。

あらざらむ　この世《よ》のほかの　思《おも》ひ出《で》に　今《いま》ひとたびの　逢《あ》ふこともがな　和泉式部《いずみしきぶ》
あらざらい　このいえのもの　もっていけ　いまひとたびも　あうことはない
〈通釈〉この家のもの全部持っていけ。お前とはもう会わない。

めぐり逢《あ》ひて　見《み》しやそれとも　分《わ》かぬ間《ま》に　雲隠《くもがく》れにし　夜半《よは》の月《つき》かな　紫式部《むらさきしきぶ》
めくらがあって　みてもだれとも　わかぬまに　きもをつぶせし　はちあわせかな
〈通釈〉めくら同士が出会い、相手が誰だかわからぬままに鉢あわせをし、肝《きも》をつぶした。

有馬山《ありまやま》　猪名《ゐな》の笹原《ささはら》　風吹《かぜふ》けば　いでそよ人《ひと》を　忘《わす》れやはする　大弐三位《だいにのさんみ》
しゃばらやま　しゃばのどばしら　かぜふけば　しゃべそろどぼら　しゃばれしゃばるる
〈通釈〉不能。

やすらはで　寝《ね》なましものを　さ夜更《よふ》けて　傾《かたぶ》くまでの　月《つき》を見《み》しかな　赤染衛門《あかぞめえもん》

やすらかに　ねていたものを　ゆかさけて　かたぶくまでの　やねをみしかな

〈通釈〉安らかに寝ていたのに、床が裂けたので起き、外へ出て屋根が傾くまで見ていた。

大江山《おほえやま》　いく野《の》の道《みち》の　遠《とほ》ければ　まだふみも見《み》ず　天《あま》の橋立《はしだて》　小式部内侍《こしきぶのないし》

おおぱじゃま　きるのぬがすの　とぼければ　まだふみもせず　あかいふんどし

〈通釈〉不能。かまととの歌であろうと思われる。

いにしへの　奈良《なら》の都《みやこ》の　八重桜《やへざくら》　けふここのへに　匂《にほ》ひぬるかな　伊勢大輔《いせのたいふ》

いにしえけ　ならけみやこけ　やけざけけ　きょうこのへんに　におうげろげろ

〈通釈〉もう我慢できん。これは解釈する気にならん。勝手にやりなさい。

夜《よ》をこめて　鶏《とり》のそら音《ね》は　はかるとも　よにあふ坂《さか》の　関《せき》は許《ゆる》さじ　清少納言《せいしょうなごん》

よをつめて　むりにのおとを　うつすとも　まにあうかしら　けっせきはゆるされじ

〈通釈〉試験の歌であろう。

今《いま》はただ　思《おも》ひ絶《た》えなむ　とばかりを　人《ひと》づてならで　いふよしもがな
左京大夫道雅《さきょうのだいぶみちまさ》

いまはただ　いまもただなら　ただばかり　ただならただで　ただというがな

〈通釈〉不能。

朝《あさ》ぼらけ　宇治《うち》の川霧《かはぎり》　たえだえに　現《あらは》れわたる　瀬々《せぜ》の網代木《あじろぎ》
権中納言定頼《ごんちゅうなごんさだより》

あさぼらけ　せいとはいきも　たえだえに　あらわれやがる　せんせいのたじろぎ

〈通釈〉朝、遅刻しそうになった生徒が息もたえだえにかけつけてくるので、先生がたじろいでいるのであろう。

恨《うら》みわび　干《ほ》さぬ袖《そで》だに　あるものを　恋《こひ》に朽《く》ちなむ　名《な》こそ惜《を》しけれ
相模《さがみ》

つらにかび　ほそいうでだに　とるものを　こしにくちなし　はこそとしとれ

〈通釈〉不能。

もろともに　あはれと思《おも》へ　山桜《やまざくら》　花《はな》よりほかに　知《し》る人《ひと》もなし
前大僧正行尊《さきのだいそうじょうぎょうそん》

もろともに　くたばってしまえ　やまくずれ　おまえらよりほかに　しぬひともなし

〈通釈〉ひどい歌である。

春《はる》の夜《よ》の　夢《ゆめ》ばかりなる　手枕《たまくら》に　かひなく立《た》たむ　名《な》こそ惜《を》しけれ　周防内侍《すおうのないし》

はははは　ははははははは　ははははは　ははははははは　ははははは

〈通釈〉笑っている。

心《こころ》にも　あらで憂《う》き世《よ》に　ながらへば　恋《こひ》しかるべき　夜半《よは》の月《つき》かな　三条院《さんじょういん》

がははは　がははははは　がごげぎぐ　がごげぎげごぐ　ごげごがげぎご

〈通釈〉笑っているらしい。

嵐《あらし》吹《ふ》く　三室《みむろ》の山《やま》の　もみぢ葉《ば》は　竜田《たった》の川《かは》の　錦《にしき》なりけり　能因法師《のういんほうし》

さらしまく　いもりのやまの　でんじはは　かっぱのかばの　ざしきなりけり

〈通釈〉不能。

寂《さび》しさに　宿《やど》を立《た》ち出《い》でて　ながむれば　いづこも同《おな》じ　秋《あき》の夕暮《ゆふぐ》れ　良暹法師《りょうぜんほうし》

よそのいえ　わがやをたちいでて　ながむれば　いずこもおなじ　さけのむなかれ

〈通釈〉禁酒させられた亭主どもの歎きであろう。

夕《ゆふ》されば　門田《かどた》の稲葉《いなば》　おとづれて　蘆《あし》のまろ屋《や》に　秋風《あきかぜ》ぞ吹《ふ》く　大納言経信《だいなごんつねのぶ》

ゆさぶれば　かどのいっけんや　くずれおちて　あとのひろばに　あきかぜぞふく

〈通釈〉ひどい歌である。こういうことをしてはいけない。

音《おと》に聞《き》く　たかしの浜《はま》の　あだ波《なみ》は　かけじや袖《そで》の　濡《ぬ》れもこそすれ　祐子内親王家紀伊《ゆうしないしんのうけのきい》

おそれいる　かんにんしてくれ　わたくしは　ころしやしない　ぬすみこそすれ

〈通釈〉泥棒があやまっている。

高砂《たかさご》の　をのへの桜《さくら》　咲《さ》きにけり　外山《とやま》の霞《かすみ》　立《た》たずもあらなむ　前中納言匡房《さきのちゅうなごんまさふさ》

こえたごの　なかみをぜんぶ　ぶちまけにけり　めだまがかすみ　たっていられぬ

〈通釈〉アホか。

憂《う》かりける　人《ひと》を初瀬《はつせ》の　山《やま》おろしよ　はげしかれとは　祈《いの》らぬものを

源《みなもとの》　俊頼《としより》朝臣《あそん》

うっかりしける　ひとをまたせて　たなおろし　いんどかれーは　にこまぬものを

〈通釈〉不能。

藤原《ふじわらの》　基俊《もととし》

契《ちぎ》りおきし　させもが露《つゆ》を　命《いのち》にて　あはれ今年《ことし》の　秋《あき》もいぬめり

ちぎっておいた　あせもがついに　いのちとり　あわれことしの　あきにはしぬめり

〈通釈〉勝手に死ねばよろしい。

法性寺《ほっしょうじ》入道《にゅうどう》前《さきの》関白《かんぱく》太政大臣《だじょうだいじん》

わたの原《はら》　漕《こ》ぎ出《い》でて見《み》れば　久方《ひさかた》の　雲居《くもゐ》にまがふ　沖《おき》つ白波《しらなみ》

はらのわた　こきだしてみれば　たべかたに　みんながまよう　だいしょうべんなり

〈通釈〉食えるか。馬鹿。

崇徳院《すとくいん》

瀬《せ》をはやみ　岩《いは》にせかるる　滝川《たきがは》の　われても末《すゑ》に　あはむとぞ思《おも》ふ

あしをはやめ　いわにぶつかる　たかげたの　われたらもとに　もどらんとぞおもう

〈通釈〉あたり前だ。

淡路島《あはぢしま》 通《かよ》ふ千鳥《ちどり》の 鳴《な》く声《こゑ》に 幾夜寝《いくよね》ざめぬ 須磨《すま》の関守《せきもり》 源《みなもとの》 兼昌《かねまさ》

あわただしく とぶにわとりの なくこえに きょうもねざめぬ しんだせきとり

〈通釈〉死んだ相撲取りを悼《いた》んでいるらしい。

秋風《あきかぜ》に たなびく雲《くも》の 絶《た》え間《ま》より もれ出《い》づる月《つき》の 影《かげ》のさやけさ 左京《さきょうの》 大夫《だいぶ》顕輔《あきすけ》

はなかぜに ながびくずつうの たえまより もれいずるせきの かけこごほげほ

〈通釈〉風邪ひきの苦しみを歌っている。

長《なが》からむ 心《こころ》も知《し》らず 黒髪《くろかみ》の 乱《みだ》れて今朝《けさ》は 物《もの》をこそ思《おも》へ 待賢門院堀河《たいけんもんいんほりかわ》

ながちょうば ひとのきもしらず ちりがみの みだれてけさは そうじがたいへん

〈通釈〉新婚家庭の、女中の歌であろう。

ほととぎす 鳴《な》きつる方《かた》を ながむれば ただ有明《ありあけ》の 月《つき》ぞ残《のこ》れる 後徳大寺左大臣《ごとくだいじのさだいじん》

せろにあす もんくのかたを ながむれば ただあねだけが うれのこりける

〈通釈〉「せろにあす」は文句の枕詞。ぶつぶつ不平を言っている者があるので、誰かと思って見たら、売れ残りの姉であった。

思《おも》ひわび　さても命《いのち》は　あるものを　憂《う》きにたへぬは　涙《なみだ》なりけり　道因法師《どういんほうし》
おもいきれ　いずれいのちは　ないものを　むきになるのは　あみだなりけり
〈通釈〉あみだ籤《くじ》で死ぬ人間を決めようとしている情景らしい。

世《よ》の中《なか》よ　道《みち》こそなけれ　思《おも》ひ入《い》る　山《やま》の奥《おく》にも　鹿《しか》ぞ鳴《な》くなる　皇太后宮大夫俊成《こうたいごうぐうのだいぶとしなり》
よのなかに　みちがなければ　おもいしる　やまのおくにも　なんにもなくなる
〈通釈〉不能。

ながらへば　またこのごろや　しのばれむ　憂《う》しと見《み》し世《よ》ぞ　今《いま》は恋《こひ》しき　藤原清輔朝臣《ふじわらのきよすけあそん》
なくなれば　またくいものや　しのばれる　うしがいたよぞ　いまはこいしき
〈通釈〉食糧危機の歌らしい。

夜《よ》もすがら　物思《ものおも》ふころは　明《あ》けやらで　閨《ねや》のひまさへ　つれなかりけり　俊恵法師《しゅんえほうし》

よももけら　もけおもろけは　もけやらで　もやのかまさけ　もれもけりけり

〈通釈〉不能。

歎《なげ》けとて　月《つき》やは物《もの》を　思《おも》はする　かこち顔《がほ》なる　わが涙《なみだ》かな　西行法師《さいぎょうほうし》

なげけこけ　くきやかものこ　こけかする　かこけかけこけ　こけかきいきい

〈通釈〉不能。

村雨《むらさめ》の　露《つゆ》もまだひぬ　真木《まき》の葉《は》に　霧立《きりた》ちのぼる　秋《あき》の夕暮《ゆふぐ》れ　寂蓮法師《じゃくれんほうし》

むらじゅうの　ほこりがぜんぶ　まきあがり　ちりたちのぼる　あきのおおそうじ

〈通釈〉大掃除の風景である。

難波江《なにはえ》の　蘆《あし》のかりねの　ひとよゆゑ　みをつくしてや　恋《こ》ひわたるべき　皇嘉門院別当《こうかもんいんのべっとう》

なぜはえた　あしのつけねの　ひとつかみ　みおとしていた　このわたふきびょうかな

〈通釈〉綿吹き病の歌である。

玉《たま》の緒《を》よ　絶《た》えなば絶《た》えね　ながらへば　忍《しの》ぶることの　弱《よわ》りもぞする　式子内親王《しょくしないしんのう》
たまたまよ　こりゃたまんねえ　たまらえば　たまげるほどに　よわりもぞする
〈通釈〉不能。

見《み》せばやな　雄島《をじま》のあまの　袖《そで》だにも　濡《ぬ》れにぞ濡《ぬ》れし　色《いろ》は変《か》はらず　殷富門院大輔《いんぷもんいんのたいふ》
みせてくれ　しじゅつのあとの　きずぐちが　ぬれにぞぬれて　いろはかわらず
〈通釈〉まだ血が出ているらしい。

きりぎりす　鳴《な》くや霜夜《しもよ》の　さむしろに　衣《ころも》かたしき　一人《ひとり》かも寝《ね》む　後京極摂政前太政大臣《ごきょうごくせっしょうのさきのだいじょうだいじん》
くりとりす　なくやつきよの　くろしろに　これもふろしき　ひとりかもかも
〈通釈〉不能。

わが袖《そで》は　潮干《しほひ》に見《み》えぬ　沖《おき》の石《いし》の　人《ひと》こそ知《し》らね　乾《かわ》く間《ま》もなし　二条院讃岐《にじょういんのさぬき》

わがそねは　まわりにみえぬ　ほけのしの　へとへとそらね　かわくまもなし

〈通釈〉不能。

世《よ》の中《なか》は　常《つね》にもがもな　渚《なぎさ》こぐ　あまの小舟《をぶね》の　綱手《つなで》かなしも　鎌倉右大臣《かまくらのうだいじん》

よのなかは　つねにもがもが　もがげごぐ　もがのもがげの　もげでかなしも

〈通釈〉不能。

み吉野《よしの》の　山《やま》の秋風《あきかぜ》　さ夜《よ》ふけて　古里寒《ふるさとさむ》く　衣打《ころもう》つなり　参議雅経《さんぎまさつね》

みおさめの　がまのくちから　かねふけて　ふところさむく　きょうもうつなり

〈通釈〉蟇口《がまぐち》から金が逃げたので憂鬱《ゆううつ》だ。

おほけなく　憂《う》き世《よ》の民《たみ》に　おほふかな　わが立《た》つ杣《そま》に　すみぞめの袖《そで》　前大僧正慈円《さきのだいそうじょうじえん》

おほほほほ　おほほほおほほ　おほほほほ　おほほほほほほ　おほほおほほほ

〈通釈〉笑っている。

花《はな》さそふ　嵐《あらし》の庭《には》の　雪《ゆき》ならで　ふりゆくものは　わが身《み》なりけり
入道前太政大臣《にゅうどうさきのだいじょうだいじん》

はらさそう　はらはりたやの　おんあぼきゃ　しにゆくものは　わがみなりけり

〈通釈〉自分は死ぬ。

来《こ》ぬ人《ひと》を　まつほの浦《うら》の　夕《ゆふ》なぎに　焼《や》くや藻塩《もしほ》の　身《み》もこがれつつ　権中納言定家《ごんちゅうなごんさだいえ》

こぬひまを　まつよのからに　だしなげに　やくやらもすやら　にくはこげつつ

〈通釈〉上《かみ》の句は「焼く」にかかっているらしい。焼いたり燃やしたりして、肉が焦げている。

風《かぜ》そよぐ　ならの小川《をがは》の　夕暮《ゆふぐ》れは　みそぎぞ夏《なつ》の　しるしなりける
従二位家隆《じゅにいいえたか》

かれそろぐ　まらのおからの　やさぐれは　へそぎもちつの　つるしなりける

〈通釈〉不能。

人《ひと》もをし　人《ひと》も恨《うら》めし　あぢきなく　世《よ》を思《おも》ふゆゑに　物思《ものおも》ふ身《み》は
後鳥羽院《ごとばいん》

へともおし　へともむぎめし　あじけなく　へもりんどゆえに　へのへのもへじは

〈通釈〉不能。

ももしきや　古《ふる》き軒端《のきば》の　しのぶにも　なほあまりある　昔《むかし》なりけり　順徳院《じゅんとくいん》

ももひきや　ふるきぱんつを　しのぶにも　なおあまりあって　むきだしなりけり

〈通釈〉なんとなくわかる気もするが、よくわからない。

鍵

青春の残滓《ざんし》というやつはどこかがほころびるとその破れめから次から次へといくらでも湧いて出てくる。特に仕事に追われてわが青春を省《かえり》みる暇がなかったりすると、いったんひっかかりができて気になりはじめ無理やり引きずり出そうとした時などひどいもので、とめどなくあふれ出てくる。それはもう、眼をそむけようにもそむけようのないほど大量にだばだば出てくるものだから、まともに受けとめようとすれば発狂するしかない。それぐらいひどいものだ。

会社をやめてフリーのルポ・ライターになったおれにとって青春は戦場だった。戦争のあとには汚ないものがいくらでもころがっているものであるが、それは人気ルポ・ライターとしてのおれの現在の地位を築くために仕様ことなしに発生した汚物であって、そんなものぐらいはごく当然の産物であったし、それをごく当然などと考える余裕さえないくらい、おれは仕事に忙殺されていたのだ。

ある雑誌から頼まれた十二ページの記事を仕上げるため、おれはもう三日、その出版社の、本来の目的で使用されることは滅多になさそうな応接室に泊りこんで原稿を書いていた。それまでは取材のため地方をまわっていたのだ。郊外にある自宅へはもう三週間ほど帰っていない。家には妻と小さな子供がいるのだが、その子供の顔さえはっきりとは思い出せなくなっている。原稿を仕上げるのが早いか睡眠不足でぶっ倒れるのが早いか、もしぶっ倒れたら雑誌の締切りに間に合わないことは確実という状態だから、電話をかける暇さえないのである。

原稿ができたのは四日めの深夜だった。ペンを置くなりおれはソファにひっくり返った。閉じた瞼《まぶた》の裏にどす黝《ぐろ》い渦巻きが二、三回ぐるぐるまわったかと思う間もなく、おれは眠りに陥った。

しかし、熟睡はできなかった。起きているうちはいいが眠るとたちまち寒くなり、背筋がぞーとして悪い夢を見るのだ。明けがたが近づくにつれますます寒さはひどくなり、とても眠ってはいられなくなった。

おれはとび起きた。何もこんな寒いところで寝ることはない。都心にあるこの社屋のすぐ近くには自分の昔の家があったではないか。

昔といってもつい四年ほど前まで、おれと妻はその小さな建売り住宅に住んでいたのである。子供ができて狭くなったため、郊外に新しい家を建てて引越したのだ。古い方の家は、書物やら資料やら、古い家具や古い衣類などを置いたまま、売りもせずいまだに拋《ほう》りっぱなしにしてある。置いてあるものを整理して新しい家へ運ぶ手間が面倒なためでもあり、土地つきの家だからあとで売るほど値があがるだろうという思惑のためでもある。

あそこへ行けばガス・ストーヴもあり、少し湿気てはいるが布団も毛布もある。こんなところにいるよりはましだ。おれは書きあげた原稿用紙の束を揃え、担当者が出社してくればすぐ眼にとまるようテーブルにきちんと置き、コートを羽織って社屋の深夜通用口からまだ暗い大通りに出た。都心の有難さで、夜明け近くであってもタクシーは必ず走っている。

暖かいタクシーの中でおれはまた少しとろとろとした。それから、はっとして眼を醒《さ》ました。そうだ。あの家のガスはもう出ないのだ。ガス器具が古くなってきて危険だからと、たしか二年前の夏、妻が上京してきた折にガス会社から検査にきた男が妻の立ちあいの上でガス器具を点検し、ガスを停めてしまったではないか。だから家に戻ってもストーヴは使えないのだ。

それでも、ここまで来てしまったからにはあの古い家に戻るより他にすることがない。毛布と布団にくるまって自分の体温であたたまり、少しでも寝よう。ところで、はて。おれはあの家の鍵《かぎ》を持っていたっけ。

おれはまず服のポケットをさがし、鍵ホルダーがないので次にコートのポケットをさぐった。

鍵ホルダーは見つからず、別の鍵が出てきた。ホテルの鍵だった。なんということだ。おれはホテルに泊っていたのだ。

出版社の応接室で罐詰《かんづめ》になる前、旅から戻ったおれはひとまず都心のホテルに落ちついたのではなかったか。顔なじみのフロントの男に三日ほど逗留《とうりゅう》すると言いおいて、すぐ出てきたのだ。今日はもう四日目だが、小さな旅行鞄《かばん》も置いてあることだし、ホテルの方ではまさかおれが逃げたとは思っているまい。してみればあの部屋はまだあのままおれのためにとってある筈《はず》だ。なにもストーヴのない家へ戻らなくても、あのホテルのあたたかい清潔な部屋のふかふかしたツイン・ベッドでぐっすり眠れるではないか。そうだ。鍵ホルダーだって旅行鞄の中に入っているのだ。だいたい旅から戻ったおれがなぜ古い家へ行かずホテルに部屋をとったかといえば、清潔で湿っていない夜具とルーム・サービスに魅力があったからだし、最近では上京するたびにホテルに泊っているが、それはなぜかといえば第一に仕事がしやすいからなのだ。

運転手に行先の変更を告げてホテルを教え、おれはまたうとうとした。ひと仕事すませ、あとはもうホテルへ戻ってベッドにもぐりこみさえすればいいという時の半醒《はんせい》半睡の気分には一種の性的快感がある。ピンクのまどろみといってもよろしい。

午前五時のホテルのロビーには眠そうな顔をしたボーイがひとり立っていてお帰りなさいませという意図せずして皮肉になっている挨拶《あいさつ》をしただけで、他にはフロントにもエレベーター・ホールにも人間はいなかった。高層ホテルの十一階の自分の部屋へ戻るなり、おれは服や汚れた下着を脱ぎ捨てて丸裸になった。ひと風呂浴びようかとも思ったが、きちんと整えられたシーツや毛布を見ると睡眠への誘惑にさからうことがとてもできなくなり、あまりの快感にうーうー呻《うめ》きながらベッドにもぐりこんだ。またもやどす黝い渦巻きが襲来し、おれの意識はその中に巻きこまれた。

女の夢を見た。その女が旅さきで知りあった女のひとりなのか、妻なのか、あるいはずっと昔の女なのか、夢の中では判断できなかった。その女はおれの横に全裸で寝ていて、おれを性的な行為へ誘おうとする意図のもとにしきりに抱きついたり握ったり、さまざまなことをしかけてきた。しかしおれは眠いので挑発に乗らなかった。夢の中で眠がっているなんて、きっとおれはよほど眠いのだな、などと夢の中で思った。そのうち女もあきらめて、おれの横で眠ってしまった。

それが夢ではなく現実の事件であったことを知ったのは、昼すぎに電話で起され、例のおれの顔見知りのフロントの男から詫《わ》びたものか怒ったものか決めかねている口調で事情を説明してもらった時である。おれが鞄だけ置いてホテルを出た日から三日め、昨日の夕方であるが、このホテルの客室は満室になった。そこへいつもこのホテルを定宿にしている地方都市の財閥の娘が予約なしで泊りにやってきた。フロントの男はおれが予定の日を過ぎても戻らぬことに気づき、もし戻ってきても違約の件を話しあうため当然フロントへ顔を出すであろうと予測しておれの部屋へ娘を入れ、おれの鞄はフロントで預かることにした。地方財閥の娘は部屋をとったあとどこかへ出かけた。おれが帰ってきてベッドへもぐりこんだ直後、この遊び好きの金持娘がひと晩中飲み続け踊りづめでふらふらになって戻ってきた。ひと風呂浴びてさて寝ようとするとベッドに男がいる。この娘は、おれに気がついてそれをこのホテルまで自分を送ってくれた男友達のうちの一人がどさくさまぎれにもぐりこんだものであろうと判断したらしい。そういうことが嫌いではないのでそのままおれの横で寝た。昼過ぎになって眼を醒ましたその娘は見知らぬおれの寝顔を見てたまげ、すぐさま部屋をとび出してフロントへねじこんだのである。

まだ寝足りなかったおれは起き、そうと知ったら眠いのを我慢して抱いておくのだったなどと意地汚ない後悔をしながらフロントへ話をつけにおりていった。電話してきたフロントの男がにやにやしていて、娘はもう帰ったあとだった。現在進行中の縁談に差しつかえるからホテル側の失策は責めないので、家族などには内緒にしておいてくれと言い残して帰ったらしい。それならおれの方だって別段ホテルにけちをつける理由もない。その娘が美人であったかどうかを訊《たず》ねると、フロントの男はそれはもうといっていていねいに一礼した。四日分の宿泊費を払い、鞄を受けとっておれはホテルを出た。

タクシーに乗ってから鞄の中をひっかきまわすと案の定鍵ホルダーが出てきた。以前の家の鍵もあった。いそいで家族のところへ帰らねばならぬ必要もないので、おれは昔の家へちょっと寄ってみることにした。二年も抛《ほ》ったらかしにしてあるから、どんな有様になっているかが少し心配になったのだ。都心だから蜘蛛《くも》の巣だらけということはあるまいが、ゴキブリの巣窟《そうくつ》と化していることは充分考えられる。鼠《ねずみ》が仔を産んで家いっぱいに繁殖しているかもしれない。

だが、案じたほどのことはなかった。門の把手《とって》が銹《さ》びついていたが、これは力まかせにまわすとじょりじょりといってちゃんとまわったし、郵便箱を門の鉄柵《てっさく》にくくりつけてある針金が一カ所ちぎれていたが、箱そのものは落ちていない。家の中も綺麗だった。建売り住宅としてはいい材料を使っているので、建具の歪《ゆが》みもない。台所に置いたゴキブリ捕獲用の紙箱を覗《のぞ》くと、でかいやつが八匹、こまかいやつが二十数匹もかかっていて、でかい一匹がまだ肢《あし》を動かしていた。水道をひねると数秒間赤い水が出た。二階へあがって書斎のドアを開こうとすると、ここも把手がばかになり、開きにくくなっていた。おれの机の上は引越し当時となんの変りもなく、本や書類が積みあげたままである。本箱も、棚の上も、ソファの上も、ステレオの上も、その横の床の上も、本や雑誌でいっぱいである。机の前の回転椅子に腰をおろすと、高さを調節する螺子《ねじ》のあたりがきいと鳴った。

おれは机の上の受話器をとりあげた。電話はまだ通じていた。近くの銀行にまだ預金の残っている口座があり、そこから自動的に料金を振込んでいるのだろう。今朝がたとび出してきた出版社に電話し、担当者と話をした。担当者はすでにおれの仕上げた四十枚の原稿を読み終えていて、文句のつけようがないという意味のお世辞めいた感想を二、三分喋《しゃべ》った。変なところがあれば正直に教えてくれる男なのでおれは安心し、受話器を置いた。それから煙草に火をつけ、机の抽出《ひきだ》しを覗いた。古い資料や書きかけの原稿がいっぱい出てきた。変な写真も出てきた。その他おれがすっかり忘れていたいろんな昔の所持品や文具などのがらくたがどの抽出しにもぎっしり詰っていた。

右手最上段の小抽出しの奥から出てきた鍵束には、大小の鍵が十数個ついていた。

いずれも簞笥《たんす》の抽出し、机の抽出し、鞄などについていた小さな鍵ばかりであるが、中にひとつだけ、やけに黄色く光っている大きな鍵があった。見憶えはたしかにあるのだがどこの鍵だか、なんの鍵だか思い出せず、おれは考えこんだ。思い出せばそれは必ず、鍵の大きさ同様おれがすっかり胴忘《どわす》れしているどでかいものにつながる筈であり、それは確信に近いのだが、それほどの確信がありながらおれにはなかなか思い出せなかった。そのうち、ほかのことを思い出した。思い出すなりからだがどんと一寸ばかり下にさがった。腹が減っていたのだ。考えてみれば丸一日近く何も食べていない。腹が減っていることを思い出したためにからだが一寸ばかり下がったのかと一瞬思ったがそんな馬鹿《ばか》なことはあるわけがなく、椅子の高さ調整用螺子がばかになったのだった。

おれは家を出て以前よく行った家の近くのフランス料理店へ入り、ブイヤーベースとタンシチューとガーリックをきかせたヌードルとめしひと皿とコーヒー二杯を平らげた。食べている途中、以前いて今もまだいるこの店のマネージャーがやってきてなつかしそうにおれに挨拶し、おれが総合雑誌に書いたルポを読んだといってしきりにその内容やら文章やら、しまいにはその雑誌までを褒めたたえた。どうやらおれが最近顔を出さなくなったのはそうしたサービスに不満があったからに違いないと思っている様子だった。

マネージャーが行ってしまい空腹も去ってしまい食事が終ると、おれは机の抽出しからとってきたあの鍵束を出し、黄色く光る謎の鍵を見つめてまた考えこんだ。なんとなく寒気がした。そのうち、実際に寒いわけではなくその鍵が寒いのだということに気がついた。鍵に、寒い思い出があるのだ。

あの部屋の鍵だ、そう思い、おれはテーブルを叩《たた》いた。

十年前に会社をやめて結婚し、妻と一緒に上京してきたおれは、まだ署名原稿など書かせてもらえない駆け出しのルポ・ライターだった。収入も少なく、実家も貧乏なのでマンションを買う金などもなく、しかたなく都心のビルの最上階の一室を借り、そこに落ちついた。最上階といっても四階建てビルの屋上の一角にある部屋で、ペントハウスといえば聞えはいいが実は物置用に作られた部屋だったのだ。もともとひとには貸さぬつもりの部屋で、また貸せるような部屋ではなかったのだが、管理人を知っている友人がおれのためにかけあってくれ、したがって都心の、しかも国電の駅前という場所柄にもかかわらず月一万円という安い家賃で借りることができたのである。壁がコンクリートで窓が小さいから夏は暑く冬は寒く、夏には黴《かび》がはえ冬は湿気がひどく、夜はビルと道路ひとつ隔てただけの線路を通る貨物列車の音と震動で眠れぬ有様だったが、おれたちは若かったからさほどの苦痛もなく、そこで三年以上生活した。そのうち比較的裕福な妻の両親が上京してきておれたちの部屋をひと眼見るなりこれでは娘が可哀想、なんとかもう少しましな家に住んでやってくれとぽんと五百万円を寄越し、その頃にはおれも百万円ほどの金を貯めていたのでこれを足して都心に建売り住宅を買い、不足分は住宅ローンで五年間月づき払い続けたというわけである。

引越す時、そろそろ大出版社からの注文に追われはじめていたおれは、例の整理嫌いから、とりあえず新築の家に相応《ふさわ》しい家具や寝具をひと揃い買い整えただけで、あとは当座に必要な資料や、それまで使っていた鍋釜《なべかま》食器類をタクシーで数回運んだだけであった。したがってその部屋には安ものの机や本箱や古い寝具、やたらに買い求めた書籍雑誌類をそのまま置いてきたのである。暇を見つけて取りに行くつもりだったのだが、管理人から早く引き取ってくれという催促の電話がないままに、今でもそのままだ。新しい借り手がないのだろう。最近の若い連中は贅沢《ぜいたく》にできていて、大学を出るなり結婚し、結婚したとなればすぐさまマンションに入らなければ気が納まらないらしい。

必要な資料があればすぐ取りに行けるように鍵だけはひとつ貰っていたのだが、この鍵のおかげでおれたち夫婦はある時、あやうく野宿しなければならないところを救われたことがある。建売り住宅に移って二年めの冬、夫婦で夜遊びに出かけ、おれたちは朝の二時ごろまで飲んでいた。家の前まで戻ってきた時、妻がハンドバッグを帰りのタクシーの中へ置き忘れてきたことに気がついた。ハンドバッグをショッピング・バッグの中に入れておいたつもりがじつは別べつに持っていてハンドバッグだけ忘れてきたのだ。家の鍵はそのハンドバッグの中である。ホテルへ泊ろうにも現金のほとんどはそのバッグの中で、おれのポケットには、千数百円の小銭しかない。さいわいおれのズボンの尻《しり》ポケットから、このやたらに黄色く光るでかい鍵が出てきたので、おれたちは以前の部屋へ行って一泊することにした。

タクシーを拾ってほんの一キロ足らずしか離れていないビルまで行き、むろん管理人はとっくに寝ているので、新婚時代よくそうしたように深夜のビルの階段を靴音がせぬよう静かにのぼり、いったん吹きさらしの屋上へ出てから部屋の中へ入ると、電灯はついたもののストーヴには灯油がなく、歯の根があわぬほどの寒さだった。布団は湿気ていて、野宿よりはましなどと強がりながらもぐりこんだものの、骨まで凍《こご》えそうな冷たさである。子供を産む前なので今ほど熱くはなかった妻のからだを抱きながら、おれは朝がたまでまんじりともせずに過した。

だが、それもすでに五、六年前のことだ。あの部屋はどうなっているだろうか、と、おれは思った。あの実直そうな管理人と、ひとの好《よ》さそうな管理人の妻はどうしているだろう。郊外へ引越したおれに連絡がとれず、しかたなく道具を全部処分してしまっているかもしれない。万一の場合は処分されてもしかたがないといったようなことを管理人にそれとなく言った記憶もあるのだ。

よし。ちょっと行ってみよう。そう思い、おれは立ちあがった。ながいこと抛ったらかしにしておいたことを管理人に詫び、鍵を返そう。受けとらないかもしれないが、保管料も出そう。七年間の保管料ぐらい、今のおれには小銭である。

レストランを出るとすでに日が大きく傾いていて、車道はあたりのビルの蔭《かげ》になっていた。おれはタクシーに乗り、国電の駅前で降りた。ビルの一階の管理人室には誰もいなかった。たいてい管理人の初老の妻が小さなガラス窓の彼方《かなた》に腰かけているのだが、時間から想像するに、おそらく夕食用の買いものに出かけたのであろう。郵便受を見ると、おれの部屋の番号だった『五・一』という札の下の箱には誰の名前も書かれていず、部屋はあいかわらず無人のままであることがわかった。おれは階段をのぼり、屋上に出た。

この部屋に住んでただひとつよかったことは、屋上全体をまるで自分の家の庭のように使うことができたことだ。上京してきたものの知りあいがひとりもいない妻は、孤独をなぐさめるため部屋の横に小さな温室を作り、熱帯植物などを育てていた。今、その温室は枠組みだけしか残っていず、植物もほとんど枯れてしまっている。しかし数本だけは生き残って植木鉢の中で大きく育ち、中には一メートルを越している変な草もあった。

鋼鉄の扉は塗料が剝落《はくらく》していて赤かった。その扉は押し開けようとするとてつもなく重く、がりがりと音を立ててコンクリートの床を嚙んだ。扉の上からは黒い埃《ほこり》が大量に落ちてきた。螢光灯はスイッチをひねってから、切れているに違いないと思わせる長い間《ま》を置いてのちにやっと点《つ》いた。コンクリートの上に直接敷きつめた畳にも、スリッパにも、埃がいっぱい積っていた。ひんやりと湿った空気の中に黴の臭気だけが澱《よど》んでいる。窓際の机の上に積みあげてある資料や雑誌類は、部屋中に埃が舞いあがるのではないかと思え、触れることがためらわれた。

青春の残滓は、机の抽出しからも、押入れの中からも、小さな整理簞笥の中からも、次つぎに出てきた。あるものは汚ならしく、あるものは懐かしく、あるものはおぞましく、あるものはその未熟さに微笑《ほほえ》ましかった。そんな感情をおれは、自分が進歩したせいに違いないぞ、などと思った。

洋服簞笥を開くと、そこには新婚時代に妻が着ていた、あまり洗練されているとはいえぬ柄と色あいの服が数着ぶら下っていた。ジャン・パトウだセリーヌだと口うるさい今の妻なら、なんて泥臭いと顔をしかめることだろう。おれ自身の背広も一着あった。今ならとても着る気がしないような派手な色の既製服である。会社員時代からずっと着ていた服だが、その頃はこれがいちばん気に入っていたので結婚後もしばらく着続けたのだ。なぜこんな不細工でいやらしい代物《しろもの》が気に入っていたんだろう、と、おれは思った。

昔着ていた服のポケットをさぐると、必ずといっていいほど面白いものが出てくる。その背広の内ポケットからは、今はもう滅多に見ることのできない百円札が一枚、胸のポケットの底の方からは小さな女性の名刺が出てきた。その女性の名にも住所にも、まったく記憶はなかった。

ズボンのポケットには薄べったい小さな鍵がひとつあり、女の名刺よりもその鍵の方がおれには気になった。なぜか今日は鍵にとりつかれているようだ、そう思いながらおれは鍵を掌《てのひら》にのせ、螢光灯のま下に移動してじっと眺めた。

会社のロッカーの鍵であることを、おれは思い出した。上司と口論をし、行きがかり上ただちに辞表を提出して社をとび出してきたため、ロッカーの整理もせず、鍵も返さなかったのである。

上司と口論したのは、会社をやめるきっかけがほしかったからだ。すでに投稿した原稿があちこちに掲載されはじめていて、それだけで生活できる自信があった。ただしおれとしては、ルポ・ライターという職業そのものよりも、時間に束縛されぬ生活に焦がれていたのだったが。

鍵をポケットに入れ、部屋を出て扉をもと通りに閉めたおれは、すでに暗くなってしまった空を見あげ、次に屋上の端まで行って国電の駅を見おろした。サラリーマンで満員の電車がプラットホームに着いていた。明るい車内は暖かそうだった。電車に乗って、おれが勤めていた会社のあるあの町まで行ってみようか、そんなことを思い、そう思うと同時におれはさらにいくつかの記憶をとり戻した。

まだ会社にいた時のことだ。ロッカー・ルームで作業用のズボンに穿《は》きかえていると、同僚のひとりがおれのロッカーの右隣りのロッカーを指さしてこう言った。このロッカーは現在誰も使っていないが、それはなぜかというとこのロッカーを使っていた男が死んじまったからだ。このロッカーを使っていた男は仕事中に倒れ、すぐ病院に運びこまれた。肝臓癌《がん》だったが、病状が進行していたらしくそれから約一時間のうち、病院で死んでしまった。このロッカー・ルームのロッカーの鍵はなぜだか知らないがそれぞれひと組ずつしかなかったので、たったひとつの鍵はその男が病院へ持っていってしまい、ついでに天国まで持っていってしまった。そこでこのロッカーは、開かずのロッカーになったのだよ。

実際には行方不明になったのだろうが、ロッカーの鍵を天国まで持って行ってしまったというその同僚の冗談が心に残っていて、それをおれは今思い出したのだ。するとおれが使っていたあのロッカーも、未だにそのままおれ専用のロッカーとして、おれの残してきたがらくたをかかえこんでいるのだろうか。作業用のズボンだの、出張用のショルダー・バッグだの、着換え用のワイシャツだの、カメラだの。

そうだ。カメラがあった。あの頃おれは写真に凝《こ》っていて、分不相応な三十五ミリ・カメラをいつもロッカーに入れていた。独身なのであのいう高価なものを買うことができたのだ。あのカメラは、捨てるにはちょいとばかり惜しいカメラではなかっただろうか。

その会社のある地方都市というのは、ここから国電の特急で約一時間ばかりのところにあり、そこはおれの生れた町でもあるのだ。町の郊外には両親もいる。ながいこと行っていないその両親の家に残してきた学生時代の日記なども、自分の人生の記録として手許に保存しておきたいし、さっそく取りかからなければ間に合わぬほど切迫している次の仕事のためにもその町へはどうせ取材に行かなければならないところだったのだ。これから行ったとしても、家へ戻るための最終電車までには充分時間があるし、いざとなれば駅前のホテルを経営しているのはおれの高校時代の友人だから泊めてもらうことだってできる。両親の家に泊ってもいい。よし。行ってみよう。これから行こう。常夜灯の点いたビルの暗い階段をおりながらおれはそう決めた。一階の管理人室はまだ無人だった。

駅の売店には、明日発売される筈の、おれの書いた記事を掲載している雑誌がすでに積みあげられていた。都心だと地方より二日も三日も早く読める雑誌がある。快速電車の中でおれは自分の文章を読みなおした。昔のおれが書いた文章をさっき読んだばかりなので、なま臭さの払拭《ふっしょく》された今の文章がおれには誇らしくもあり、嬉しくもあった。なるほど、こういう文章が書けるようになってはじめて、自分の過去を大切にしようという気も起ってくるのだな、などと思いながらおれは暗い窓外に眼を向けた。電車は混んでいたが、ターミナルから乗ったのでおれはシートに掛けていた。都心の明りがとび去っていった。住宅地の灯があたたかそうだった。なぜ突然、こんなに過去にこだわりはじめたのだろう、と、おれは考えた。今まであまりにもいそがし過ぎたため埋もれていた懐旧の情が、いちどに噴き出したのだろうか。ちょうど車内にいて、窓外へ眼を向けぬ限り背後へとび去っていく灯が見えないのと同じように。

いったん眼を向ければその灯に魅せられて車内のことを忘れるのと同様に。しかし、懐旧の情などという感傷的な気分からはやや遠いようでもあった。どちらかといえば怖いもの見たさという、現在のおれの職業に必要な心理がおれにこんな行動をとらせているのではないかとも思えるのだ。

その地方都市の中心部にある会社にたどりついたのは七時を少し過ぎた頃だった。例によって誰かが残業をしているのだろう、四階建ての社屋の二階と三階の窓は明るかった。夜間作業の現場から帰ってくる者が多いので、夜間通用口はいつも開いている。守衛室には、十年前にいた守衛と同じ男が十年分だけ歳をとり、十年前と同じようにガラス窓の彼方で週刊誌を読んでいた。もう六十歳に近い筈の男だった。おれがガラスを叩くと彼は鼻さきへずり落ちた眼鏡のフレームの上からおれをじっと見つめ、もの問いたげに小首を傾げた。部屋の中へ冷たい空気が侵入してくるのを厭《いや》がり、この男がいつもガラス窓をなかなか開けようとしなかったことをおれは思い出した。しかたなく、おれはポケットからロッカーの鍵を出し、指さきでつまんでガラス越しに振って見せた。守衛はどうぞ、というように大きくうなずき、また週刊誌に眼を落した。

あれえっ、と、おれは思った。この守衛、おれのことを、まだこの会社の社員だと思ってやがる。あれから十年も経っているのに、この男の頭の中には、おれの顔についての記憶だけがあり、その顔が彼の前にあらわれなくなった十年という空白の期間は存在していないのだ。いったい社内人事への無関心のかわりに、守衛としての彼が持っている関心の対象は何なのだ。まさか週刊誌じゃあるまいに。あきれ返りながらおれは一階のロッカー・ルームへ入った。

ロッカー・ルームとはいうもののそこは百坪ほどの工作室の一部を、並べたロッカーで仕切ってあるだけのものだからドアも何もない。おれは両側に並んだロッカーの間をどんどん奥へ進み、奥から五つめのロッカーの前で立ち止った。案の定そのロッカーには誰の名札もついていず、七十八という番号と扉についた疵《きず》はそれがあきらかにおれの使っていたロッカーであることを示していた。鍵穴へ鍵をさしこんだ時、おれには厭な予感がした。おれの記憶にない何か変なものが出てきそうに思えたからだ。

だが、ロッカーの中にあったもののほとんどはおれの記憶と一致していた。一致していないものは、買ったばかりの高級品と思っていたカメラが、じつはすでに壊れていて、しかも現在でいえば中級以下の代物だったことと、思いがけず最近たいへん高値を呼んでいるある作家の初版本が一冊出てきたことである。おれは本だけを鞄に入れ、次に高校時代から穿き続け、会社では作業用にしていた木綿《もめん》のズボンのポケットをさぐった。

また、鍵が出てきた。ごく当り前の鍵と、金属板で作られた差し込み式の鍵である。金属板の鍵の方はすぐ思い出した。高校の、廊下にずらりと並んでいたロッカーの鍵であった。ロッカーといっても木製の、下足入れをやや大きくした程度の小物入れで、おれは卒業式の日にこの鍵を学校へ返却しなかったのである。なぜかというと、式が終るなり、すでに大学受験に合格している者ばかり三、四人がつれ立って映画を見に行ったからだ。荷物を持ち歩くのがいやで、また取りにくる機会があるだろうと思い、手ぶらで学校を出たのである。この鍵を学校へ返却していない男は他にもいて、それはおれと一緒に映画を見に行った友人の中のひとりだが、卒業して二年後に駅前の喫茶店で出会った時その男は笑いながら、おれ、まだ高校のロッカーの鍵を持っているよといって見せたものだ。

卒業してしばらくの間おれはその鍵のことを気にしていた。なぜかというと、ロッカーに弁当箱を入れたままだったからである。その辺が若者のだらしないところだが、卒業式の前日、おれは弁当箱に約半分の食べ残しをしたまま、それをロッカーに抛り込んで下校しているのだ。弁当箱の他には水彩画の絵具、二、三冊のノート、スリッパなどが入っている筈であった。

高校はこの町のはずれにあり、以前はこのあたりからだとずいぶん遠いように思っていたのだがそれは電車、バスの便が悪かったためで、タクシーをとばせばほんの十数分で行けるところにある。行ってみようかと思っている自分に気がついておれはびっくりした。よせよせ。そんなところへ行ったたって何もない。ロッカーはもう後輩の誰かが使っているにきまってるんだ。そう思いながらもおれは社屋を出て、タクシーを呼び停めていた。むろん意識の一部では自分の憑《つ》かれたような行動を理解してもいた。気になることはどこまでも追求せずにおかぬという仕事上の癖が変なところにあらわれたのだろう。きっとそうだ。

定時制の授業があるから学校の門はまだ開いている筈だった。まさか泥棒と思われて咎《とが》められることもあるまい、そう思い、おれはタクシーの運転手に学校名と所在地を教えた。卒業以来、同窓会には一度も顔を出していない。教師たちの俗物性がいちばんひしひしと感じられる年頃で、ずいぶん反抗したからである。出席しても気まずい思いをするにきまっていた。あれから二十年、学校がどう変っているか、おれはまったく知らなかったし、知りたくもなかった。

畠《はたけ》に囲まれたその高校はもともと広い敷地を持っていたのだが、その敷地ほとんどいっぱいに新築の校舎がでんとそびえているのを見ておれはびっくりした。校門の前まで来て見あげると、まだ出来て間がないか、出来たばかりか、あるいはまだ出来あがっていない部分を残しているのか、とにかく鉄筋コンクリート三階建ての堂々たる校舎である。定時制の授業が行われているらしく、あちこちの教室に明りがついていた。タクシーを降り、校庭に入ると、あきらかに昔より狭くなっている運動場のため、あらためてその新築の校舎の大きさを確かめることができた。おれが学んだ木造二階建ての校舎もあるにはあったが、新しい校舎を建てるために三分の二以上が撤去され、残りの部分も体育部の部室か何かに使われているのだろう、校庭の片隅で荒れ放題である。

その木造の校舎に入るガラス戸は開けっぱなしだった。校庭の水銀灯と月光で廊下は明るく、さいわいにもその廊下こそ、昔おれが使っていたロッカーの並んでいる場所であることがわかった。そして、校庭に面した窓の下に上下三段でずらりと並んでいるそのロッカーが最近生徒たちによって使われている形跡はまったくなかった。新しい校舎の方にもっといいロッカーができているのだろう。木製の扉はほとんど取れていて、中には蝶番《ちょうつがい》ひとつで今にも落ちそうにぶら下がっている扉もある。扉のないロッカーの中には何も入っていず、たまに古い運動靴が奥の方に突っこまれていたりするだけだ。おれは金属板の鍵に彫られている１６８という数字をライターの火で確かめ、曾《かつ》ての自分のロッカーを捜しはじめた。

そのロッカーは廊下の中ほどの中段にあり、珍しく扉がついていて、鍵がかかっていた。金属製の差し込み金具からは、はっきり168という数字が読みとれた。これはもしかすると、中におれの置いていったものがまだ残っているのではないか、そう思い、おれは慄然《りつぜん》とした。おれが鍵を持ったまま卒業したため、この扉は後輩たちによって乱暴に扱われることなく、それ故にこそ今まで壊れずに保たれてきたのではないのか。だとすると中にはおれのスリッパ、ノート、絵具、そして食べ残しの入った弁当箱があるということになる。それが二十年を経た今、いったいどんな状態になっているのだろう。差し込み口へ鍵を突っこもうとするおれの手は、いささか顫《ふる》えた。

おれは自分の気持の中に、以前にもこんなことがあったというデジャ・ヴに似たものを見つけ、それはおれをおれ自身の幼年期の、あるひとつの記憶へと導いていった。

夏の日、近くの池でたくさんのおたまじゃくしをとって家に持ち帰ったおれは、池の水を満たしたガラス瓶の中へ藻と一緒にその数十匹のお玉を入れ、餌《えさ》のかつおぶしをまぶしてから金属製の蓋《ふた》をした。お玉が呼吸できるよう、その蓋にはぶつぶつといくつか穴をあけた。蓋をしたのは、お玉が蛙になった時、逃げ出さないためである。おれはその瓶を、日の当らぬ縁の下に置いた。そしてそれきり、他の遊びにかまけてそのことを忘れてしまったのである。

秋になり、近くの田圃《たんぼ》で鳴く蛙の声を聞いたある晩、おれは突然あの瓶の中のお玉のことを思い出した。あっ。あのお玉はどうしているだろう。死んじまっただろうか。おれはすぐにとび起き、外へ出て縁の下をのぞきこんだ。ガラス瓶はそこにあったが、中がどうなっているかは暗くてわからなかった。しかし中に動くものの気配がないことだけははっきりとわかった。おれは中を見るのが恐ろしく、どうしてもその瓶を手にとる気がしなかった。

結局あの瓶の中は見なかったが、いったいどうなっていただろう。成長して大きくなったお玉が瓶の中にぎっしり詰り、死んで腐敗してさらに膨れあがった灰色の物体がその表面の苔《こけ》とともにどろどろと溶けはじめていたのではなかっただろうか。縁の下を覗いて見ようか。やめようか。それからしばらく、おれは昼間庭で遊んでいる間中縁の下が気になってしかたがなかったものである。ひょいとかがみ込みさえすれば見えるではないか。どうしよう。見ようか。それとも見ずに引返そうか。金属板の鍵を錠に差し込んだまま、おれはしばらくためらっていた。見ずに引返せば、あのお玉の状態を見なかったためあとあとまで残ったのと同じような悔いが残るのではないか。

おれは自分の意志とはいかにも関係なさそうに、機械的に手を動かして扉を引き、腰をかがめて中を覗きこんだ。

一瞬、おれは原始林を見た。あまりの不気味さにすぐ扉を閉めて立ちあがったため、詳しくはわからなかったが、そこには確かに成長しすぎた蘚苔類《せんたい》がぎっしりと下から上まで、デボン紀の羊歯《しだ》植物を思わせる様子で直立し、鈍く発光しながら熱帯多雨林のような密度で繁茂していたのだ。それが発酵したおれの食べ残しの弁当から発生したものなのかどうか、おれはもはやそこまで見届ける勇気を持たなかった。ただ、それらの蘚苔類の彼方に弁当箱あるいはノートと思える白いものがうすぼんやりと見えただけである。

ひゅっと咽喉《のど》を鳴らし、のけぞり気味に立ちあがりざまおれは扉をぱたんと閉め、あとも見ずに廊下を校舎の出口の方へ早足で歩き出した。恐ろしかった。あれがおれの青春だったのだ。一瞬とはいえ、おれは自分の青春の残滓《ざんし》によっておれ自身の青春時代を眼で見ることができたのだ。それはおどろおどろしく、不潔で、どす黝く、生命力にあふれ、しかもその生命力は暗く閉ざされた空間の中でしか発揮できず、日の光に当ればたちまち消滅する幽鬼の如きものでしかなかったのだ。おれは自分が今青春時代の澱《おり》の中にいないことを喜びながら校門を出た。忘れよう。早く忘れよう。おれが乗ってきたタクシーの姿は見あたらなかった。しまった、と思い、おれは舌打ちした。取材の時いつもそうするように、鞄を車内に残し、すぐ戻るかもしれないから待っていてくれるよう運転手に言い残しておくべきだったのだ。新築校舎の大きさにばかり気をとられていて、そこまで考えることができなかったのであろう。あたりは田圃で、ところどころに昔なかった住宅が建っているだけだ。これは少し歩かなきゃならないな。おれはそう思い、国電の線路沿いに走っている国道の方へ、高校生時代に歩いたと同じ道をたどりはじめた。

国道へ出るまでには大きな川があり、ながくて幅の狭い橋を渡らなければならない。橋のところどころには街灯がついていたが人通りは少なく、川面は黒かった。川原を見ながら歩いているうち、ふと、心に触れるものがあった。会社のロッカーから持ってきたもうひとつの鍵の意味するものが、この川の意味するものとどこかで一致する筈だった。

そうだ。この川をずっと下った町なかの川べりに一軒の家があった。心やさしく人の好い老夫婦が住んでいて、その家の庭にある六畳ひと間の離れ座敷に会社員時代のおれは、ほんの二カ月ほどではあったが下宿をしたことがある。会社の仕事は現場の夜間作業が多く、親の家へ帰るには終電車に間に合わぬことが多かったし、ちょうどその頃は口うるさい父親への反抗にほとほと疲れ果てていて、特に明治人間というのはまことに無神経というか性懲りがないというか、いくら反抗しても鯰《なまず》のように鈍感でしつっこくて反抗の仕甲斐まったくなく、このままでは臭気ふんぷんたる父親のなまあたたかい自我の中へ完全にとりこまれてしまう危険があると思ったため、大あわてで脱出先を捜し求め、友人の口ききによってその下宿へ移ることにしたのだ。主《あるじ》が退職官吏というその川べりの旧家は小ぢんまりとした母屋の割には庭が広く、離れ座敷といっても完全に独立していて勝手に庭から出入りすることができ、朝帰りの多いおれにはそれが魅力でもあった。

今持っているこの鍵は、あの離れのドアの鍵だったのだ。

あの下宿へ戻らなくなったのは、会社をやめた時からだった。下宿にあるのは親の家からバタ公で運んだ布団と座机と電気スタンドだけだったから、わざわざ取りに行くのが面倒でそのままにしておいたのである。それでも会社をやめて四カ月ほど後、気になったので一度行って見たことがある。あいにく母屋には誰もいず、他の下宿人がすでに入っているかと思いながら離れへ行ってみると、部屋はきちんと掃除され、隅にはおれの布団がちゃんとたたんで積みあげてあった。醇朴《じゅんぼく》で真面目な老人夫婦のことだから、たとえ家賃は払わずとも、布団を残していった以上はいつか必ず帰ってくるものと決め、それまでは次の下宿人も置かず、掃除して待っていてくれるのだろうと思い、おれは彼らに済まぬことをしたと心で詫び、自分のだらしない性格に腹を立てた。しかし反省したのもその場限り、二、三日後にはまた来て詫びようと思いながら立ち去ったきり、おれは二度と行かなかったのである。ひとつには、先の望みのない男のところへやるわけにはいかんという父親の猛反対を押し切った妻が駈落ちまがいの上京をおれに急《せ》かしたからだ。

なにか気になることがもうひとつあった。それがどんなことかわからぬまま、橋を渡りきったところでおれは左折し、土手の上を川下へ向って歩き続けた。このまま川沿いに歩いて、あの家へ行ってみよう、そう思いついたのである。せっかくここまで来たのだ。今行っておかないと、今度はいつになることやらわかったものではない。あの老夫婦はまだ達者でいるだろうか。

この土手の上の道を歩いてあの家にたどりつくにはだいぶ時間がかかりそうだ。しかし、かまわない。歩いてやろう。ながいこと青春の残滓から眼をそむけていたおれに対しておれ自身があたえる、これがささやかな罰だ。

しかし、何がこんなに気になるのだろう。何か忘れているものがある。そしてそれこそが今まであの下宿に足を向けなかった、妻に上京を急かされたのとは別の、もうひとつの理由であった筈だ。

一時間あまり、おれは歩き続けた。町の灯が近づき、あたりには住宅が多くなってきた。気になることというのは、見憶えのあるその家の庭の、大きな柿の木が見えてくるまで思い出すことができなかった。

そうだ。あの老夫婦には娘がいた。おれは眼を見ひらき、柿の木を見据えながら次第にあきらかになってくる思い出したくない事実に背筋が凍りつくほどの怖ろしさを感じていた。なぜだ。なぜそんなに怖ろしいのだ。娘がいたということを今まで思い出さなかったのは、あの娘がいつも母屋の奥にいて滅多に外へ出ず、おれとは二、三度しか出会ったことがないからではなかったか。それとも、他に何か理由があるのか。

あの娘は二、三度、会社が休みだった日におれが離れでぼんやりしていると、茶や菓子を持ってきてくれたことがある。そう。決して美しい娘ではなかった。むしろ醜かった。どう醜かったかというと。

思い出した。あの娘が外出嫌いだったのは、彼女が醜い片眼だったからだ。幼い時に柿の木の枝で突いたのだ、と、老夫人がおれに話してくれたことがある。義眼の手術をする金もないらしく、潰れたままの眼球が白く瞼の下から覗いていた。しかし、それがどうした。どうせおれとは、なんの関係もないことではないか。

本当か。本当に関係がないのか。

一軒の廃屋が、おれの眼の下にあった。あの川べりの旧家の小ぢんまりした母屋は、荒れ放題に荒れていた。住む人がいなくなってから、だいぶ経つようであった。おれは土手を下り、曾ては家であったものの前に立った。門にも、表札はなかった。してみるとあの老夫婦は死んだのだろうか。しかし、それではあの娘はどうしたのだろう。

なぜだ。あれから十年。なぜ今ごろになってこんなことを思い出したのだ。今まで一度も思い出さなかったというのに。いや。思い出しそうになっては心で打ち消してきたというのに。おれはあの片眼の娘を抱いたのだ。あれはおれが、会社をとび出す前の晩だった。珍しく会社を定刻に退き、翌日上司と喧嘩することになるそのきっかけともいうべき面白くないことがあったため、スタンド・バーで痛飲したおれは、ぐでんぐでんに酔っぱらって下宿へ戻ってきた。さほど遅い時間ではなかった筈だ。あの娘が離れへやってきたのだ。昼間作ったというおはぎと茶を持って。敷きっぱなしの布団の上へぶっ倒れて寝ていたおれは、矢庭にあの娘を押し倒し、そして。

その翌日に限らずその後も、思い出しそうになったことは何度かあった。しかしそのたびに、酔っぱらって寝たための悪夢だったのであろうと自分を胡麻化《ごまか》し、たとえ夢であるとしてもそれがどんな夢であったかさえ努めて思い出そうとはしなかった。それがそもそも、あれが思い出したくない事実であったことの証拠ではないか。それでは今夜が清算日だったのか。今夜、おれがその記憶にたどりつき、この家にたどりつくことは、ずっと以前から定められていたことだったのか。

まっ黒にうずくまっている母屋の横を迂回し、雑草を踏みしだいて、おれは柿の木のある裏庭に出た。そこにはまだ、あの離れが建っていた。母屋よりもいささか新しく建てられたらしいその離れは、まだ朽ちてはいなかった。そして。

離れには、明りがついていた。障子窓の彼方のその部屋の中には、何ものかの気配があった。窓ぎわに近寄って明りのついた室内に耳をそばだてると、そこからは、団《だん》欒《らん》というにはほど遠い呻くような人声がかすかに聞えてきた。気のせいか深い恨みがこもっているかに思えるその誰のものとも知れぬ人声は、若い女の声のようでもあり、老婆の声のようでもあり、また、子供の声のようでもあった。おれは横開きの板戸があるその離れの入口にまわった。横の柱には表札らしきものがかかっていた。しかしライターの火でその表札を読む気にはなれなかった。そこに書かれているのはおれの名に違いなかったからだ。板戸には、鍵がかかっていないらしく、かすかな隙間から屋内の明りが洩《も》れていた。おれの意に反しておれの手は、その板戸の方へのびた。やめろ、と、おれは心で叫んだ。この板戸を開いて中へ入っていけば、もう二度と出ては来られないのだという、確信に近い予感があった。しかし手は、板戸にかかった。

おれは絶叫に近い悲鳴をあげた。
悲鳴をあげ続けながら、おれはその戸を開いた。

三階、右から二つめの部屋はあなたの部屋です。あなたのせりふを入れてください。

上下左右

筒井康隆

イラスト／真鍋博

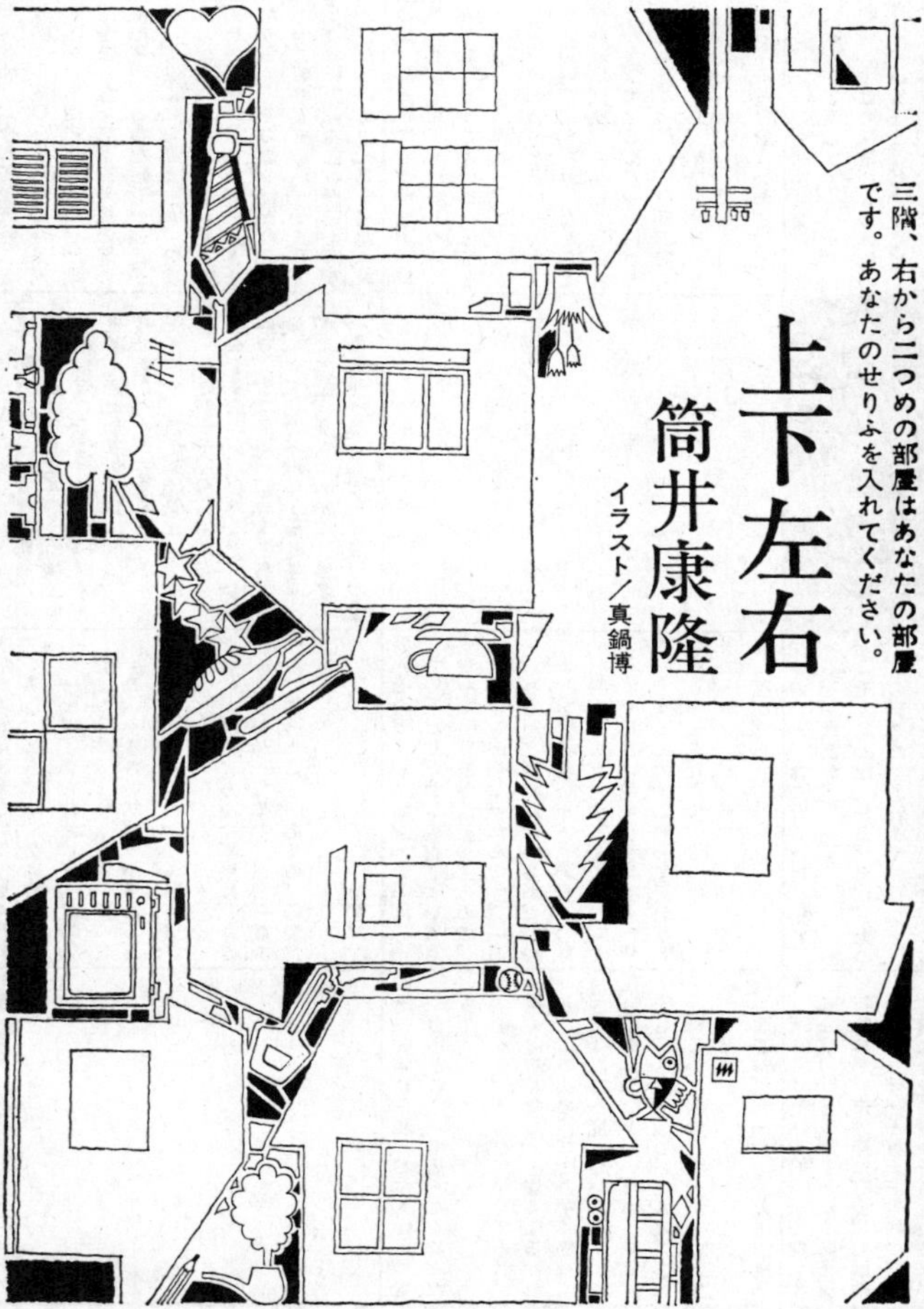

テレビ（3ch）（今日午後五時二十五分頃、UFOと思われる発光飛行物体が、市内赤川町赤川台団地の第十二号棟と第十三号棟の間の花壇に着陸するのを附近の住民が目撃、警察に知らせました。警察ではただちにパトカーを現地に急行させ、事実かどうかを確認させております。その後の情況はまだわかっておりませんが、SSBテレビの取材班も独自の調査を行うため、ただいま中継車を現地へ向

一階の夫「ねえ君。君はたしか、以前、ご主人はもう一台あとのバスで帰ってくるって言っていただろう」
妻「そうよ。一台あとといっても、五十分間隔ですものね。だからこそ五十分間だけ、こうして毎日あなたと浮気できるんじゃないの」
一階の夫「ところがね、今日、同じバスで君のご主人を見かけたんだよ」
妻「あら。そんな筈ないわよ。だっ

妻「何よ。たいした稼ぎもないくせに、偉そうな顔して」
夫「だまれ。この団地のこの建物の中で、4DKはここだけなんだ。よそはみんな、2DKだ。こんな広いところへ住まわせてもらって

坊主「妙法蓮華経観世音菩薩普門品第廿五　爾時無盡意菩薩、即従座起、偏袒右肩、合掌向佛、而作是言、世尊、観世音菩薩、以何因縁、名観世音、佛告無盡意菩薩、善男子、若有無量、百千萬億衆生、受諸苦悩、聞是観世音菩薩、一心称名、観世音菩薩、即時観其音声、皆得解脱、若有持是、観世音菩薩名者、設入大火、火不能焼、由是菩薩、威神力故、若為大水所漂、稱其名号、即得浅處、若有百千萬億衆生

学生A「まだ出来ないの。早く終ってほしいなあ。こんなに散らかしちゃって、あと片附けが大変なんだよ」
学生B「うるさいな。せかされるとよけい出来ないじゃないか。黙っててくれよ」
学生C「ねえ。あんた本当に、作りかた、わかってるの。以前一度でも、作ったことがあるの。心配だわ」
学生B「うるさいな。こんなもの誰

妻「そのセールスマンったら、入ってくるなりわたしに抱きついてきたんです。眼が血走ってるので、わたしこわくなったんです。『ああ奥さん。ぼくは前からあなたのことを』そういって、わたしの服を脱がせようとするんです。『やめてください。もうすぐ主人が帰ってくるんですよ』って思わずわたし、大きな声で……」
ドア・ホン「ピンポン」
妻「誰かしら」

夫「おいっ。なんだこれは。揺れてるぞ。地震か」
妻「そうじゃないわよ。また、上の階の新婚の、あれよ」
夫「また始めたのか。だって、こんな時間だぜ」

電話「RRRRRRRRRRRR」

四階の夫「ねえ君。ご主人はいつも一台あとのバスで帰ってくるんだろう」
妻「そうよ。どんなに早くてもね。遅くなる時はもっと遅くなるけれど、この次のバスより早く帰ってきたことは一度もないわ」
四階の夫「おっかしいなあ。今日、同じバスに乗っていた人は、あれはたしかに君のご主人だったと思うんだけど」
妻「まさか。だったら今はもう帰っ

テレビ（3ch）（今日午後五時二十五分頃、UFOと思われる発光飛行物体が、市内赤川町赤川台団地の第十二号棟と第十三号棟の間の花壇に着陸するのを附近の住民が目撃、警察に知らせました。警察

いて、何が不満なんだ。文句をいうと叩き出すぞ」
妻「叩き出されるのはあんたの方でしょ。わたしの父のおかげで重要な地位につけたんじゃないの。お金だって、わたしの持参金がなか

夫「ただいま」
妻「あなた、ご免なさい」
夫「どうした。何を泣いてるんだ」

テレビ（5ch）「あっ隊長。あれは宇宙怪盗団バクラゴケマの基地であります。よし。おれが行ってくる。隊長。わたしも行くわ。いかん。君はここにいろ。敵はどんな
妻「つまらない番組見てないで、もっと勉強しなさい。ニュースに変えるわよ」ガチャ。
子供「いやあん。もっと見たいよ」
テレビ（3ch）「ませんが、SSBテレビの取材班も独自の調査を行うため、ただいま中継車を現地へ向
運転手「うるせえな」

妻「旦那さんが会社から帰ってくるなり、すぐなのよ」
夫「それにしても、こんなに柱や天井が鳴るぐらいどしんばたんやらなくてもよさそうなもんだ。ようし。下からバットで突いてやれ」

夫「ただいま」
妻「お帰りなさい」
夫「飯はまだか」
妻「もうすぐよ」
夫「勝夫は」
妻「こんなに暗くなったのに、まだ外で遊んでるのよ」
夫「そうか。それなら今のうちに」

妻「違うでしょ。そこは小指で押さえるんでしょ。駄目ねえ。はいもう一回。ドドシシラ。違うったら。ド、でしょ。ド。そこはド。そうじゃない。小指でしょ。小指でしょ。何回言ったらわかるの。泣いたって駄目。何回でも、できるまでやらせますよ。こんなに熱心にやってくれる先生なんて、ほかにいないのよ。わかってるの。自分の子供でもないのに、こんなに一生けんめい教えてくれる先生

ではただちにパトカーを現地に急行させ、事実かどうかを確認させております。その後の情況はまだわかっておりませんが、SSBテレビの取材班も独自の調査を行うため、ただいま中継車を現地へ向
あやしい物音「ゴリゴリゴリゴリゴリゴリ」

×△◎「×□△○÷◎＋？」
小学生「パパのお友達なの」
×△◎「□○×÷◎△＋＝」
小学生「困ったなあ。ぼく、外国語わからないし、今、家に誰もいないんだよ」
×△◎「◎◎×□＋＝○△」
小学生「そうなの。ぼくひとりよ」
×△◎「××△□◎÷＋○？」
小学生「パパは会社だよ。いつも九時を過ぎないと帰ってこないの」
×△◎「△△○□◎×÷＋」

テレビ（3ch）「エー現地で取材中の松井さん。はいはい松井です。エーそちらの様子はいかがです。はいはい。エー、こちらはUFOが着陸した市内赤川町赤川台団地であります。今わたくしが立っておりますところは、現場から約二百メートル離れたところで、UFOの着陸現場には警察機動隊が出まして、円盤状をした飛行物体の周囲に綱を張り、一般の立入りを禁じております。ご覧のように群

一階の夫「そうだよ。グリーンの縞のネクタイに茶色の無地の服だったよ」
妻「まあ。それなら主人と同じスタイルだわ。でも、それが主人ならどうして、まだ帰ってこないのかしら。どんな様子だった」
一階の夫「ご主人は、ぼくに気がついたようだったよ。でも、なんとなくぼくから隠れようとするみたいにこそこそしていたなあ。ぼくもなるべく。ご主人から隠れるよ

坊主「若復有人。臨当被害。称観世音菩薩名者。彼所執刀杖。尋段段壊。而得解脱。若三千大千国土。満中夜叉羅刹。欲来悩人。聞其称観世音菩薩名者。是諸悪鬼。尚不能以。悪眼視之。況復加害。設復有人。若有罪。若無罪。杻械枷鎖。検繋其身。称観世音菩薩名者。皆悉断壊。即得解脱。若三千大千国土。満中怨賊。有一商主。将諸商人。斎持重宝。経過険路。其中一人。作是唱言。諸善男子。勿得恐

夫「くそっ。下から何かで突いてやがるな。いやなやつだ」
妻「階下の奥さんたらね、わたしの顔見てにやにや笑ってさ、いつも大変ですねえって言うのよ」
夫「なにっ。それじゃおれが一方的

学生A「もうすぐ、おふくろが帰ってくるんだよ。早くやってくれないかなあ」
学生B「黙ってろ。もうすぐだ。おいっ。もうひとつラジオを分解して、タイマー取り出してくれ」
学生C「また失敗したの。いやになるなあ」
学生B「今度こそ大丈夫だよ。それより、おれが作ってる最中に、そこでいちゃついたりしないでくれないか。気が散るし、いらいらす

妻「まあっ。何なさるの」
セールスマン「ああ奥さん。ぼくは前からあなたのことを」
妻「やめてください。もうすぐ主人が帰ってくるんですよ」
セールスマン「嘘です。ご主人はいつも、十時を過ぎなければ帰ってこないじゃありませんか」
妻「あら。そんなことまで知ってるのね」
セールスマン「はい。ぼくは奥さんのことならなんでも知っているん

妻「あなた。よしなさいよ。邪魔しちゃ可哀そうよ」
夫「何を言うか。天井から埃が落ちてきて飯の中に入ったんだぞ」
妻「あら本当だ。わたしの味噌汁の中にも、ごみが」

管理人「はいはい管理人です。えっ何ですか。空飛ぶ円盤。空飛ぶ円盤がどうかしたんですか。えっ。宇宙人。馬鹿ばかしい。やめてくださいよ。こっちはいそがしいんだ。なに。宇宙人がこっちへきたって。しつこいねあんたは。警察に連絡するよ。なに。警察。おたく警察のひと。本当ですか。それはどうも。あのね、こっちから頼みたいことがあるんですよ。いや重大なことなん

四階の夫「うん。バスで会ったのは初めてだよ。でも、いつも大型に何十人かがぎゅうぎゅう詰めだものね」
妻「じゃ、毎日同じバスに乗っていて今まで気づかなかった、ってこともあり得るわけね」
四階の夫「そうだよ。君のご主人は今日、赤の水玉のネクタイに、紺の無地の服じゃなかったかい」
妻「まあ。その通りだわ。じゃあいったい、主人はバスを降りてから

テレビ（3ch）「エー現地で取材中の松井さん。はいはい松井です。エーそちらの様子はいかがです。はいはい。エー、こちらはUFOが着陸した市内赤川町赤川台団地であります。今わたくしが立って

妻「あなたご免なさい。さっきはわたし、あなたを傷つけるようなこと言っちゃって」
夫「ぼくも、ひどいことを言ってしまった。勘弁してくれ。この頃、ちょっとどうかしてるんだ」
妻「いいのよ。わたしだって悪いんですもの。ねえあなた」
夫「なんだい」
妻「わたしを愛してる」
夫「愛してるよ」
妻「嬉しいわ」

夫「泣いてばかりいちゃ、わからないじゃないか。どうしたの」
妻「お金がなくなっちゃったの」
夫「もう、ないのか」

にお前を責めつけて、どしんばたんやってるみたいじゃないか」
妻「だってさあ、わたしが上になることもありますなんて言えないじゃないの」
夫「ようし。よくも邪魔しやがった

子供「ママ。ちょっと見てよ。大変だよ。空飛ぶ円盤が降りてきたんだってさ」
妻「あらおかしいわね。この時間はニュースの筈なのに。SSBまでドラマやることにしたのかしら」
子供「ドラマじゃないよこれ。ニュースだよ」
妻「何言ってるの馬鹿ばかしい。空飛ぶ円盤だなんて。そんなもの、SFに決まってます」
テレビ（3ch）「ご覧のように群衆

運転手「うるせえな」

夫「くそ。もっと突いてやれ」
妻「上のお嫁さんったらね、わたしがいや味で、いつも大変ですねって言ってやったら、あら、お宅のご主人はもう大変じゃないんですかだって。まるであなたが老人み

[redacted]

妻「違うでしょ。そこは中指。この指よこの指。泣くなっ。痛かったらちゃんと楽譜通りにしなさい。はいもう一度。違う。違う。違う。違うでしょっ。ドドレレファでしょうが。もう、馬鹿っ。またその指で弾く。おばさんはね、本当はあんたみたいな才能のない子を教える人間じゃないのよ。音楽大学出てるんですからね。サラリーマンなんかと結婚したばっかりにこん

おりますところは、現場から約二百メートル離れたところで、UFOの着陸現場には警察機動隊が出まして、円盤状をした飛行物体の周囲に綱を張り、一般の立入りを禁じております。ご覧のように群

泥棒A「そうら。言った通りだろ。このアパートの床板は薄っぺらなんだ」
泥棒B「なるほど。これなら簡単に入れるな。しかし、こんな時間に侵入して、大丈夫なのか」

小学生「ママかい。ママは学校さ。学校の先生してるの。そうだよ。だけど学校が遠いところにあるから、いつも七時半を過ぎなきゃ帰ってこないの」
×△◎「××◎□＝×÷十」
小学生「ぼくかい。ぼく今、マンガ読んでるの」
×△◎「◎◎＋＋×÷＝△」
小学生「勉強かい。宿題なら、もうとっくにやってしまったよ」
×△◎「○○□÷×△一」

テレビ（3ch）「目撃した近所の人の話によりますと、着陸した円盤からは、背の高い人間がひとり地上に降りたそうであります。その人間は、機動隊が来る少し前に現場をはなれ、団地の中を北へ向かって歩いていったそうでありまして、ただいま取材班が、宇宙人と思えるその人物の立ち去った方角にある、第二十六号棟、第二十七号棟あたりに急行し、捜しまわっておりますが、警察はこれに対し

一階の夫「だから、いつもと違う道を通って帰ってきたんだ。君のご主人がどこへ行ったか、そんなこと見届けることはできなかった」

妻「どこで寄り道してるのかしら。まさかあなたの部屋じゃないでしょうね」

一階の夫「ど、どうしてぼくの部屋に」

妻「だってほら、あなた以前、わたしの主人をあなたの奥さんに紹介したことがあるって言っていたじ

夫「しつこいな君は。何回愛してるって言わせりゃ気がすむんだ」

妻「本当に愛してるのなら、何回だって言える筈でしょう。わかったわ。あなたはわたしを、愛してなんかいないのよ」

坊主「若有衆生、多於淫欲、常念恭敬、観世音菩薩、便得離欲。若多瞋恚、常念恭敬、観世音菩薩、便得離瞋。若多愚癡、常念恭敬、観世音菩薩、便得離癡。無尽意、観世音菩薩、有如是等、大威神力、多所饒益。是故衆生、常応心念。若有女人、設欲求男、礼拝供養、観世音菩薩、便生福徳、智慧之男。設欲求女、便生端正、有相之女。宿植徳本、衆人愛敬。無尽意、観世音菩薩、有如是力。若有衆生、

妻「うわっ。そんなことして床が抜けないかしら」

夫「どうだ。驚いただろう。ああ、すっとした」

妻「そうよ。うるさいと思うのならもっと頑丈なアパートへ引越せば

学生C「何さあんた。やきもちなんかやいて」

学生B「だから女を仲間に入れるなって言っただろ」

学生A「しかたがないじゃないか。だってチーコがいなけりゃ火薬が手に入らなかったんだし」

学生B「いちゃつくなと言ってるんだ」

学生A「いちゃついてなんかいないよ」

学生C「そうよ。あんたの気のせい

セールスマン「まだあります。奥さんはいつも、ご主人の帰りを待ちながら、こっそりエッチな本を読んでいるのです」

妻「まあ。そんな本わたし、読んでいません」

セールスマン「嘘です。そこに本があるじゃありませんか。ほらね。『そのセールスマンったら、入ってくるなりわたしに抱きついてきたんです』なんですこれは」

妻「まあ。はずかしいわ」

夫「うわっ。なんて音立てやがる」

妻「きっと旦那が、怒ってとびあがったのよ」

夫「ひやあ。えらい埃だ」

妻「なんてことするのかしら。もし天井が抜けたらどうするのよ。ね

管理人「そうなんです。二階です。この、わたしのいる部屋の真上の部屋なんですけどね。どうもおかしいんですよ。様子がね。学生です。はい。学生が三人です。ひとりはそこの息子なんですけどね。いえ。両親は外出中のようです。朝からね。ずっと閉じこもったきりでねぇ。何かこの、ごそごそやってるんですよ。車でね、いろんな品物運びこんできてね。何かやっているんで、もしかしたら爆弾

四階の夫「ぼくの部屋へ行ったんじゃないだろうな」

妻「ど、ど、どうして」

四階の夫「だって君のご主人とぼくのワイフは以前知りあいだったんだろ。だからこそぼくのワイフがご主人にぼくを紹介してくれて君の主人がぼくを君に紹介してくれたんじゃないか」

妻「ええ。そ、そ、そうだったわ」

四階の夫「そうだろう。すると今ごろ、君のご主人とぼくのワイフは

テレビ（3ch）「目撃した近所の人の話によりますと、着陸した円盤からは、背の高い人間がひとり地上に降りたそうであります。その人間は、機動隊が来る少し前に現場をはなれ、団地の中を北へ向か

夫「そんなにしつこいと、いくら愛していたってげっそりしてしまうよ」
妻「じゃあなた、今までわたしに嘘をついてたのね」
夫「うるさいっ。しつこいっ。だま

夫「いいさ、いいさ。銀行から貯金をおろせば」
妻「その銀行に、貯金がもうないのよ」
夫「なんだって。どうしたんだ」

いいのよ。自分たちがもう老いぼれてきたもんだから、若いわたしたちに嫉妬してるんだわ」
夫「うん。そうとも。そうにきまっている。ようし、腰が抜けるほどやって、びっくりさせてやるぞ」

テレビ（3 ch）「目撃した近所の人の話によりますと、着陸した円盤からは、背の高い人間がひとり地上に降りたそうであります。その
子供「ママ。ママ。やっぱりニュースだよ。この団地が映ってるよ」
妻「団地なんて、どこだって同じに見えるのよ」
子供「でもこれ、ドラマじゃないみたいだよ」
妻「だまされてるのよ。そんなことで騒いだら週刊誌でまた笑いもの

運転手「うるせえな」

え」
夫「大変なやつの階下に引越してきたもんだな」
妻「夕方からどしんばたんやるようなアパートじゃないのよ。やりたいならもっと上等のアパートへ行

夫「勝夫はまだかい」
妻「まだよ。遅いわねぇ」
夫「そうか。それならもう一度」
妻「あら。またなの」

妻「ええい。また小指で弾く。そこは中指。またその指、つねられたいの。さっき痛かったでしょ。その痛い指で弾けばいいのよっ。もう一回つねっといてあげるわ。ええい。これでよくわかるでしょ。泣くなっ。やりなさいっ。痛いうちにやりなさいっ。ドドレレファですよドドレレファ。今度は左手が間違えた。こんな簡単なこと、どうして出来ないの。いやだわもう。どうしてわたしがこんな子を

って歩いていったそうでありまして、ただいま取材班が、宇宙人と思えるその人物の立ち去った方角にある、第二十六号棟、第二十七号棟あたりに急行し、捜しまわっておりますが、警察はこれに対し

泥棒A「と、いうわけだ。夕方の方がかえって留守勝ちという統計が出ているんだ」
泥棒B「統計じゃ信用できないよ」
泥棒A「心配するなって。この部屋にはこの時間、誰もいないんだ。ここ一週間ばかりずっとこの部屋を狙っていたから、よく知ってるんだ」

小学生「うん。ぼく、鍵を持ってるんだ。学校から帰ってきて、ずっと留守番をするんだよ」
×△◎「△×○□÷×□◎」
小学生「そうだよ。毎日だよ」
×△◎「△△○÷□◎×＋」
小学生「うん。ぼく、とっても淋しいんだよ。あーん」
×△◎「××◎！ □◎×＋！」
小学生「友達もいないんだよ。あーんあんあんあん」
×△◎「◎÷！ あーんあんあんあん」

テレビ（3ch）「えっ。あっちへ行ったんですか。はあはあ。ここを左折したわけですね。するとあの第二十九号棟というのがありますが、あっちの方ですね。ありがとうございました。ええと宇宙人と思われる人物はこの道を通り、この、第二十九号棟の方へ来たということでありまして、これが第二十九号棟でありますが、ええと、この入口から入ったとすると、この部屋が。あっ。いました。いま

妻「そしたらあなた、どうしてここへ来たのよ。主人がいるかもしれないのに」
一階の夫「だって、主人はいないっていう目じるしの、ピンクのハンカチが干してあったから」
妻「あなた、気になるんでしょ」
一階の夫「君だってそうだろ」
妻「でも、なんだか刺戟的ねえ」
一階の夫「う、うん。そうだね。ちょっと興奮してきたな」
妻「ああ。ああ。わたしもよ」

坊主「受持観世音菩薩名号。乃至一時。礼拝供養。是二人福。正等無異。於百千万億劫。不可窮尽。無尽意受持観世音菩薩名号。得如是無量無辺。福徳之利。無尽意菩薩。白仏言世尊。観世音菩薩。云何遊此娑婆世界。云何而為衆生説法。方便之力其事云何。仏告無尽意菩薩善男子。若有国土衆生。応以仏身得度者。観世音菩薩。即現仏身而為説法。応以辟支仏身得度者。即現辟支仏身而為説法。応以声聞身

学生B「いいから、そのフィラメント、そのタイマーへ接続してくれよ。そうそう。そこだ」
学生C「ここね。火薬はどうすればいいの」
学生B「それはおれがやる」
学生A「早くしてくれないかなあ」
学生B「何もしないで文句ばかり言ってないで、手伝ったらどうだ。あっ。馬鹿っ。煙草を吸うなって言っただろ。そこに火薬があるんだぞ。引火したらどうするんだ」

セールスマン「そうです。はずかしい本を読むよりは、はずかしいことをした方がいいのです」
妻「でも、でも、主人にばれないかしら。こんな具合に、ふたりで、裸でいるところを、もし誰かに見られたりしたら」
セールスマン「大丈夫です。ドアには鍵がかかっています。誰に見られるというのです。ご心配は無用です。よほどの突発事故でもない限り、あなたとわたしが裸でいる

夫「ああーっ。また性懲りもなく始めやがった」
妻「今度はもう、絶対に、わたしたちへの当てつけよ。そうにきまってるわ」
夫「ようし。こっちもやろう」

管理人「そうです。そういう前科のある学生なんでね。わたしも前から気をつけてはいたんですが。そうです爆弾です。わたしはそのおそれがあると思うんですよ。もし作っている最中に爆発でもしたら大変ですからね。えっ。今、手がはなせないって、だってそこの花壇まで来てるんでしょう。だったらちょっと来てくださいよ。空飛ぶ円盤なんて、そんな夢みたいなことを。怒らなくても。だってそ

四階の夫「赤いソックスが干してあったから寄ってみたんだけど。おい君。どうして黙ってるんだ」
妻「つい、想像しちゃうんだもの」
四階の夫「しかし、なかなか刺戟的な想像だな」
妻「そうね。主人と、あなたの奥さんが、今ごろ」
四階の夫「く、くそっ。こ、興奮してきたぞ」
妻「畜生っ。浮気なんかしてっ。ああ。あああ。ああ」

テレビ（3ch）「えっ。あっちへ行ったんですか。はあはあ。ここを左折したわけですね。するとあの第二十九号棟というのがありますが、あっちの方ですね。ありがとうございました。ええと宇宙人と

夫「ああ。なぜぼくはあんなに心にもないことばかり言ってしまったんだろう。許しておくれ」
妻「あなた。ご免なさい。わたしって、なぜこんなに馬鹿なんでしょう。あなたに愛されていることぐらい、よくわかっているくせに、あんなにしつこくあなたに愛のことばを求めたりして」
夫「いいんだよ。いいんだよ。それは君がぼくを愛してくれている証拠なんだものね。ぼくだって君

夫「株だと。勝手に株を買ったというのか」
妻「損をして、一文なしなのよ」
夫「この馬鹿」

テレビ（3 ch）「えっ。あっちへ行ったんですか。はあはあ。ここを左折したわけですね。するとあの第二十九号棟というのがあります
子供「あーっ。このアパートが出たっ」
妻「なんて声出すのよ」
子供「だってほら、ほら、このアパートだよ。あの窓がほら、この部屋の窓だよ。そうだろ」
妻「あらほんとね。きっと、どっきりカメラでしょ」

運転手「もう我慢できねえ」

妻「えっ。や、やるって、今」
夫「のせられたようで癪だが、上に対抗するにはそれしかあるまい。腹立ちも少しはおさまる」
妻「そうね。それにわたしもあの音聞いてると、なんだか変な気にな

妻「わかったわね。今度間違えたらこの花瓶でぶん殴るからね。あんた、頭が割れちゃうわよ。いのちがけでやるんです。おばさんもいのちがけだからね。はいっ。やりなさいっ。そう。そうそうそう。違うっ。違う違うっ。さああやったわねえっ。覚悟しなさい。あんたは死ぬのよっ」
花瓶「ガチャン」
妻「あっ。やっちゃった。頭が割れた。この子死んだわっ。どうし

思われる人物はこの道を通り、この、第二十九号棟の方へ来たということでありまして、これが第二十九号棟でありますが、ええと、この入口から入ったとすると、この部屋が。あっ。いました。いま

泥棒A「それにしても、なんにもない家だなあ」
泥棒B「あっ。ばかっ。こ、こ、ここは空室だ」

小学生「あーんあんあんあんあん」
×△◎「あーんあんあんあんあん」
小学生「えーんえんえんえんえん」
×△◎「えーんえんえんえんえんえん」

テレビ（3ch）「なぜか宇宙人は、この部屋でお留守番をしている坊やと抱きあって泣いております。ちょっとインタビューしてみましょう。もしもしあなた。おーいおいおいおい。もしもし坊や、なぜ泣いてるの。あーんあんあん」
猫「ニャーゴ」

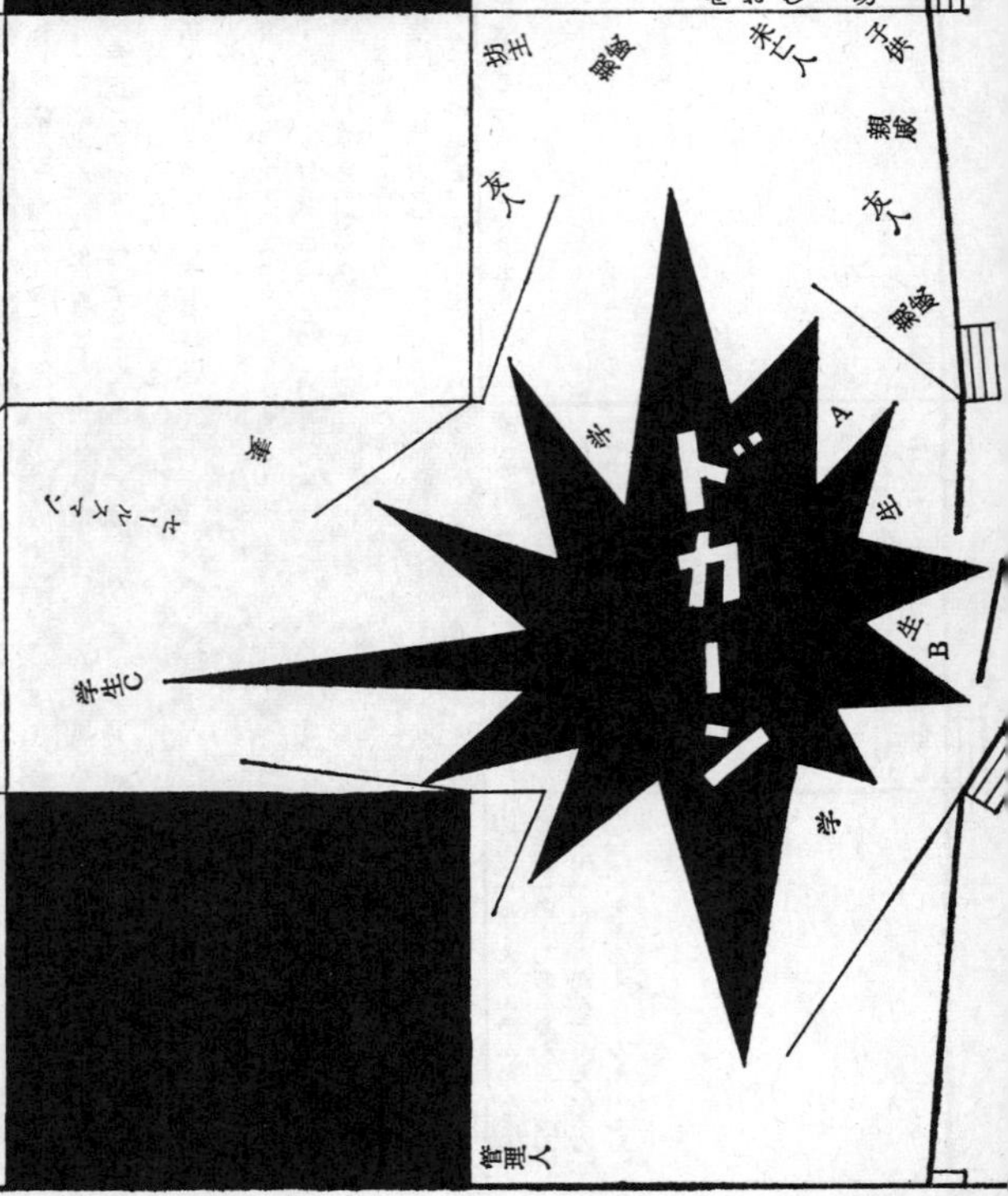

妻「助けて」

妻「キャーッ」

テレビ（3ch）「なぜか宇宙人は、この部屋でお留守番をしている坊やと抱きあって泣いております。ちょっとインタビューしてみましょう。もしもしあなた。おーいお
猫
夫「みんな、最後の夕ご飯は終りま

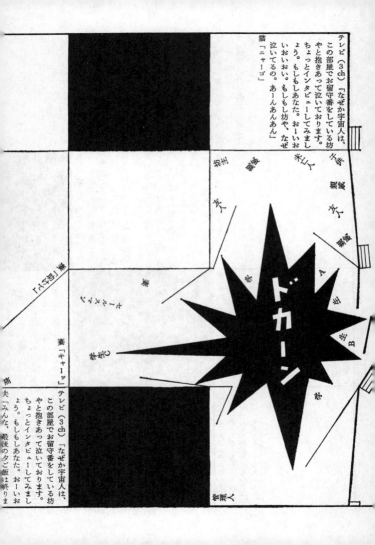

妻「ねえあなた。わたしたち、どうしてあっちの部屋では喧嘩して、こっちの部屋へ来ると仲なおりするのかしら」
夫「そりゃあ、こっちの部屋が寝室だからさ」

夫「待て。はやまるな」

妻「あなた。さよなら」

子供「ママ。この窓から下を見てごらん。テレビカメラがいるよ」
妻「ほうらね。やっぱりどっきりカメラなのよ」

夫「勝夫はまだか」
子供「ぼくならずっと、こっちの部屋にいたんだよ」
妻「きゃあっ」

運転手「いつもいつも安眠を妨害しやがって。刺し殺してやる」
妻「あっ。やめて。やめて。ギャーアッ」
夫「ただいま。おい。どうした。うわーっ。秀子。秀子」
運転手「くそっ。ついでにお前も」
夫「ギャーアッ」

したね。それではこの薬をのみましょう。恨むのなら、家出したママを恨むのですよ」
長男・長女・次男「はあい」
夫「さあ。それではぐっと、ひと息にね」

泥棒A「うわあっ。見ろ。見ろ。団地が警官でいっぱいだ」
泥棒B「うわあっ。何ごとだ。テレビまで来てるぞ」
泥棒A「うわあっ。これは誰かの陰謀だあ」

アナウンサー「なぜか宇宙人は、この部屋でお留守番をしている坊やと抱きあって泣いております。ちょっとインタビューしてみましょう。もしもしあなた」
×△◎「おーいおいおいおい」
アナウンサー「もしもし坊や、なぜ泣いてるの」
小学生「あーんあんあん」

廃塾令

○茶の間。
父親、母親、息子、娘の四人、夕食の卓袱台《ちゃぶだい》を囲み、テレビを見ている。

息子（大学生）あ。もう八時か。チャンネル換えてもいいだろう。（と、立ちあがりかける）

父親　待てよおい。何に換えるんだ。

息子　ドラマがあるんだ。単発の。

娘　いやよ。歌聞かせてよ。

父親　歌はつまらん。やめろやめろ。

母親　お父さん、戦記もの見るんでしょ。ふふふふ。

娘　いやよ。戦記ものなんて。あんなもの。

父親　あんなものとは何だ。歌の方がよっぽどつまらんぞ。

息子　ドラマ見ようよ。絶対損しないよ。面白いんだから。

母親　何があるの。

息子　SFだよ。筒井康隆の。

母親　およしなさいよ。SFなんて。子供じゃあるまいし。

父親　なんでこんな時間にSFなんかやるんだ。

息子　でも、筒井康隆のやつだよ。

父親　なんだその筒井康隆ってのは。

息子　見ればわかるよ。面白いんだから。

娘　歌にしましょうよ。ね。お母さんも歌でしょ。

母親　そうね。戦記ものなんかよりは、歌の方がいいわね。

娘　ほら。お母さんも歌よ。

父親　(しぶしぶ)　歌なんかよりは、まだ、ドラマの方がましだな。

息子　ようし。ドラマにするよ。(立ちあがる)

娘　ドラマなんていやよ。

息子　まあ、見ろったら。面白いんだから。(チャンネルを換える)　あ。始まったばかりだ。

テレビの画面にタイトルが出ている。画面、次第に近づき、実際のテレビの画面と重なる。

○タイトル。「廃塾令」

タイトル・バックは誰も乗っていない終電車の内部。

○スタッフ、キャスト。

同じタイトル・バックで。

M――突然、テレビ三面記事風の音楽。――F・O

○同じタイトル・バックで。

タイトル――「落ちこぼれの子を持つ酔いどれ男。終電車内で塾帰りの小学生を撲殺！」

ナレーター（声のみ。早口で）都内の塾へ通っている小学三年生の男の子が、終電車で郊外のわが家へ戻る途中、同じ車輛《しゃりょう》に乗っていた酔っぱらいにからまれて口論になり、一升瓶で撲殺されました。殺されたのは会社員弘田波夫さんの長男で信秋君八歳。殺したのは無職酒田五郎四十八歳で、隣りの車輛から事件を目撃した乗客の通報でただちに逮捕されました。調べによりますとこの男は、二年前勤めていた会社を馘首《くび》になり、以後定職を持たずぶらぶらしていましたが、自分の子供が中学で落ちこぼれているのに塾へ通わせる金もないため、塾帰りの信秋君にからんで言い返され、かっとなって殺したと言っております。

○スタジオ。

司会者　えー、最近似たような事件がたくさん起っているようです。ついこの間も塾帰りの小学五年生が終電車を待つプラットホームから酔っぱらいに突き落されて電車に轢《ひ》かれるという事件があったばかりですが、どうも塾通いの子供というのは酔っぱらいと相性が悪いようで（笑声）。それでは早速レポーターの鼓《つづみ》ぽん子ちゃんにお願いしましょう。

レポーター　はあいはい知性と栄養にあふれる鼓ぽん子です（笑声）。まあたまたまたまた塾帰りの子が終電車で酔っぱらいに襲われるという事件なんですねえ。警視庁で聞いたところによりますと今年に入ってから似たような事件がなあんと十六件、子供が殺されたケースは五件にものぼっているそうです。そんなに遅くまで子供を塾に通わせているお母さんが、それだけたくさんいるってことなんですね。どうなってんのかな、なんて思っちゃいますけど。で、殺された信秋君ってのはこの子なんですね（写真を見せる）。

○信秋君の写真。

レポーター（声のみ）この子のお宅にうかがったのですが、お母さんの話によりますと、この信秋君はまあ何と、一週間のうち六つも違った塾に通っていたんです。そのうちふたつは都内の塾なんですね。そんなことしたら、まあ、大人だってふらふらになりますよねえ。

○スタジオ。

レポーター　でもお母さんにうかがうと、うちの信秋は塾へ行くのが大好きでした（笑声）、そうおっしゃるんですけどね。でもねえ、八歳の子供がそんなに塾へ行くのが好きだなんて、あまりにも異常で、ちょっと本当とは思えませんからね。それでわたし、今流行の催眠術《さいみんじゅつ》をかけたんじゃないんですかって、お母さんにそう言ったんです。ほら、ぼくちゃんは勉強が好きなんだ、塾が好きなんだって思わせる、あの、暗示っていうんですか。子供を暗示にかける催眠術が今、大流行でしょう。そしたらお母さんがたちまち、これもんで（大袈裟《おおげさ》にかぶりを振る）、と、と、とんでもありません（笑声）。うちの子に限って、なんて、こんなになってとり乱して。あれ、催眠術かけたのよね（笑声）。あ、これこれ。これがそのお母さん

（母親の写真を見せる。笑声）。

○母親の写真。

レポーター（声のみ）ご主人はふつうのサラリーマンで、まずまず生活も人並みなんだけど、それでもこの奥さんは不満だったんですねえ。始終信秋君に、パパみたいになりたくなかったら塾へ行かなきゃ駄目だなんて言ってたらしいんですけど、それがいけなかった。それが今度の事件のもとになったんですねえ。どういけなかったかはあとでお話ししますけどね。

○終電車の内部の写真。

レポーター（声のみ）　さっきもタイトル・バックで出ましたけど、これが事件のあ

った終電車。わたしも乗ってみましたけど、事件が起った時間にはずうっと郊外にまで電車が来てるわけで、まあ、乗客が少いんですねえ。この通り、誰もいない時が多いんですよ。事件があった時にはこの車輛に信秋君と犯人の酒田しか乗っていなかったんですね。で、犯人の酒田というのは。

○犯人の写真。

レポーター（声のみ）これこれ。これが犯人です。いかにも前科何犯てな顔してますけど（笑声）、ところがこの男前科者どころか、二年前まではある中小企業で経理課長やってたんですね。使いこみがばれて馘首になったんですが、その使いこみというのも子供の教育費に金がかかるためだったらしいんですよ。

○スタジオ。

レポーター　つまりこの男の子供、今は完全に落ちこぼれてますけど、以前は塾に通わせたりして学校では相当よくできる子供だったんですね。聞いてみると塾の月謝って、すごく高価《たか》いらしいのね。そんなところへ三つも四つも通わせたために課長の給料じゃ足りなくなって使いこみをやったという、ここでもやっぱり塾が原因なんですねえ。(終電車の写真を見せ)で、この男はいつものように職捜しに出かけ、仕事が見つからなかったもんだからまあたまたまいつものようにやけ酒に酔っぱらって一升瓶一本かかえてこの最終電車に乗った。そして信秋君と会った。ま、この男自分にも子供がいるもんだから最初それほどの悪気はなしに信秋君に、こんな遅くまで子供がどこに行っていたのかとか、何やかや話しかけたらしいんですね。で、塾帰りだってことがわかって、それで突然からみはじめた(笑声)。こんな遅くまで子供を塾にやらせる母親の顔がみたいとか、そう言うことをね。そんなこと子供に言ったってねえ(笑声)。ところがこの信秋君(写真を見せ)、なかなか勝気な子で、よしゃいいのに言い返したんだそうですよ。いつも母親に言われているもんだから、その通りのことをこの男に向って、おじさんみたいな人間になりたくないから塾へ行っているんだってね(笑声)。それがこの男の(写真を見せ)急所にぐさりと刺さった(笑声)。かっとなって持っていた一升瓶で。ま、殴ったところまでは憶えていないらしいんだけどね。逆上してたもんだから。それにしても子供にねえ。ひどいことをねえ。でもお母さんがたも気をつけてくださいね。絶対に子供に、あんな大人になるなとか、そういうこと言っちゃだめですよ。子供はすぐ真似して言うからねえ(笑声)。あ、そうそう。それから(住宅の写真を二枚見せ)

これ、どっちが信秋君の家で、どっちが犯人の家だかわかりますか。こっちが犯人の家みたいに思うでしょ。ところがこの見すぼらしい家の方が信秋君の家なのよね（嘆声）。で、こっちの豪勢な住宅の方が犯人の。ま、以前課長だったたし、使い込みもしたからね（笑声）。それにしても信秋君の家のこの汚いことね（笑声）。やっぱり子供を六つもの塾に通わせていると家もこうなるのね（笑声）。でも、こんなにまでして子供の教育にお金を使って、かえってそれが仇《あだ》になったわけですから、お母さんがたもこの事件の意味をよく考えてほしいと思いますね。とかなんとか、生意気なこと言っちゃって。はい。これでおしまい。（拍手）

司会者　えー最近こういった事件が多いため、五つも六つもの塾へ、しかも深夜に子供を通わせるお母さんたちの詰め込み教育ぶりに世論の非難が集中していますが、結局はいつものように現代の学歴社会こそがそもそもの元兇《げんきょう》であるというところに落ちついてしまって、まあ当然のことなんですが今のところなんの解決にも到っておりません。やはりこれは政府が何らかの断固たる（机を叩《たた》き）政策を打ち出さなければいけないのではないか、とかなんとかいったような難しい話はニュース解説か何かの方におまかせして（笑声）、では、ここでちょっとこれをご覧ください。

——ＣＭ——

Ｍ——ニュース解説風の音楽。

○タイトル。「ニュース解説」

○タイトル。「塾公害について・解説・高井血篤《けつあつ》」

○スタジオ。

高井血篤　皆さん今晩は。今夜は、最近塾公害と言われておりますさまざまな事件をとりあげ、その背景となっております塾の問題さらには教育の問題をいろいろ考えてみたいと思います。今年に入ってから深夜塾に通っている学童が何らかの被害を受けるという事件が異常に多く発生しております。ご存じのように終電車で酔っぱらいに殴り殺されるという事件をはじめ、非行少年たちに金銭を奪われたという事件に至るまでを含めますと、すでに九十一件にものぼるということで、とうとう昨日は、塾帰りの小学五年の少女が暴漢に襲われ、強姦《ごうかん》された上に絞殺されるという事件が起りました。こうしたいたましい、え。何ですか。え。ああ。そうですか。

はいはい。「強姦」ではなく「乱暴」だったそうであります。大変失礼をいたしました。で、最近ではこうした深夜塾帰りの少女を狙《ねら》う男たちが夜の町をうろうろ徘《はい》徊《かい》しているといういまわしい事態にまでなっているそうでありまして、これがまた非行少年少女の増加にも関係しているわけであります。このような事件の背後にはいうまでもなく乱塾という今の社会現象が存在するのでありますが、ではここで、なぜこのような乱塾時代が起ったかを振り返って見ましょう。乱塾のそもそものきっかけは昭和三十三年に文部省が行った学習指導要領の改訂であった、と考えることができます。これによって学習内容が高度になり、学習量も増大しましたので、たちまち学校の勉強だけでは間に合わなくなってきたのであります。それまで普通に学校へ行ってさえいればいい成績をとることのできた子供たちの学力が、眼に見えて低下しはじめました。これに驚いた母親たちが、争ってわが子を塾へ通わせはじめたのであります。折からの高度経済成長時代でもありました。したがってこの改訂は、どうやらエリート作りを目的としているらしい、それならばむしろこの改訂に便乗してわが子をエリートにしなければ、わが子がこの学歴社会の落伍者《らくごしゃ》になってしまうだろう、と、当時の母親たちがそう考えたであろうことも、まことに容易に想像できるのであります。落ちこぼれ、といういやな言葉も生れました。塾へ行かないと落ちこぼれる、といった風潮になり、需要に応じてたちまち学習塾が乱立いたしました。母親たちが子供に塾通いを強制しはじめました。（興奮しはじめる）そう。子供に塾通いを強制したのが常に父親ではなく母親であった、という点にご注意願いたいと思います。これに眼をつけた業者たちがさらに塾を作り、たきつけられやすい母親たちをさらにたきつける。たちまちにして世は乱塾時代です。さあ。ここに哀れをとどめたのは子供たちでありました。遊ぶ本能抑圧され、中には催眠術をかけてまで子供に自分を塾が好きだと思いこませる母親もいて、学校が終ってから深夜までの塾通い、家に帰れば山ほどの宿題が待っていますから遊ぶなどはもってのほか、寝ている暇さえありません。唯一の楽しみが塾から帰る途中の終電車の中での友達とのお喋《しゃべ》りだというのですから（おろおろ声になり、ハンカチで眼を拭《ぬぐ》う）他人が聞いてもなんとまあ可哀想なと思うのですが、ところが（憤然《ふんぜん》として）母親はちっともそうは思わんのです。落ちこぼれる方がよほど可哀想だという理屈なのですが、これこそ教育ママ別称ママゴンなるものの非人間性の理論的根拠なのであります。親というものにはもともと教育本能があります。特に母親の場合、この傾向が顕著だと孟母《もうぼ》の例にもありますように、常識はずれでヒステリックな方向へ、どんどん限りなく近づいていきます。また、母親というのは、これは申すまでもなく女でありまして、この場合は女であることによってその虚栄心であるとか、付和雷同性であるとか、競争心であるとかがこれに加わります。ですからもう周囲の状況がエスカレートするにつれて、髪振り乱しての教育狂いとなるわけでありまして（興奮し）、このままだとどこまで過熱することやらわかりません。一人の子供に五つも六つも七つも八つも塾通いをさせる。これに父親が反対でもしようものなら、あなたのような人間にさせたくないからよと罵倒《ばとう》する。（机を叩き）それが妻の言い草か。何も子供の前で言わなくてもいいじゃないか。そりゃ、わたしの給料はたしかに安い。しかしだな、解説委員としてのわたしの社会的地位をなぜ認めない。え。

フロアー・ディレクター（あわてて出てきて）高井さん。高井さん。落ちついてください。

高井血篤（わめく）わたしがテレビでこんなことを言うと、お前はまたどうせわしが家に帰ってから食ってかかるんだろう。わかっているぞ。平気だ。お前なんかこわくないぞ。こわくないぞ。

フロアー・ディレクター　おい。誰か来てくれ。

アシスタント・ディレクター二人出てきて、皆でわめき続ける高井血篤をつれ去る。

○タイトル。「塾公害について・解説・高井血篤」

M――テーマ音楽。

アナウンサー（声のみ）「塾公害について」解説は高井血篤さんでした。

○タイトル。「ニュース解説・終」

アナウンサー（声のみ）ニュース解説を終ります。なおこの放送中、非常にお見苦しい点、またお聞き苦しい点がありましたことをお詫《わ》び申しあげます。

M――C・O

○タイトル。「家庭の医学」

M――テーマ音楽。

○タイトル。「子供のストレス」

○タイトル。「中州子供病院長・籔柄棒一」

○タイトル。「聞き手・横手煽動」

M——C・O

○スタジオ。

籔柄棒一と横手煽動が相対している。籔柄棒一は、眼が充血し、髪はばさばさ、ネクタイは歪《ゆが》み、背広はボタンがとれておまけによれよれというひどい姿である。

横手煽動　籔柄先生。今日はたいへんお疲れのところを申しわけありません。最近ストレスによる子供の急死というケースがたいへん多くて、そのため子供病院の院長をしていらっしゃる籔柄先生もここのところ徹夜に次ぐ徹夜で子供たちの看病にあたっていらっしゃるとか先ほどうかがったわけですが、いったいこんなことになったのはなぜでしょう。先生はこれもやはり塾公害のひとつであるとお考えでしょうか。

籔柄棒一　もちろん元兇は塾です。そして母親です。なにしろ六つも七つも八つも九つもの塾へ子供をば一度にかけもちで通わせる。これではストレスを起すのがあたり前で、たいていの子供が胃潰瘍《かいよう》や十二指腸潰瘍で病院へかつぎ込まれてくる。この時点ですでに胃に穴のあいている子もいます。塾や学校で倒れてうちの病院へかつぎこまれた子供は今月に入ってから百三十六人、そのうち、入院しても治らないでそのまま死んでいった子供が十七人もいるんです。わずか一カ月足らずでですよ。しかもその数は、入院してくる子供の様子を見ておりますと、今後ますますふえそうに思われます。というより、ふえるでしょう。いや。ふえます。ふえることは確実です。

横手煽動　入院しても治らずに死んでいった子供というのは、よほど病状が悪化していたからなんでしょうね。

籔柄棒一　いいえ。いかに悪化していようと、現在の医学は進歩しております。治せない病気はほとんどないのです。ところがですよ。入院した子供の母親というのが、これはもう全員といってもいいのですが、わが子の病室へ山ほどの学習参考書や宿題を持ちこんでくるのです。

横手煽動（怒って）なんとまあひどいことを。それではむしろ、死者が出なければおかしいくらいではありませんか。

籔柄棒一（怒って）そうです。死ぬのはあたり前です。われわれ医者の努力を水の泡にしとるのがあの母親どもなのです。

横手煽動（興奮して）なぜ母親に、それをやめさせせないのです。

籔柄棒一（興奮して）いくら言っても言うことを聞こうとせんのだ。それどころか、ではこの子の将来に先生が責任を持ってくれるのですかといって、わしに食ってかかりおるのだ。

横手煽動　まるで殺人だ。自分の子供を殺すつもりか、と叱《しか》ってやったのですか。

籔柄棒一　もちろんだ。ところが女どもは、落ちこぼれるぐらいなら死んだ方がまし、その方が子供にとってはしあわせですとぬかしおる。

横手煽動　くそ。に、に、人非人め。ひと殺しめ。

籔柄棒一　くそ。すべた。雌犬ども。腐れまんこ。

○テロップ。「しばらくお待ちください」

○スタジオ。

籔柄棒一と横手煽動、はげしく肩を上下させながらも呼吸をととのえている。

横手煽動（カメラに）いささか興奮いたしまして、失礼いたしました。お詫び申しあげます。（籔柄棒一に）ところで先生。こうした殺人的塾通いの子供たちがストレスから起す病気には、他にどんなものがあるでしょうか。

籔柄棒一　それはもう、いっぱいあります。素人眼にもはっきりとわかるものでは、自閉症や登校拒否症など、精神や行動の面で異常性を見せる神経症的な病気ですね。しかもです、最近これらの患者の中から自殺する子供が続出しておるのです。わたしなど、近ごろでは子供の病室へ入って行くのがこわいぐらいなんですよ。ドアをあけるとベッドの上で首を吊《つ》って、だらーっとぶら下がっておるんですからな。びっくりしますよ。

横手煽動　警察でも、今年に入ってから小学生の自殺の件数がうなぎのぼりだと発表しているようですね。なんでもすでに五十七件だとか。

籔柄棒一　もっとも子供のことですから自殺がうまくいかず未遂に終るケースもあります。それも加えたら優に百件は越す筈《はず》ですよ。

横手煽動（涙を拭い）可哀想に。まだ小学生だというのに自殺するなんて。いったい彼らをそこまで追いつめたものは何ですか先生。

籔柄棒一（涙を拭い）あきらかに詰めこみ教育です。子供ながらに、こんな辛いことがあと何年も続くのなら死んだ方がましという気になるのでしょう。無理もありませんよ。

横手煽動（おいおい泣く）なんて、なんて可哀想な。

藪柄棒一（おいおい泣く）根性を作ってやるのだという信念のもとに子供をつるしあげ、スパルタ教育をする塾の教師たちを、子供たちは死ぬほど恐れているのです。きっと、これ以上こわい、いやな目にあうのなら死んだ方がましだという気になるのでしょう。

横手煽動（わあわあ泣く）なんて可哀想な。こんなことでいいのでしょうか。先生。塾をこのままにしておいていいのでしょうか。

藪柄棒一（わあわあ泣く）わたしの力ではどうにもなりません。ああああ。こんなことを話している間にも、子供たちはばたばたと死んでいるのです。

横手煽動（泣きながらカメラに向かい）先生も、わたしも、悲しさのためにこれ以上お話を続けることができません。しばらくお休みをいただき、ここでちょっと、これをご覧ください。

——ＣＭ——

○タイトル。「ＭＭＭニュース」

Ｍ——テーマ音楽。——Ｃ・Ｏ

○スタジオ。

アナウンサー　今晩は。九時のニュースです。政府は今日臨時閣議を開き、廃塾令の公布を決定しました。これは現在開設されている学習塾をすべて、企業であるか個人経営であるかを問わず、今後いっさい禁止するというもので、官房長官の談話によりますと、乱塾の弊害が多数の子供たちの事故死、病死、自殺といった具体的な例となってあらわれ、このままでは今後も犠牲者がふえるであろうという見通しのもとに、重大かつ緊急の対策を必要とするところから、政府は、一種の非常事態宣言ともいえるこの廃塾令の公布に踏み切ったとのことであります。この廃塾令、世論に是非を問わない、また予告もなしのまったくの抜き打ち発令であったところから、今後多方面からの大きな反響が予想されます。それではここで、突然の廃塾令公布に対するさまざまな意見を街頭から拾って見ましょう。

○街頭（1）。

商店主　わしゃあんまり驚かないね。だって塾のために子供がたくさん死んであれだけの大騒ぎになったんだもんね。いずれ政府が塾をなくすだろうと思っていたよ。

反対するやつもいるだろうけど、そんなやつはぶち殺せばいいよ。
アナウンサー（声のみ）　あなたのお子さんは、塾へは。
商店主　わしの子供かい。いや。塾なんかへは行ってないよ。

○街頭（2）。

サラリーマン　大賛成ですね。子供たちも大喜びでしょう。そりゃあね、塾へ通うのが好きな頭のいい子供もいるなんてことをよく言いますがね。あれこそ業者の口車に乗って女どもがその受け売りをやっているのであってね。そりゃ母親たちにしてみりゃ、他の母親に対して、自分の子供だけは頭がいいのだと言いたくてそう言うわけで、女ってのは互いに影響されやすいから母親だけで話しあっているうちにエスカレートして、うちの子だけは違うというのがわれもわれもと出てきて、いっせいにそういうことを言うわけですね。だってねえ、頭のいい子供ほど本来は遊び好きなものですよ。勉強の好きな子ってのはむしろ異常でね。ああいうのはみな暗示にかけられて。だって、もし子供が正直に塾が嫌いだなんて言おうものなら母親にぶちのめされるから。それが怖くて自殺したりするんでしょ。
アナウンサー（声のみ）　あなたのお子さんは、塾へは。

サラリーマン　おはずかしいことですが、通わせていたんですよね。女房がうるさく言うもんでねえ。だってよその子はみんな行っているから。でもこれで正正堂堂と行かなくてすむわけで、わたしも大助かり。もちろん女房も大助かりでしょう。

○街頭（3）。

有閑マダム・タイプの主婦　えええええ。なくなった方がよござんすとも。どうぞおやめ遊ばせ。みながみな塾へ行って大学出ばかりになったら世の中困りますものねえ。おほほほほほ。どうせわたしのところでは家庭教師が雇えますから平気ざんす。

○街頭（4）。

ヒステリックな主婦　家庭教師を雇えない貧乏な家庭の子はどうなるんですか。これは政府の差別政策です。えええええ。差別政策ですとも。

○スタジオ。

アナウンサー　街の声でした。では次のニュース。政府の廃塾令公布に反対し、塾経営者を中心とする団体が現在国会議事堂前、首相官邸前に押しかけ、騒ぎとなっております。

○首相官邸前。

押しかけた団体が警官隊と揉《も》みあっている。怒号。悲鳴。「廃塾令は憲法違反」「塾経営者に営業の自由を」「廃塾令は差別政策だ」などと書いたプラカードが見える。

○スタジオ。

アナウンサー　この騒ぎで現在までに、逮捕された者三十八名、死者一名、その他多くの怪我人《けがにん》が出ております。このほか廃塾令の是非をめぐる口論で、横浜市内では意見の対立した夫婦が刃物でわたりあった末、ご主人が出血多量で重態となった事件、また大阪市内では、理容師と客が口論し、激昂した理容師が剃刀《かみそり》で客ののどを開くという事件も起きております。ニュースを終ります。

○タイトルとエンド・マーク。

○スタジオ。

広いフロアー。発言者数十名が席についている。司会のアナウンサーは中央に立っている。

司会者　廃塾令是か非かと題しまして、すでに公布されてしまった後でたいへん遅きながらではありますが、大勢の皆さまをお招きして討論をしていただこうというこの大討論会、先ほどから活潑《かっぱつ》なご意見を展開していただいております。それでは今までですでにひとわたりご意見をうかがいましたので、ひき続き討論に移りたいと思います。まず最初は、廃塾令に反対されている側の代表者格と申しましょうか、こちらの塾経営者代表のかたからお願いいたします。あ。あなたです。そうです。

塾経営者　そうですか。はい。はい。あの。えと。文部大臣にうかがいたい。あ、あ、あなた、あなたは、このような、時代の流れに逆行する、無茶苦茶な法律を閣議で通過させるなどして、だだ、だ、だいたいわれわれの営業権、営業の自由を踏みにじり、職業選択の自由をないがしろにして、そ、そ、それでよいと思っているのですか。いったいわれわれのことをどうお考えがえがえがえ。

司会者　あの、どうぞ落ちついて喋ってください。お気持はわかりますが、よく聞きとれませんので。

塾経営者　失礼。文部大臣。あなたはわれわれ塾経営者などというものは、失業しようがどうなろうがかまわないとお考えなのか。

司会者　では文部大臣。お願いします。

文部大臣　あー。うふん。えへん。えー。おっほん。あー。そもそも今回の廃塾令は、本来、他のいかなるものよりも児童の生命尊重を第一に考えた結果、導き出された結論でありまして。

塾経営者　まわりくどい言い方をやめてください。われわれのことをどう考えているのか、それを答えてください。

文部大臣　あー。うふん。えへん。えっへん。あー。そうですな。まあこの、憲法二十六条の、えーと、ああ、ここにありますが、その二十六条の一ですが、これを読みますと「すべての国民は、法律の定めるところにより、その能力に応じて、ひとしく教育を受ける権利を有する」とあるわけですな。つまりこの、塾というものの存在は、もしかするとこの条項に違反しているのではないかという具合にまあ、そのあの、われわれとしてはまあ考えることができるわけで。

塾経営者（激昂して立ちあがる）　何を言うか。「能力に応じた教育」など、学校だけできちんとやれるわけ、ないじゃないか。だからこそ塾が必要になったんじゃないか。塾がなかったらどうなるか。馬鹿《ばか》が東大に入り、気ちがいが。

司会者（あわてて）あっ。あっ。あっ。お、落ちついてください。落ちついて。

塾経営者　憲法違反と言われちゃ、落ちついていられないよ。

司会者　そうですか。そうですか。ではここで憲法がご専門の硬井先生に、廃塾令反対のお立場からご発言をお願いしましょう。

憲法学者　今、文部大臣のおっしゃった憲法二十六条の一ですが、いちばん問題になるのは「能力に応じて」及び「ひとしく」という部分でしょう。むろん「能力に応じた」学校教育がなされている限り、「不平等」をもたらす学習塾というものは要らない筈で、文部大臣もおそらくそこのところをおっしゃったのだと思いますが、これは逆に、国が、そうした塾の存在を許さざるを得ないような学校教育しか施していないわけですから、国もまたこの条項に違反していると言わざるを得ません。さらにまた、塾が憲法違反というなら廃塾令そのものも憲法に違反しているわけで、「営業の自由」や「職業選択の自由」など塾経営者の権利にも抵触します。さらにまた、その保障をどうするかという。

女流評論家（さっきからうるさく、手をあげて発言を求め続けている）はい。はい。はい。

司会者（うんざりして）はいはいはい。それでは比須先生どうぞ。

女流評論家　塾の経営をやっていた人などに「営業の自由」や「職業選択の自由」はありません。そんなこと言い出せば泥棒の常習犯にだって営業の自由があることになります。塾のために何人の子供が死んだか考えてごらんなさい。殺人者にそんなこと言えるわけはないでしょう。盗っ人たけだけしいとはこの事です。いささかの反省の色もなく。

塾経営者　な。な。何を言うか。人を盗っ人呼ばわりするとは何ごとか。こ、この、この。（立ちあがったまま、怒りで口がきけなくなる）

司会者　比須先生。表現を穏当にお願いします。表現を穏当に。

女流評論家　わたしは穏当な表現をしています。

憲法学者　だから女性は困るのですね。実際に人を殺していない人間を殺人者と呼ぶのは穏当でない表現なんですよ。

女流評論家（激昂して）殺したじゃありませんか。子供を殺したじゃありませんか。だいたいその「女性は困る」というおっしゃりかたは何ごとです。差別的発言よ。差別だわ。

司会者　まあまあ待ってください。話をもとへ戻してください。あ。それでは社会学の林先生。どうぞ。

社会学者　硬井さんに質問があるんですがね。それなら憲法二十七条の三はどうなりますか。「児童は、これを酷使してはならない」とありますが、塾はこれに違反しているでしょう。

憲法学者　塾通いは労働じゃありませんよ。

社会学者　子供にとって学習は社会的労働でしょう。

憲法学者　じゃ、学校も児童にその社会的労働をさせているとおっしゃるんですか。

社会学者　学校での学習範囲を越えた塾通いとか宿題が「酷使」に相当すると言っているんです。と同時に、子供の休息権も侵害していますね。だいたいこうした七つも八つも九つもの塾通いというのは、子供の肉体の発達とか、情緒の発達の可能性を奪い取ってしまうことになりますから、子供の全面発達権を阻害するわけなので、これはあきらかに公序良俗に反するでしょうが。

憲法学者　無茶苦茶です。だいたい「休息権」だの「全面発達権」だの、そんなことばは憲法学者のわたしですら聞いたことがない。社会学の方でどんな言葉を勝手に作っているかは知らんが、そんなものをここへ持ち出されては困ります。

社会学者　そうら。あなたがたはいつもそれだ。現実よりもことばを重要視する。

憲法学者　ほうら、これが社会学者の悪いところなんですよね。これじゃ社会学はいつまで経っても学問とは言えない。
司会者　ま。ま。ま。お待ちください。少し話が専門的になり過ぎたと思いますので、ここで廃塾令賛成の立場から、小学校の先生を代表して喋っていただきましょう。ええと。それではあなた、お願いします。
小学校教員　さっきから学校がいかん、学校がいかんと言われているが、親もいかんのですよ。たとえばいくら学校で能力に応じた授業をしたところで、母親は常に必ずそれ以上のことを望むに決まっとるのですなあ。塾がある限りは塾へ行かせるわけですよ。いくら子供がいやがり、いくらわれわれ教師が反対したとしてもです。
親権濫用ですよ。
母親Ａ　母親が悪いっておっしゃるけど、じゃあ、公立の学校だけで東大へ行けるくらいの教育をしてくれるのですか。してくれないじゃありませんか。
周囲の母親たち。「そうよ」「そうよねえ」「そうだわ」と同意する。
女流評論家　なあんでそんなに東大へ行かさにゃならんのですか。それがもう、塾の口車に乗ってるんですよ。なあにが東大か。学歴社会がいかんいかんと言って、それを作っとるのはあんたがた母親なんだ。もっと意識を高めてもらわにゃあ。

母親たち、顔を見あわせ、「そんなこと言ったってねえ」と、うなずきあう。

司会者　それではここで、廃塾令賛成派のお母さんを代表してどなたかおひとつ。ああ、あなたお願いします。

母親B　へえ。わたしはもう、塾が無《の》うなってほっとしとりますねん。うちの子は父親のあとを継いで表具屋をやるつもりやし、こっちもやって貰うつもりやさかい、大学なんか行かんかてええんです。そやけど進学塾へ行っとらんことには友達が居らんようになるし、学校では落ちこぼれ組に入れられてしまうんですわ。あんなもん、不良ばっかりやさかい、そんなとこ入れられたら可哀想ですやろ。そんで仕様ことなしに塾へ行かしとったんやけど、お金が高うついてかないまへんでした。学校の勉強だけで充分やのに、なんで塾へなんか行かさなあかんのか、わたしにはもう、さっぱりわかりまへんでしたわ。

母親C　そんな人までが子供を塾へ行かせていたもんだから乱塾になって、とうとう廃塾令なんかが出されてしまったんです。表具屋なんかにするんじゃなくて、本当に子供を偉くしたくて塾へ行かせていた家庭は、塾がなくなったらどうすりゃいいんです。

母親B　あんた、表具屋を馬鹿にするんか。承知せえへんで。

司会者　まあまあまあ。それじゃこちらのお母さんはいかがです。あなたも廃塾令には賛成なんですね。

母親D　ええ、もちろんです。東大へ行くほどの能力が本当にあるという子供は、塾へなど行かなくても東大に入れるんです。今日のこの座談会だって、塾の問題なんかじゃありませんわよ。能力差の問題なんです。能力というのは生まれつきのものでしてね。おほほほほほ。うちの子も東大へ行きましたけど、塾へなど一度も行かずに。ええ。そういった生まれつきの能力はどうしようもないものです。自分の子供に能力がないからといってそれを学校のせいにしたり、廃塾令を出した政府のせいにしたり、そんな人たちの気がしれませんんよ。

母親A　今のは差別的発言です。お金がある家の子供は塾へ行かなくても、家庭教師を雇うことができます。だけど家庭教師を雇えない家庭だってあるんです。成金の金持ち根性の差別的発言は許せません。

母親D　成金とは何ざますか。

母親B　差別したのはあんたらやないか。さっき表具屋を差別したやないか。

小学校教員　そうだよ。そんならあんたたちみたいに子供を塾へやる金さえない家庭の子供はどうなるんだ。勝手すぎるんだよ。あんたたちは子供の塾通いに文句をつけられるといつも「自分の金を子供の教育に注ぎこんで何が悪い」と言うが、家庭教師を雇うぐらいの金もないなら初めっからあまり偉そうなことを言わなきゃよかったんだ。

母親C　だって廃塾令だけ出して家庭教師を禁止しないのは片手落ちです。

母親A　そうです。文部大臣は今すぐ家庭教師禁止令を出してください。

文部大臣　そんな。（うろたえて）そんな馬鹿なことはできません。

塾経営者　どうして馬鹿なことなんだ。塾も家庭教師も、教える内容は同じようなもんじゃないか。

文部大臣　だって家庭教師まで禁止したらだね、その、あのたとえば、君たちのように今まで塾で教えていた人たちが食うに困らないかね。

塾経営者　われわれに家庭教師をやれって言うのか。なんてことを言うんだ。ひとを馬鹿にするな。

女流評論家　失業対策としてはなかなかいいじゃないの。やったらいいじゃないですか。家庭教師の口が奪いあいになって月謝も安くなるから、みんな大助かりよ。
塾経営者　今さら安い月謝で家庭教師なんかやれるか。
母親B　今まで儲《もう》けとったんやさかい、ええやないか。
母親C　あのう、大臣。その家庭教師の月謝はどの程度安くなるんでしょうか。
文部大臣　そ、そんなこと、わかりませんよ。
母親A　無責任じゃないですか。塾をなくすのなら家庭教師を各家庭で雇えるようにしてください。差別をなくすためにその費用は政府が出すべきです。だって平等でなきゃいけないんでしょ。
文部大臣　そそそ、そんなことはできません。
女流評論家　あんたがた母親は都合の良い時だけすぐ平等平等と言うがね。それはまるで、自分の子供が馬鹿に生まれたけど、この責任は政府にある、だからその補償をしろといって駄々をこねとるみたいなものなんよ。
母親D　そうですとも。人間には能力差があるんです。生まれつき頭のいい子と馬鹿の子がね。あなたがたは天才と馬鹿に同じ教育をしろと言ってるわけなんです。そんなことできないでしょ。人間って、生まれつき不平等なものなんですよ。あきらめてもらうよりしかたありませんわねえ。だって金持ちの家に生まれた子と貧乏人の家に生まれた子じゃあ、やっぱり頭の出来だって。
母親Ａ　それが差別的発言だというのよ。なぜ貧乏人の子は馬鹿なの。
母親Ｂ　あんたらかてさっき、表具屋を馬鹿にしたやないか。
母親Ｃ　だからこそ、金持ちの子にも貧乏人の子にも平等に教育の機会をと言ってるんです。そしてその費用を政府が。
女流評論家　すぐに政府政府と言うなちうんだ。馬鹿が。
母親Ａ　馬鹿とはなんですか。
母親Ｄ　あなたがたきっと、おしまいには、たとえばあなたのように不細工な顔に生まれた人が、これも政府の責任だからなんとかしろとおっしゃって政府に不満をおっしゃるようになりますわよ。わたし思うんですのよ。このままではきっと、しまいにはそんな世の中に。
女流評論家　女の顔の話はやめなさいっ。女性差別論者の言いかたと同じじゃないかっ。
母親Ｄ　おーやまあこれは失礼。おほほほほほ。
母親Ａ　なんですか失礼な。人の顔のことを。あなたそれでも自分だけは美人のつもりなの。何さ狐《きつね》がせんずりしてるみたいな顔を。

司会者　あっ。あっ。あっ。やめてください。個人攻撃はやめましょう。
母親D　おっしゃったわね。（立ちあがり、母親A・Cにハンドバッグを振りかざしてなぐりかかる）
母親A　なによ。
母親C　この成金。
母親B　お前らこそさっき何さらした。
女流評論家　お前ら。この、馬鹿が。

女たち、なぐりあう。

司会者　やめてください。やめてください。

乱闘を背景に、議論が続く。

憲法学者　したがって憲法二十六条の「国民が教育を受ける権利」というものは今まで政府によって大きく歪《ゆが》められてきたといえます。

塾経営者　そう。それがいけなかった。だからこそ塾がその歪みを正すための。
文部大臣　とんでもない。歪めてなどいません。
憲法学者　だって政府はこれを「国家が国民に教育を授ける権利」という具合に解釈していた筈です。逆に国民は「国家が行う教育を受けなければならない義務」として受けとってきました。
文部大臣　それは国民の意識が低かったからです。
小学校教員　国民を馬鹿にするな。文部省はいつだって教育内容に強く容喙《ようかい》したじゃないか。だいたい文部省の指導要領ってやつは、いつだって政府の意向をそのまま。
文部大臣（怒って）　君は廃塾令賛成派じゃなかったのか。日教組は出て行け。
塾経営者　そうだ。出て行け。
小学校教員　だまれ。いつまでもおれたち現場の人間の教育方針を無視していたら、ひどい目にあうぞ。
文部大臣　脅迫する気か。たかが小学校の教師の分際で。この。
小学校教員　だまれ。この。
塾経営者　この。

塾経営者、文部大臣、小学校教員、三つ巴《どもえ》になって殴りあう。

議論していた憲法学者と社会学者、ついに取っ組みあいをはじめる。

スタジオ全体が殴りあいになる。

司会者　やめてください。やめてください。（あわてて）コマーシャル。早く早く。コマーシャルを。

M――F・O

――CM――

○タイトル。「テレビ・ドキュメント」
M――テーマ音楽。
○タイトル。「もぐり塾――その実態」
○深夜の住宅街。
時おり通過する車。S・E――クラクション。

ナレーター（声のみ）　廃塾令が出されてから早三カ月。塾はその姿を完全に消したのだろうか。答は否、であった。子供たちは今、けんめいに警察の眼をくぐり抜けて深夜の塾に通っている。それはいうまでもなく非合法に開設されたもぐりの塾であり、そのお膳立てをしているのは、これまたいうまでもなく組織暴力団なのである。

○別の街かど。

街かどから街かどへと、子供たちが二、三人、さっ、と駈け抜けて姿を消す。

ナレーター（声のみ）　人通りの絶えた深夜、子供たちはひと眼を避けて地下の塾へと駈ける。わがテレビ・ドキュメント班は、最近各地に出来たと伝えられているこの種もぐり塾の実態をさぐるため、わが班独自の開発による超小型特殊カメラを隠し持つひとりの少年を塾生のひとりとして送りこみ、この地下の塾に対して決死的な潜行取材を敢行させたのである。

○商店街のはずれにある古いビル。

その、地下へ降りて行く階段がある一角に、カメラ、ズーム・アップ。

ナレーター（声のみ）塾は、某信用金庫の建物の地下室にあった。今やここは、この町の暴力団の最も大きな資金源になっているという。

○地下室のドア。

その前に二、三人の子供が立つ。ひとりがドアをノックすると、ドアの覗《のぞ》き窓が開き、男の顔が子供たちを見まわしてうなずく。

ドアが開き、子供たちが中へ入って行く。

○地下室。

正面に黒板と教壇。教師が算数の授業をやっている。机が並び、子供たちが勉強している。

ナレーター（声のみ）もぐり塾へのもぐりこみに成功したちょうどその日、皮肉にも警察の一斉取締りがあり、この塾は摘発された。

用心棒（ドアの覗《のぞ》き窓から外を見て驚き、叫ぶ）しまった。手入れだ。

子供たち、総立ちとなる。女生徒の悲鳴。

ドアを蹴破《けやぶ》り、私服刑事の一団がなだれこんでくる。

刑事A（斧《おの》を振りかざして奥まで突き進み、教壇の机の中央に斧を振りおろす）FBIだ。

○ビルの前の道路。

刑事、警官たち、子供を手錠で数珠《じゅず》つなぎにし、護送車に乗せている。

アナウンサー（刑事の前に立ち、マイクをつきつける）FBIというのは、アメリカにしかない筈ですが。

刑事B　今度新しく警察の中にできたファインドアウト・ビューロー・オブ・イレギャリティ即ちFBIであります。

女生徒（数珠つなぎにされたまま不貞腐《ふてくさ》れて、傍の警官に）あたい、これで四回めよ。

○空港の滑走路。

ジャンボ・ジェット機の離陸。

ナレーター（声のみ）　国内での取締りが次第に厳しくなってきたため、もぐり塾の業者たちはついに大胆で大がかりな企てを実行に移した。夏期休暇の一カ月を利用し、小学生グアム観光ツアーと偽って塾生を募集、国内の法律の眼が届かぬ南の島で子供たちに猛勉強させようというのである。むろん非常に金のかかる企画であり、参加者は金持ちの子弟に限られていた。だが、わがテレビ・ドキュメント班は事前にいち早くこの情報をキャッチし、ひとりの少年をこのツアーに送りこんだ。隠しカメラによる取材はみごとに成功した。

○ジャンボ・ジェット機内の客席。

乗客はすべて小学生である。

教師（通路に立ちあがる）　さああ皆さん。思う存分勉強がしたくてもさせて貰えない日本を飛び立ち、これから皆さんは思いっきりのびのびと勉強ができる自由の天地へ行くのです。さあ、そこははたして天国でしょうか地獄でしょうか。いや。いやいやいや。地獄なんてことはありませんね。勉強天国ですね。楽しみですね。あはははは。あはは。あははは。（ぴょんぴょん跳ぶ）さあ。さっそく今からもう勉強を始めましょうね。楽しいことは早くやりましょう。（上から黒板がするするとおりてくる）ここにはもう、皆さんの勉強の邪魔をする悪い警察のおじさんもやってくることはありません。さああ。まず算数をやりましょうねえ。さあノートを出してください。

M――F・O

○グアム島の海岸。

M――ハワイアンで「リトル・ブラウン・ガール」。S・E――波の音。

ナレーター（声のみ）ツアーの一団から少し遅れてグアム島に到着したわがテレビ・ドキュメント班本隊の一行は、海岸の林の中で行われている授業を撮影するため、ひそかに接近した。

○海岸の林の中。

カメラ、木の間を縫って前進する。木の間から、子供たちの学習する姿が見えはじめる。カメラ、さらに近づく。

ナレーター（声のみ）だが、この企ては失敗に終った。

横手から数人の見張り（暴力団員）がとび出してくる。

用心棒A　こいつら。テレビ局だな。

用心棒B　カメラを壊しちまえ。

用心棒C　くそ。警察《さつ》に密告《たれ》こみやがったら承知しねえぞ。

用心棒たちに殴りかかられ、画面、大きく揺れる。

カメラマン（声のみ）　わあっ。やめてくれ。やめてくれ。

○もとの空港の滑走路。

ジャンボ・ジェット機の着陸。

ナレーター（声のみ）　だが警察はこの違法行為を見逃したりはしなかった。夏期休暇が終りに近づき、日本へ帰ってきた子供たちを空港に出迎えたのは警察の護送車であった。

○空港ビルの出口。

手錠で数珠つなぎにされた子供たちが次つぎと護送車に乗せられている。

女生徒（不貞腐れて）　あたい、これで八回めよ。

用心棒をしていた暴力団員たちも、数珠つなぎになって出てくる。
用心棒A（カメラに気がつき、罵倒する）あっ。テレビ局。こらっ。お前らだな。
警察《さつ》に密告《たれ》こみやがったのは。

○一戸建ての住宅。全景。
三三五五、子供たちがこの家に入っていく。

ナレーター（声のみ）この家の主人は穴山抜一四十五歳。もと塾経営者である。わがテレビ・ドキュメント班は、この穴山が廃塾令の抜け穴をくぐり、多くの小学生を自分の養子にして、その子供たちに勉強を教えているという情報をキャッチした。

○穴山家の玄関。
カメラ、近づいていき、玄関の戸が開かれる。
アナウンサー（うしろ姿）ご免ください。
穴山（奥から出てくる）はい。

アナウンサーと穴山が問答を交している間に、カメラは玄関の三和土《たたき》に向けられる。大勢の子供の靴で足の踏み場もない。

ナレーター（声のみ）　われわれ取材班は直接穴山家を訪問し、真相を問いただした。しかし穴山は。

穴山（色をなし）　だってみんな、養子縁組した子ばかりなんですよ。自分の子供なんだよ。自分の子供に勉強を教えて何が悪いんですか。え。あんた。何が悪いっていうの。

アナウンサー　でも、子供たちが有名校に入ってしまえば、その時は養子縁組を解消なさるんじゃないんですか。

穴山　何。そんなことどうしてわかるんだよ。あんたの想像に過ぎんだろうが。

アナウンサー　しかし実際には、この子供たちは本当の親の家からここへ毎日通っているわけでしょう。

穴山　かまわんじゃないか。こっちの家が狭いからもとの親の家で寝泊りしているだけだよ。

○穴山家の前の道路。

護送車が停っている。穴山を先頭に、子供たちが数珠つなぎにされて出てくる。

ナレーター（声のみ）　だが警察はこの行為を見逃さなかった。穴山が子供たちの本当の両親から毎月多額の金を受けとっていた事実を突きとめ、彼と子供たちを廃塾令違反で逮捕したのである。

女生徒（不貞腐れて）　あたい、これで十六回めよ。

○深夜の市街地。

キャバレーやクラブ、レストランなどのネオン。S・E——街の騒音。

ナレーター（声のみ）　もぐり塾業者たちは警察の眼を逃れるため、次つぎと新しい、突飛な方法を考え出し、そのためもぐり塾は次第に手のこんだ、金のかかるものになっていった。われわれは、ここ、都心の繁華街にあるレストラン・クラブのひとつが、実はレストラン・クラブに擬装したもぐりの塾であるという情報をキャッチした。

○高級レストラン・クラブ「爛熟」の看板。

○クラブの入口。

車で乗りつける盛装した両親とその子供。ドア・ボーイと会釈を交して中に入っていく。

ナレーター（声のみ）　両親が同伴して小学生と思える子供たちが入って行くのを確認したわれわれ取材班は、さっそくこのクラブへ、塾生を装った少年と、その両親を装った男女をもぐりこませることに成功したのである。

○店の内部。

正面に黒板と教壇。教師が算数を教えている。机が並び、子供たちが勉強している。

ナレーター（声のみ）　予想通り、やはりここはもぐり塾であった。そしてわれわれが取材に成功したその夜、なぜかまたしても警察の一斉取締りが行われたのである。

突然、非常ベルが鳴る。子供たち、悲鳴をあげて立ちあがる。

カメラ、教壇にトラック・アップ。教壇がまわり舞台のように回転して壁の彼方《かなた》に引っ込む。替って「アレグサンダーズ・ラグタイム・バンド」を演奏するディキシーのバンドを乗せた舞台が正面にあらわれる。

カメラ、トラック・バックすると、いつの間にか机も子供たちも消え、替りに豪華な料理や酒などのテーブルを前にして、客を装った父親たちと、ホステスを装った母親たちが乱痴気騒ぎを繰り拡げている。

天井からはシャンデリヤが下がってくる。

○店の前の道路。
護送車が停り、手錠で数珠つなぎにされた子供たちとその父母が次つぎと乗せられていく。

ナレーター（声のみ）これほど大がかりな擬装も、警察を胡麻化《ごまか》すことはできなかった。彼らもまた、すべて逮捕されてしまったのである。

女生徒（不貞腐れて）あたい、これで三十二回めよ。

○夜の車道。
彼方へ去っていく護送車。

ナレーター（声のみ）逮捕歴が十回以上の子供はマークされ、有名校には入れてもらえなくなるという噂《うわさ》もある。もぐり塾は絶対になくならないのだろうか。この子供たちはどうなるのだろう。思考停止的なテレビの常套句《じょうとうく》であると言われながらも、ここでわれわれはやっぱりその常套句を言うしかないのだ。もう一度、よく考えてみる必要があるのではないだろうか、と。

○タイトルとエンド・マークがＷる。

「廃塾令・終」

ヒノマル酒場

勤め帰りに寄ったらしい会社員風の男たちが数人、ほろ酔い機嫌になってどやどやと出て行くと、ヒノマル酒場はいちどにがらんとしてしまった。

たったひとり、隅のテーブルで、神棚の横のテレビを見あげながら夕食を食べていた電気屋の店員の秀造が、食べ終えて箸を置いた。「ごっつおさん」

「あ。よろしおあがり」カウンターの中にいる女将のお勢がにっこり笑ってうなずいた。「どや。うちのおかず、おいしいやろ」

「うん」秀造は立ちあがり、ちょっともじもじした。「あの、ほんまにこれ、金払わいでええんかいな」

「ええねん、ええねん」お勢は珍しく愛想のいい笑顔でいった。「これから毎晩、ただで晩ご飯食べさしたげるさかい。そのかわり、十一時になったらよろしう頼むで」

「オーケー。それはまかしとき」がっしりした胸を、不必要なまでの力でどんとひとつ叩《たた》いてから、秀造はのれんをわけて路地へ出ていった。

ほとんど入れ違いに、古本屋の隠居の福太郎が入ってきた。

「なんや。今出て行きよったんは、あれ電気屋の秀造と違うか」

「あ。おいでやす」

「そや」

「あいつ、たしか酒は飲まなんだ筈《はず》やが」

首を傾げながらカウンターに向って腰を掛けた福太郎に、お勢はつきだしの海蘊《もずく》を出しながら言った。「あの子にちょっと用事頼んだんや。この店、本当は十一時で仕舞いやねんけど、例の健さんやら良作やら五郎はんやらノボルやら、あの常連の労務者連中、毎晩一時頃までねばりよるやろ。そやさかい、いつでも警察に叱《しか》られるねん。それであの子に、毎晩十一時になったら来て貰うて、ぜんぶ追い出して貰うことにしたんや」

福太郎が眼を丸くした。「あいつら気が荒いぞ、そんなことして、喧嘩《けんか》にならへんか」

「ならへんならへん。それは大丈夫」お勢は二級酒の入った徳利を福太郎の杯の上で傾けた。「笑わして、うまいこと帰らすような、ちょっとした趣向があるねんや」

「へえ。そら楽しみやな。そんならその趣向ちうのん見ないかんさかい、わしも今夜は十一時までねばらして貰いまひょ」福太郎はいつもの悲しげな表情をまったく変えずにそういうと、あとは手酌でちびりちびりと飲みはじめた。

テレビは夜八時からの歌謡番組をやっていて、さっきの客のテーブルを片付け終りカウンターのいちばん端の椅子に腰掛けた淳子が、白痴的なうす笑いを頰に浮かべ、そのきらきらした画面に見入っていた。

「飼《こ》うてた猫が、今朝がた死によってのう」悲しげに、福太郎がいった。

「猫なんか、なんぼでも替りがおますやないの」お勢が馬鹿《ばか》にしたような声を出した。

「いやいや。あの猫の替りはない」福太郎はますます悲しげにそういって、杯を口へ運んだ。「白い綺麗な、ええ猫やった」

「うちに言わしたら、ご隠居はん、あんた、ええご身分や」お勢はややあきれたように福太郎を見た。「そんなことより他に悲しいことがないやなんて、そらご隠居はん、ぜいたくやわ」

福太郎は杯を口につけたまま、じろりとうわ眼でお勢を見た。「あれは、ええ猫やった」

福太郎が不愉快な時に悪酔いする癖を思い出し、お勢はちょっとあわてた。「そらまあ、可哀想なことやったなあ。これ淳子ちゃん、あんたテレビばっかり見てんと、秀造はんの食べたもん片付けんかいな」

「はあい」尚もテレビに眼を向けながら、淳子はのろのろと立ちあがった。

「おす」

「おす」

「おす」

掛け声のような威勢のいい挨拶《あいさつ》を次つぎとお勢に投げつけ、労務者の健、良作、五郎、ノボルといった連中がどやどやと入ってきて店の中央のテーブルを占領した。

「いらっしゃい」急に淳子がにこにこしはじめた。

「よう。酒、頼むで。もう、初めから二本ずつやで。湯呑でな」いつものようにリーダー株の健が叫んだ。

「早うしてや、桜田淳子」良作が淳子に大声でそう言ってから「の家のブルドッグ」と小声でつけ足した。

げらげら笑いながら壁に貼られている献立表を見あげた五郎が、お勢に訊《たず》ねた。

「おかあちゃん。こんにゃくの炊いたやつあるのんか。こんにゃくの炊いたやつ」

お勢が奥の調理場に向かってこんにゃくがあるかと訊ねると、すでに五郎の大声を聞いていたらしい料理人の宗吉が蒼白い顔を窓口から突き出し、疳《かん》の強そうな声で五郎に怒鳴り返した。「そこに書いて貼ったるもんで出来んもんはないわい」

宗吉の顔が引っ込み、労務者四人はちょっと毒気を抜かれて顔を見あわせた。

「なんや。あいつ何怒っとるねん」

「いつでも怒っとるな、あいつは。おかあちゃん、宗やんと言いあいでもしたんか」

「せえへん、せえへん」お勢はかぶりを振った。「また、誰かに振られたんやろ」

「女に振られた腹いせで、客が怒鳴られたり、この前みたいに出刃包丁持って追いかけまわされたり、ええ迷惑や」健がぼやいた。

「お、お、おれもこ、こ、こんにゃく貰うで。こ、こ、こんにゃく」とノボルがいった。「それそれそれそれから肉や」

四人がそれぞれ、お勢に惣菜を注文した。

近くの商店の息子で同じ二流の私立大学へ行っている明と直道が入ってきて、カウンターに向かい、腰をおろした。この二人もヒノマル酒場の常連である。

「あの営業の村井ちう若いやつは、なんぼ考えても腹の立つやつやなあ」労務者四人はすでに、例によって勤め先での不満を吐き出しはじめていた。「一回、どついたらなあかん」

「なんぞちうと、先方の意向を振りまわしやがって。今日の残業もあいつのお蔭《かげ》やろが」

「そや。別に、せいでもよかったんや」

「明日《あした》やった方が、段取りがええねん」

「一回、どついたらなあかん」

「だいたい、日程とか規則とかは、仕事をし易うする為にあるんやないか。そやのにあいつは、こっちの仕事をややこしうする為にだけ日程やら規則を振りまわしやがる」

「なんの能もない、力仕事ひとつ出来んやつが、大学出たちうだけで偉そうにしやがって」

「一回どついたらなあかん」

健が、全員をなだめるように言った。「まあ、どうせ今の大学出は、みんなあんなもんや。ひとの仕事のしんどさがわからへん」

「えらい耳が痛いな」明と直道が笑いながら労務者たちに声をかけた。「それ、わしらへのあてつけか」

「なんや。お前ら、来とったんか」良作が振り返って苦笑した。

「おう。あい変らず親の脛《すね》で酒飲んどるな」ちらと反感を見せて五郎がいった。「ちえ。猫も杓子《しゃくし》も、大学さえ行ったらええ思いやがって」

「まあ、そない大学出にあたらんといてくれ」酔っぱらいを扱い馴れている口調で明がいった。「猫も杓子も大学へ行くからこそ、力仕事をする人間がおらんようになって、そいであんたら、収入がええんやないか」

「そやそや」と、直道もいった。「世の中なんぼ不景気でも、あんたらだけは景気ええもんな」

「何がええもんか」健が笑った。「せいぜい脛かじりが来る程度の店で毎晩酒が飲めるちうだけや」

「そんな程度の店で悪かったねえ。え」と、お勢がカウンターの中で威勢よく叫んだ。

「一回、南か鶴橋あたりの、ここ程度の店へ行って、あんたらが毎晩飲んでる量のお酒、飲んで来て見い。どんだけふんだくられるか」

「すまん。堪忍。安いことはようわかっとりまっせえ」良作がわめいた。

「ここへ来る途中で、なんやら大勢、通天閣の方へ走って行きよったけど、あれ何があったんや知らんか」と、直道が淳子に訊ねた。

淳子はかぶりを振った。「知らん。火事か怪我人《けがにん》やろ」

「えらい簡単に言いよるな。火事やったらえらいことやがな」と五郎がいった。

「けけ、喧嘩違うか」と、ノボルが言った。

「そう言や、さっきパトカーのサイレン鳴っとったな」五郎がいった。「どうせまた、やくざの喧嘩やろ。こないだも一人、拳銃で撃たれて死によった」

「こわいわなあ」お勢が顔をしかめ、かぶりを振った。「いつも早う店締めえ言うて来よるおまわり、もっとそっちの方を取り締まってくれたらええのに」

「あ。ご隠居来てはりましたんか」健が福太郎に声をかけた。「ひとりで、えらいしんみり飲んではりますな」

「猫が死によってのう」福太郎は振り返りもせず、つぶやくようにそう言ってまた杯を口に運んだ。

「飼《こ》うてはった猫が死んで、悲しんではるんや」と、お勢が解説した。

「なんや猫か。猫なんか」

言いかけた五郎に、お勢があわててかぶりを振って見せた。「そっとしといたげ。また悪酔いしはるさかい」

「そや。ご隠居さん悪酔いしたらまた、ゴリラになりはるよって」良作がそう言い、労務者たちが笑った。

「猫が死によってのう」福太郎が悲しげにつぶやいた。

「ゴリラてなんや」直道が淳子に訊ねた。

「あれ。知らんの。ご隠居さん、悪酔いしたらゴリラの真似してあばれはるんよ」

「へええ。けったいな発作《ほっさ》やなあ」

そう言った明の背中を、淳子がどんと叩いた。「発作やなんて言わんといて。うちのことかと思うやないの」

また、労務者たちが笑った。

「淳子えらいぞ」すでに酔いはじめている五郎がそう言った。「お前は自分の癲癇《てんかん》のことをあんまり気にしとらんな。そこがえらい。うん。えらい」

淳子が顔を赤らめた。「阿呆。気にしてるわ」

「この店、なんやかやと気を使わないかん人が多いな」と、直道が笑いながら明にいった。

「このため、通天閣附近は黒山の人だかりとなり、報道関係者も次つぎと駈けつけています」いつの間にか歌謡曲番組を終えていたテレビが、ちょっと緊迫した調子でそう告げた。

「おい。通天閣の辺で、やっぱり何かあったらしいぞ」通天閣ということばを耳にとめて画面に注目し、明がいった。

皆がいっせいにテレビを見あげた。

「なんやこれ」

テレビの画面には通天閣前の広場が映し出されていた。そこには、ある時間帯、毎日のようにテレビに登場しているため誰もがよく知っている形をした、巨大な発光物体があった。しかしその形態にはいつもSFドラマに登場する時の玩具じみた明確さが欠けていて、もともとぼやけているか、カメラが悪いのか、あるいは照明の加減なのか、そのいずれかの理由によって、テレビを見ている者には全体のはっきりした輪廓がなかなかつかめなかった。

「空そら空そら空とぶ円盤や」やっと対象を見定めたノボルが、びっくりしたような声を出した。

「なんじゃ」たちまち皆が興味を失い、テレビから視線をはずした。「しょうむない。子供のドラマか」

ああそうか、という表情でノボルも画面から眼をそらした。

「今日はおっさんがおらんやないか」と、健がお勢に訊ねた。「おっさん、どないしたんや」

「また競輪やがな」お勢はうんざりしたような声を出して顔をしかめた。「昼前から出かけていって、まだ帰ってけえへんがな。仕様のない人やで、ほんまに」

「競輪やったらもう、とうに終っとる時分やろが」と、良作がいった。

「そやねん」お勢は舌打ちした。「どこ、ほっつき歩いとるんやろ。店抛《ほう》り出して」

「金、全部スって、帰りの電車賃がないのと違うか」

五郎がそういうと、健がかぶりを振った。「いや。ここのおっさんは金全部スっても、いつもなんとかして戻って来よるぜ」

「だいたい、いつも負けてるさかいに、その辺は大丈夫や」明が笑った。「服を質に入れて帰って来よるんや」

「この前も、まる裸で帰ってきてなあ」と、お勢がいった。

「まる裸」直道が眼を丸くした。「なんぼなんでも、まる裸ちうのは具合悪いやろ」

「そらまあ、まる裸ちうても、丸出しちうことやないわい」良作はげらげら笑った。

「お前ら知らんか。有名な話があるねん」と、健がいった。「だいぶ前のことやけど、わし、競輪で負けて帰って来るここのおっさんと道で会うたんや。えらい、からだにぴったりしたタキシード着てるなあ思うて、よう見たらタキシードと違うねん。まる裸の上へ墨塗って帰って来よってん」

全員がげらげら笑った。

「警察に叱られなんだんかいな」

「叱られて、スミません言うたらしいわ」

皆がふたたびどっと笑った時、通天閣前の広場を固定したカメラでずっと映し続けているテレビが、画面の下にテロップを流した。

『ただいま臨時ニュースを放送中です。これはドラマではありません』

このテロップに眼をとめたのはノボルだけだった。彼は驚いて湯呑茶碗の酒をぐいと飲み乾し、隣りにいる五郎の服の袖を引っぱり、テレビを指した。「おいっ。こ、こ、こ、これは、これは、これはこれは」

「うるさいな。何がこれはこれはやねん」五郎はノボルの手を払いのけた。

「おい淳子。酒がないでえ」良作がわめいた。「それから、わいに焼鳥くれえ」

「はあい。焼鳥一丁」食欲旺盛《おうせい》な男たちが次つぎに惣菜を注文するので、淳子はもうテレビを見ることができなくなっていた。

「おい。このテレビなあ、子供のドラマにしたら、ちょっとおかしいで」明がまた画面に眼をとめて首を傾げた。「さっきから、円盤ばっかり映しとるやないか」

「そやなあ」直道もテレビを見あげた。「子供のドラマをやる時間は過ぎたしなあ」

店の時計は九時を十分ほど過ぎていた。

「そんなら、大人もんのドラマやろ」と、良作がいった。「見てみい。円盤かて、えらいがっちり作っとるやないか」

「通天閣かて、えらいリアルやしな」直道がうなずいた。「ちょっとひねったSFのドラマや」

「そうやな」明は直道とうなずきあい、串焼きにかぶりついた。

「猫が死によってのう」と、福太郎がつぶやいた。

ノボルだけが怪訝《けげん》そうな顔つきでテレビの画面を眺め続けた。画面のUFOらしき物体は次第に自ら光り輝くことをやめはじめたらしく、そのためか周囲からの投光器の照明によってより形を明らかにしはじめていて、スクリーンは、背後の通天閣および周辺のたたずまい、あたりを走り騒ぐ人びとなどをはっきり映し出していた。

「やあ。皆さんお揃いですな」商事会社の社員である浮田と浜野が入ってきて、カウンターに向かい、並んで腰をかけた。「ようおかあちゃん。こんばんは」

「よう。来よった来よった。悪徳商社が来よった」労務者たちがはやし立てた。「悪徳商社」

「何回言うたらええねん。わしらの会社は悪徳商社と違いまっせ」浮田が労務者たちに向きなおり、笑いながら抗議した。

「そや。悪徳商社ちうのはもっと大きな商社のことや」浜野もいった。「わしらの会社みたいな貸しビルの中の、社員が五人しかおらんような会社が、なんで悪徳商社や」

「まあ、よろしがな」お勢が笑いながらふたりを宥《なだ》めた。「何食べはります」

「そやな。わし、酢だこにしよか」

「ぼくはいかの刺身がええ。おっ。浮田君あれ見てみい、あれ」浜野がテレビに眼をとめ、浮田の肩を叩いた。「あれやがな。さっき皆が騒いどったのは」

「おーっ」テレビを見た浮田が、頭の天辺に穴があいたような声を出した。「テレビでやっとるのか」

「先輩。これいったい、何ちう番組ですか」と、明が訊ねた。

直道も訊いた。「これ、ほんまに通天閣の前からの中継ですか」

「そうです。中継です」と、浜野がいった。「なんちう番組か、わたしらも知りまへんけどな。さっき、ここへ来る途中で子供らが五、六人、うわあ、空飛ぶ円盤やあちうて、通天閣の方へ走って行きよったけど、それがこれですやろ」

「なんや知らん、大人も走って見に行ってましたで。ええ大人が見っともない」浮田が笑ってそう言った。「パトカーやら」

「なんや。そんなら喧嘩と違うんか」五郎がつまらなさそうに言った。

「通天閣の前に円盤作って、ドラマをやってるんですか」

明の問いに、浮田はかぶりを振った。「いやいや。そやさかいに、わたしらも見に行ったわけやないんで、知らんのですわ」

「なんでパトカーまで行きよってんやろ」

直道がつぶやくと、浜野がいった。「見物人の整理ですやろ」

健が吐き捨てるようにいった。「いろいろと人騒がせな手え考えよるわい。テレビ局も」

「おい。酒、ないでえ」五郎がわめいた。

「へえい」と、お勢が叫び返した。

「こっちも、あと二本頼むわ」と、明も叫んだ。

テレビの画面がかわり、スタジオ内のアナウンサーが興奮した表情で喋りはじめた。

「おい。こ、こ、これやっぱり、ド、ド、ドラマと違うでえ」ノボルが画面を指さして叫んだ。

皆がテレビを見あげた。

「ほんまや。ニュース喋《しゃべ》っとるがな」

良作が耳に手をやった。「何を喋っとるんや。よう聞こえへんがな」

「おい淳子」と、健が叫んだ。「このテレビ、音もうちょっと大きいならへんのか」

「なる」淳子が嬉しげにテレビの下へ椅子を運び、その上に立った。

「気いつけや。見えるで」

お勢の声にかえって刺戟《しげき》され、五郎が淳子のスカートの中を覗《のぞ》きこもうとした。

「いや。嫌い。好かんひと」淳子は悲鳴まじりにそう叫ぶと、いそいでヴォリュームのつまみをまわし、椅子からとびおりた。

「そない恥かしがらんでもええがな。わしらもう、お前のパンツは見てるんやさかい」五郎が無神経にそう言った。「お前が癲癇起してひっくり返ってる時にな」

「えげつないわ」淳子はさほど怒った様子でもなく、それでもぷっと膨れる表情だけは見せてカウンターの傍へ戻った。

「そない言うたりないな。可哀想やがな」と、お勢がいった。

「お前ら、ちょっと聞け。聞け」笑う同僚たちを健が鎮めた。「聞こえへんやないか」

「であり、また、世界最初の事件である、とも言えましょう。これだけ多くの人が目撃した以上は、もはやUFOの存在を認めないわけにはいきませんし、また、UFOがこのような大都市の中心に着陸した以上は、なんらかのはっきりした目的があってのことと考えられますので、いずれは搭乗員がわれわれの前に姿をあらわすことも、充分予想できるのであります」ニュースを読みあげるアナウンサーは緊張のあまり指さきをはげしく顫《ふる》わせていた。「さきほどより、大阪市内に着陸したＵＦＯに関するニュースをお伝えしております。くり返します。本日午後八時五十分頃、大阪市浪速区新世界の通天閣前に」

「わかった」明がカウンターを叩いて叫んだ。「これ、Ｈ・Ｇ・ウェルズの火星人襲来や」

「なんやそれは」

「だいぶ前の話やけど、イギリスの放送局がラジオで、Ｈ・Ｇ・ウェルズの書いた火星人襲来ちうＳＦをドラマにして放送しよってん」明が労務者たちに説明した。「ドラマやのに、ニュースみたいに聞こえるややこしい放送のしかたしよってん」

「ああ。たしかそれで、大騒ぎになったんでしたな」浮田がうなずいた。

「そうです。ほんまのニュースや思うた連中が、火星人攻めて来たちうて逃げ出して、大騒ぎになったんです」と、直道がいった。

「あれをもう一回やるつもりや」明がうなずきながらそう言った。「柳の下の泥鰌《どじょう》狙うて、今度はテレビ見てるもんに大騒ぎさせるつもりやねん」

「きっとそうでしょうな」浜野もうなずいた。「二番煎《せん》じです」

「あほらしい」健が笑ってアナウンサーを指さした。「オーバーにオーバーに喋りやがって。見てみい。こない手え顫わして興奮して喋ったら、ドラマやちうこと、まるわかりやないか」

「そうや」良作もいった。「こんなもんでは誰もだまされへんわ。誰がだまされるかい」

「くり返します」アナウンサーが叫んだ。「これはドラマではありません」

「わかった。わかった」五郎がうるさそうに言って湯呑茶碗をさしあげた。「おうい。酒くれえ」

「なんや、この焼鳥は」と、良作がいった。「中の方が焼けてないぞ」

健の目くばせに気がつかず、酔っぱらっている五郎がわめいた。「おうい、焼鳥がナマや言うとるでえ」

宗吉が顔いちめんに怒気を漲《みなぎ》らせて調理場から店の中へとび出してきた。「おれがナマの焼鳥を食わした言うんか」

「宗やん。待ち」健があわてて立ちあがった。「ナマと違う。ナマと違う」

「中が焼けてない言うただけやで」良作が眼をぱちぱちさせた。

「なんでこれがナマやねん」興奮のあまり唇を顫わせ、宗吉が良作の焼鳥をつかんで五郎の鼻さきに突きつけた。「料理の知らんやつが何ぬかすんや。さあ。これのどこがナマやねん。言うて貰おうか」

「客に向かってなんや、その言いかたは」五郎が宗吉の手をはらいのけて立ちあがった。「女に振られたからちうて、何も客にあたらいでええやろ」

宗吉の眼が吊《つ》りあがった。「何。いつわいが女に振られた」

「やめとき宗吉」お勢がカウンターの中からぴしりと言った。

「五郎。やめとけ。すわれ」と、健もいった。「宗やん。堪忍したれや。こいつ酔うとるねん」

「ドアが開いたそうであります」アナウンサーが絶叫に近い声を出した。「ドアが開いたそうであります。ふたたびカメラを現場に戻します」

「おっ。円盤の戸が開いた言うとるで」

皆の注意がテレビに移った。

「どんな宇宙人出しよるねん」

「こ、今度何か変なことぬかしやがってみい」宗吉は口惜しげにそう吐き捨て、調理場に戻りかけ、立ち止ってテレビを見あげた。

「新世界通天閣前の現場であります」また画面に円盤が映し出された。底面にはぽっかりと穴が開き、白い明りが洩《も》れていた。「えー今から三分ほど前、突然円盤の底にご覧のような穴が開きました。見ていた人の話によりますと、両開きのドアであったということで、最初白く光る細い筋であったものが次第に太くなり」

「これ、なかなか迫力おますなあ」と、浮田がいった。

「演出がいいですね。リアルで」と、明が応じた。

「このドラマ、これきっと評判になりまっせ」いかの刺身をもぐもぐと嚙みながら浜野もいった。「みんな、びっくりして見るやろしなあ」

「いや。びっくりなんか、せえへん、せえへん」浮田が笑った。「評判にはなるかもしれんけど、みんな、ドキュメンタリイ・ドラマには もう馴《な》れてるさかいなあ」

「わし、映画見に行った帰りに、ここ通りかかったんです」テレビの画面では初老の、商店主と思える男がアナウンサーにマイクをつきつけられ、おどおどしながらそう答えていた。「はあ。円盤の底が開いた時はびっくりしました。みんな、わー言うて逃げよったけど、わし、足がすくんで動けまへんでしたんや」

「でも、まだ何も出てこないようですね」アナウンサーの声も興奮で顫えていた。

「そうでっか。何も出て来まへんか。何ぞ出て来たら、今度こそ、わし、腰抜かしますわ」

「あなたは、円盤が着陸した時からここに居られたんですね」

「そうですねん。ここまで来たら人が五、六人空見あげて、指さしてわあわあ騒いどったんですわ。それからあいつが、映画と同じで、上からまっすぐ、あの細ながい足出したままで、ゆっくりすーと下へ降りてきよったんです。わしゃもう、びっくりしてしもて」

「このおっさん、どっかで見たことあるでぇ」と、良作が言った。「洋品店のおっさんと違うたかいな」

「違う違う」健がかぶりを振った。「洋品店のおっさんに、こんなうまい芝居ができてたまるかい」

「そやけど、洋品店のおっさんやったような気い、するけどなあ」良作は眼をぱちぱちさせた。「ま、どうでもええわ。おい宗やん。湯豆腐くれ。湯豆腐」

テレビをぼんやり見ていた宗吉が、小さく応と答え、テレビに心を残しながら調理場へ戻った。

「えらい気い持たせよるなあ。宇宙人、なかなか出てけえへんやないか」五郎が不機嫌にぼやいた。

「結局、最後まで宇宙人は出てけえへん、ちうのと違いますか」

直道がそう言ったので、五郎は学生たちに白い眼を向いた。「なんでやねん」

「そら、ほんまに宇宙人出したりしたら、ドラマがちゃちになるさかい」直道は明に同意を求めた。「なあ、そやろ」

「ふん。えらい高級なドラマやな」五郎は吐き捨てるように言った。「そんな高級な、おもろないドラマなんか、わし、見とうもないわ」

「そやけどなあ」明がまた首をかしげて直道にいった。「ふつう、ドキュメンタリイ・ドラマちうのは、先にフィルム撮りして、局でつなぎあわせて構成するのと違うか。これ、ナマやろ」

「ナマ中継のドラマやからこそ、試みとして新しいんやおまへんかな」と、浜野がいった。「ドラマをロケ現場からの中継で、しかもナマでやるなんてことは、今までまだ、どこの局もやったことが」

「今度は何がナマやちうねん」調理場から、血相を変えて宗吉がとび出してきた。

「ナマと違う。ナマと違う」びっくりして、明が叫んだ。

浜野はあわてて立ちあがった。「違います。違います。ドラマがナマ中継や言うたんです」

宗吉の勢いに驚いて一瞬あっけにとられていた労務者たちが、どっと笑った。

「あんた、何いらいらしとるねん」

顔をしかめたお勢にきびしくたしなめられ、宗吉は引っ込みがつかず、しばらくもじもじしてから、ややこしいこと吐《ぬ》かしやがってとかなんとかぶつぶつつぶやきながら調理場に戻った。

「この店は心臓に悪い」詫《わ》びるお勢に、浜野がぼやいた。

「猫が死によってのう」と、福太郎がつぶやいた。

「おーっ」現場アナウンサーの、頭の頂きにあいた穴から出したような声は、店にいた連中の眼をふたたびテレビに向けさせた。次いで彼は、悲鳴まじりに叫びはじめた。

「何か出てきました。何か出てきました。遠巻きにして見ていた人たちが、あわてて逃げ出しています。警察まで逃げ出しました。こちら現場。こちら現場。さきほど開きました円盤の底の穴から、何か出てきま。あ。人間です。いや宇宙人でしょうか。いや。宇宙人かどうか、まだわかりません」

白い光が洩れている円盤の底面の穴から地上に向けて、梯子《はしご》の先端につかまった人間タイプの宇宙人が、椅子ごとすうっと降下してくる様子が画面に映し出された。

「なんや。人間やないか。阿呆《あほ》らしい」

「人間が宇宙人の服着てるだけや」

「同じ出すんやったら、もっと変った宇宙人出さんかい」

労務者たちがいっせいに不満の唸《うな》り声をあげ、今度こそ完全に興味を失ったという様子で新たに酒や惣菜の注文をはじめた。

「ヒューマノイド型の宇宙人、ちうわけか」明もややがっかりしたように直道にそう言って酒を追加した。「糸ごんにゃくも貰うわ」

「猫が死によったのは今朝がたのことでのう」福太郎がお勢を相手に愚痴りはじめた。「それまで加減悪うて、じっと寝とったやつが、夜中に、玄関の戸をがりがり引っ掻き出しよったんや。家のもんはみんな、うるさい、うるさい言いもって、眠いもんやさかい誰も戸を開けてやらなんだ。あれはきっと、死に場所を捜しに、どこぞへ行くつもりやったんやろなあ。猫は、ひと眼からのがれて死ぬ、ちうさかいのう。朝がた、わしが一番に起きて行ってみたら、玄関の戸の前で死んどった。綺麗な、綺麗な死に顔やった」すすり泣いた。「綺麗な死に顔やったでえ」

「可哀想になあ」お勢が酒を注いでやりながら、大きくうなずいた。

「な、な、な、な」ノボルがテレビの画面を指した。「な、な、なんか喋っとるでえ。この宇宙人」

「テレビはよく見ています」屁《へ》っぴり腰で近づいていったアナウンサーに、全身みどり色の宇宙人が歯ぎれよく答えていた。「マスコミの人とお話しする気はありません。今回わたしは地球人の食生活を研究に来たのです。それも一般庶民のそれをです。これだけが、テレビだけではよくわからなかったものですから」

「嘘つけ」健が苦笑した。「宇宙人がこない上手に日本語が喋れてたまるかい」

「そや。もっと外人的に喋らなあかん」と、五郎もいった。「こういう嘘っぱちやるさかいに、わし、ＳＦ嫌いや」

「ま、テレビで日本語を勉強した、ちうわけだっしゃろ」と、浜野が笑いながらいった。「空とぶ円盤の中にまでテレビの電波が届くとは思わなんだ」

「裸の上にグリーンのペンキ塗ってるぞ」明がいった。「だいぶ背が高いな」

「外人のタレント使うとるんやろ」直道がいった。「男前やし、日本語がうまいさかい、ハーフかも知れんな」

「吹き替え違いまっか」と、浮田がいった。「しかし、なんとなしに気になる番組やなあ。これ、だいぶ視聴率あがるでえ」

「あがれへん。あがれへん」浜野が鼻で笑いながらいった。「なんでわしらがこのドラマ気にするか、ちうとやね、これ、すぐ近くで中継してるからや。わしらの見馴れてる通天閣の前で、今、ロケをしてるからや。ま、さっき走っていった子供みたいに現場へ行ってロケを見物するかわりに、こうやってテレビで見てる、ちうわけや。よその人はこんなだらだらしたドラマなんか見てへんで。な。そやおまへんか」

浜野に同意を求められ、それだけではないのだがと言いたそうな表情で学生たちはうなずいた。

「ええ」

「まあ」

「われわれが宇宙のどこから来て、なんのために地球を研究しているか、そういう質問は現在、無意味です。いずれ、明らかになりますから、その時に知ればよい。えっ。なぜそんなに早く知りたがるのです。知識欲と関係なく早く知りたがるというのは愚鈍でいやらしい。わたしたちの目的を誤り伝えられるおそれがあるため、マスコミには喋りません。いえ、喋れません。喋れぬよう自己催眠をかけています」

「マスコミ諷刺のドラマや」宇宙人のせりふを聞くともなしに聞きながら、糸ごんにゃくを頬張った明がそういった。

「えっ。マスコミを信用していないのかという質問ですか。なんということを。マスコミというものは信用する、しないに関係のない存在です。マスコミの人が、そんなこと、わかりませんか。さあ。そこをどきなさい。わたしは、あっちへ行きます」

話が通じるとわかってわっと取り巻いたアナウンサーや記者連中をひと睨《にら》みして後退させ、宇宙人は今や群集となった野次馬たちに見まもられながらゆっくりと歩き出した。

「こ、こ、こ、こっちへ来よる。こ、こ、こっちへ来よる」ノボルがテレビを指さして大声を出した。

「ほんまや。あの道まっすぐ来たら、ここの路地の入口へ出てまうでえ」良作も、わめくような大声でいった。

労務者たちが椅子の場所を変えてテレビに向きあい、カウンターの連中も向きを変えてテレビに注目した。

宇宙人を追ってカメラが移動しはじめたため、テレビを見る者には現場の様子がよりはっきりとわかることになった。

「こらおもろい。どんどんこっちに近づいて来よるやないか」

「仰山《ぎょうさん》、テレビの中継車出しとるなあ」

「あれえっ。おかしいな。全部違う局の車やで」

「うわ。何やこれ。パトカー何十台も出とるで」

「大がかりなドラマ、やりよるなあ」

「警察が協力してますねんやろ。そやなかったら、この野次馬では収拾つかんわ」

「うまいこと考えよったなあ。余計ドラマがリアルになるやんけ」

「あーっ」頭の天辺に穴があいたような疳高い声を出し、ノボルがまたテレビを指した。「こ、こ、こ、この路地の入口で、あの宇宙人、と、と、止まりよったでえ。止まりよったでえ」

「うわあ。テレビ車《ぐるま》やらパトカーやら、ようけ尾《つ》いてきよったやんけ」

「なんやおいこの路地、のぞきこんでるぜ。あの宇宙人」

「この路地へ入ってきよるのん違うか」

「おい」明が直道にいった。「さっき、あいつ、地球人の食生活が見たいとかなんとか、言うとったな」

「ああ」

「そやけど、この路地には、もの食わすとこいうたらこの店一軒だけやでえ」

直道が眼を丸くして明を見た。「そういうこっちゃなあ」

「まさか。こんなとこへは来まへんやろ」浮田がにやにや笑った。

「そやけど」明がテレビをじっと見つめながらいった。「もしあの宇宙人の役してるタレントがあの路地へ入ったら、ここしか来るとこないのんと違いますか」

「この店へ来る、ちうことは、この店がこのドキュメンタリイ・ドラマの舞台になるちうことでっせ」浜野がびっくりしたような眼で明を見た。「なんぼドキュメンタリイ・ドラマでも、それやったら前もって一言、挨拶があった筈や」彼はお勢に訊ねた。「おかあちゃん。テレビ局からなんぞ、連絡あったか」

「なんにもあらへん」お勢は不安げにテレビを見ながらかぶりを振った。「そんなもん、なんにもない。そんな話はなかったで。いややなあ。こんな変なやつに店へ入って来られたら」

「あーっ」直道が、頭の天辺にあいた穴から出すような声で叫び、テレビを指さした。「入ってきよった。この路地へ入ってきよったがな」

一瞬、店内の全員が黙りこみ、じっとテレビの画面を見つめた。

「この店の入口が見えてきよったで」やがて健が、ぼそりとそう言った。

「わかった」明がカウンターをどんと叩いて叫んだ。「これ、どっきりカメラや」

「あっ。どっきりカメラ」お勢も腹立たしげにカウンターを叩いた。「うち、あれ嫌いやねん。ひと騙《だま》したり、びっくりさせたり、さんざん笑いもんにしといて、最後にはやあやあやあ、テレビです、テレビです言うてプラカード持って出てきてやね、テレビやと言いさえしたら、どんなことしても堪忍してもらえる思うとるんや。あれで怒る人のおらへんのが不思議やで。ひと舐めとるわ」

「そんなら、今映ってるこのテレビはなんやねん」

健の問いに、明は答えた。「この店の、このテレビだけ、これが映るようになっとるんや。よそのテレビはみんな、この店の中を映してる筈や」

「くそ。笑いもんにされてたまるか」五郎が立ちあがり、店の中を睨《ね》めまわした。

「そんならどっかに、カメラ隠しとるな。見つけたら承知せえへんぞ」

「手のこんだことしよるなあ」浮田があきれたような大声を出した。「そやけど、さっき通天閣の方で人だかりがしてたのは事実だっせえ」

「さてはお前らも共謀《ぐる》か」五郎が浮田に近づき、胸ぐらをつかんだ。「テレビ局から金を貰うたな」

「違う。違う。本当やねん」浜野が驚いて五郎を押しとどめた。「なんでわしらが、あんたらを騙したりしますかいな」

「そや。ぼくらかて、あの騒ぎは遠くで聞いてるんやから」と、直道が横からいった。

明がいそいで弁解した。「そやけど、ぼくらは共謀《ぐる》と違うで。これがどっきりカメラやいうことに気いついたんはぼくやねんからな」

五郎は入口を睨みつけ、またテレビを見あげた。「そんならこれ、ほんまに今、外でやっとるんやな」

「そうや。もうじき入ってきよるやろ」健が苦い顔で言った。「ひと、馬鹿にしやがって。マスコミの阿呆どもが」

「わはははははは。そやけどなんや面白《おもろ》うなってきたな」すっかり酔いのまわった良作が、笑いながらわめくように言った。「よし。入ってきよったら皆で、袋叩きにしてまおうやないか」彼は入口の傍らに寄り、手ぐすねひきたげな様子で待ち構えた。

「あーっ」頭の天辺にあいた穴から出すような声で、ノボルが叫んだ。「こ、こ、こ、この店の前で、た、た、立ちどまりよった。あの宇宙人、こ、こ、こ、この店の前におるでえ」

「ほんまや。この店、テレビに映っとるがな」お勢がおろおろ声でいった。

「あなたがた、ついてこないでください」ヒノマル酒場の前で宇宙人は報道陣を振り返り、睨みつけた。「邪魔になりますから、誰ひとり、わたしのあとからこの店へ入ってこないでください」

「入ってくるつもりだすなあ」浮田が気もそぞろにそういった。

宇宙人がヒノマル酒場ののれんをわけ、店に入る様子がテレビに映し出された。

「入った」

店内にいる人間たちは、それまでテレビに向けていた視線を、いっせいに入口へと移し変えた。そこには宇宙人が立っていた。

その宇宙人は全身ライト・グリーンただ一色で、頭髪らしきものはなく、頭にはウエーヴつきオール・バックの頭髪同様に形成された盛りあがりがあるだけだった。顔立ちは欧米人風だが、眼球はグリーンの濃淡だけで示されていて、上半身は裸体、下半身につけたグリーンのパンツ状をしたものも、皮膚との境いめがはっきりせず、皮膚の延長か、少くとも皮膚に直接接合されているようにしか見えなかった。靴は穿《は》いていず、裸足であった。

「ペンキと違うた」明が直道にささやいた。「頭から足の先まで、ゴムの服着とるんや」

両手を大きく両側に拡げ、店内を自分の胸に包みこもうとするかのような姿勢をとり、宇宙人はいった。「お楽しみのとこ、えらいお邪魔さんです。わて宇宙人だすねん」

「おっ。この宇宙人、大阪弁喋りよるで」にやにや笑いながら浜野がいった。

「ふん。どうせ、円盤の中でテレビ見て憶えた、ちうわけやろ」浮田が揶揄《やゆ》気味に言った。

「わて、この国の一般庶民の食生活を調査するために来ましたんやけど、ひとつまあご協力を」宇宙人は少し声を高くした。「まあ、そのことはさっきからのテレビでご存じのことや思いますけど」

「阿呆。わしら、テレビなんか知らんぞ」健が立ちあがり、宇宙人を睨みつけた。

「わしらはテレビなんか見てないんや。誰でもがテレビ見てる思うたら大間違いじゃ。うぬぼれるな。面白《おもろ》う酒飲んでるとこ邪魔しやがって。出て行け」

「えっ。テレビ見てない、言いはりまんのか」宇宙人は喜びの声をあげた。「おお。わてらが思うてたよりも、この国の大衆は知的やった。おお。テレビに毒されてないあんたらこそ、真の大衆」

両手をあげ、抱きつくような姿勢のまま健の方へ歩み寄ろうとした宇宙人は、一歩出るなり横から良作がつき出した足につまずいて前にのめり、労務者たちが囲んでいるテーブルの上へ俯伏《うつぶ》せに倒れた。がらがっちゃがっちゃ、と、徳利が倒れ皿小鉢が散乱して割れた。

「何さらすねん」怒った五郎が宇宙人を立たせ、胸ぐらをつかもうとしたが相手は裸でその上皮膚表面の粘膜がつるつるするためにつかむことができず、しかたなしに自分の胸と腕でぐいとばかり壁ぎわに宇宙人の大きなからだを押しつけた。「こら。わしらの食いもん、全部わやにしたな。どないしてくれるねん」

「すんまへん。弁償《まぞ》います」宇宙人は押さえつけられたからだをくねらせ、ひどく苦しげに叫んだ。「やめとくなはれ。わてらのからだ、おたくらみたいな骨がおまへんねん。潰れますさかい。潰れますさかい」

「骨がないんやと」良作がげらげら笑った。

「まだそんな、ええ加減なこと吐《ぬ》かすんか」かんかんに怒った健が、宇宙人の傍に歩み寄った。「よし。そんならみんな、こいつが潰れるか潰れへんか、思いっきり試したろやないか」

「応」と答えて良作とノボルが壁ぎわに寄り、押しくら饅頭《まんじゅう》のように宇宙人を壁に押しつけた。健も加勢し、労務者たちが宇宙人を責めはじめた。

「押せ押せごんぼ」

「わっしょい。わっしょい」

「あの。死、に、ま、す」とぎれとぎれの苦しげな息の下から声を出し、宇宙人は眼前の宙を両手で掻きむしった。「破、裂、す、る。破、裂、す、る」

「人間のかだらが、そないに簡単に破裂してたまるかい」良作が笑い、学生たちに呼びかけた。「こら。お前たちも加勢せなあかんがな」

「ようし」明と直道が壁ぎわに駈け寄り、押くら饅頭に加わった。「そらいくぞ」

「えんやとっと。えんやとっと」

商社員ふたりが船を漕ぐ所作で踊りはじめた。「えんやとっと。えんやとっと」

「〽松島ァーのサーヨー瑞巌寺《ずいがんじ》ほどの寺もないトエー」

ぱちん、と、何かが弾《はじ》ける大きな音がして、宇宙人を責めていた連中の顔が緑色に染まり、その瞬間、壁ぎわからは宇宙人の姿がかき消すように見えなくなっていた。

「おっ、どこへ逃げよった」

「消えたぞ」

床の上やテーブルの下をきょろきょろと捜しまわっていた労務者たちが、やがて互いの顔に気がついて眼を丸くした。

「なんや。お前の顔は」

「お前の顔こそ、そらなんや。緑色やんけ」

「うわあ。こらなんや」

明が自分の顔を掌《てのひら》で拭《ぬぐ》い、附着した緑色の粘液を見て蒼ざめた。「なんや。このぬるぬるは」

「わあ。わいの服まで緑色のぬるぬるや」

「わあ。なんやこれ。気色の悪い」

直道が壁ぎわの床を指さして叫んだ。「ほんまに破裂しよったんや。これは、あいつの着とったゴムの皮やぞ」

粘膜に包まれた伸縮性のある宇宙人の皮膚を拾いあげ、五郎が叫んだ。「くそ。これ、ゴムや。ゴムの中にこのぬるぬるが入っとったんや」

明は顫えあがった。「そんなら、このぬるぬるは、ほんまにあの宇宙人の血液」

「だまされるな」健が叫んだ。「こんな人間がどこの世界におるもんか。ゴム皮の中に緑色のぬるぬるが詰まってるだけやなんちう怪態《けったい》な生きもんが、たとえ宇宙やろとどこやろと、おってたまるか。これはゴムの人形じゃい」

「そうや」良作も唾をとばしてわめいた。「リモコンの人形や。そうに決っとるわい。またマスコミが、わいらをびっくりさせようとしとるんやぞ」

「そやけど、こいつ喋っとったでえ」

五郎が手にして拡げている宇宙人の皮膚を見つめながらそういって首を傾げた直道に、こともなげな口調で浮田がいった。「腹話術ですやろ。どこかにスピーカーが仕掛けてあるのかも知れん」

「そや。そういえば怪態な含み声でしたさかい」と、浜野もいった。

「どこまで、ひとをびっくりさしたら気いすむんやろ」お勢が胸を撫でおろしながら言った。「うち、一瞬心臓がとまったがな」

「お邪魔します」アナウンサーらしい男が、テレビ・カメラをかついだ男をひとり従えて店内に入ってきた。彼はひどく緊張した表情で直立不動の姿勢をとり、喋りはじめた。「放送関係各社が協議の結果、わたしたちが代表として取材させて頂くことに決め、その許可を願おうと思い、お邪魔とは思いましたがこうして入って。おや。えええと。先ほどここへ入ってこられた、あの、宇宙の、あの」彼は店内をきょろきょろ見まわし、すぐ、五郎の拡げているぼろぼろに破れた宇宙人の皮膚に眼をとめた。「おーっ」頭の天辺の穴から高い声を出し、アナウンサーはのけぞった。「こ、殺してる。あんたたち、その人、こ、殺したんですか」

「じゃかましい」健が怒鳴った。「まだこの上に、わしらを騙そうちうんかい。ひと舐めるな。こんな子供騙しに誰が乗るかい。阿呆め」

アナウンサーは健の勢いに圧倒され、眼をしばたいた。「えっ。いつ、誰が騙したっていうんですか。さっきからの騒ぎを、ご存じなかったんですか」

「ああ。そうかそうか。この人、まだ芝居したいんやと。いつまでも、芝居続けたいんやったら、そこでなんぼでも下手糞な猿芝居しとんなはれ。はは」浮田が鼻で笑った。「阿呆らしい。同じ騙すんでも、もうちょっとましな話で騙したらええやろに」「そや。宇宙人なんちう話で、ほんまにわしらが騙せる思うたんかいな」浜野もせせら笑った。「阿呆らしい。え。なんやて。空飛ぶ円盤がやね、通天閣の前へ降りて来てやね、その円盤からやね、緑色の宇宙人が」彼はぷっと吹き出した。「緑色の宇宙人が出てきてやね、それがテレビ・カメラに向かって『エー、ワタクシ、ウチュージン』けっ。阿呆か」げらげら笑った。

浮田が笑いながらあとを続けた。「しかもやな、『エー、ワタクシ、コレカラ、イッパンショミンノ、ショクセーカツ、ケンキューニ』いうてやね、のこのこ歩いてここまで来てやね、この店へ入ってきてやね、『オタノシミノトコ、エライオジャマサンデス』けっ。ひと馬鹿にしなはんな。わたしら子供違いまっせ」

「おのれらはのう」良作がわめいた。「ひとが酒呑んでるとこ騒がして、邪魔しといて、それで済む思うてるのか」

「早う出て行かな、どつき倒っそ」五郎が凄んだ。「ええ加減にさらせ」

「あっ」やっと気がつき、アナウンサーはまた、のけぞった。「それじゃ、あなたがたはこれを、その、あの、例のあの、どっきりカメラだと」

「まだ、とぼけるのか。おのれらは」健が叫んだ。「どっきりカメラでなかったら、なんやちうねん」

その途端、それまでテレビ・カメラをかかえたまま茫然としてこの場のやりとりを聞いていた若いカメラマンが、突然ヒステリックに笑いはじめた。最初は弾かれたようにとびあがり、次いでからだを二つ折りにし、やがて顔全体を鬱血させ、全身を顫わせて、彼は笑い続けた。「ひひ。ひひひひひひひひひひひひひひひひひひひ。ひーひー」

アナウンサーが大きくやめろと叫んだため、カメラマンはますます激しい笑いの発作の中に身をゆだね、ついには息ができなくなって白眼を剝き、ぜいぜいあえいだ。

啞然としてカメラマンの狂態を見ている店内の一同に、アナウンサーは向きなおり、ゆっくりと言った。「宇宙人が通天閣前に円盤で着陸したというのは、事実なのです。ドラマでも、どっきりカメラでもありません」そう言い終えてから彼はまた、床の上にぶっ倒れてひくひく痙攣《けいれん》しているカメラマンに眼を向け、溜息《ためいき》をついた。「と言っても、きっと信じてもらえないでしょうねえ」

「あたり前じゃ。誰が信じるか」ぴょんととびあがって良作がわめき、カメラマンに指をつきつけた。「どっきりカメラでないちうんやったら、こいつなんで笑うとるんや」

「ひーっひっひっひっひっひっひっひっひっ」カメラマンが、また笑いはじめた。

「緊張に耐えきれず、ヒステリーの発作を起したんでしょう」アナウンサーは押し殺したような声で説明した。「ほんとは、わたしだってわっと叫び出したい気持なんです。今でこそこうして、比較的まともに喋っていますが、いつ気が狂うかわかりません。誰にしたって、本当に宇宙人が円盤に乗ってやってきたなんて馬鹿げたことは信じたくないし、わたしだって皆さんと同じように」

「お邪魔いたします」神経質そうな若い男と、中年の男が店に入ってきて、若い方が直立不動の姿勢のまま、緊張して喋りはじめた。

「新聞各社が協議の結果、わたしたちが代表として取材を。あーっ」頭の穴から疳高い声を出し、彼は五郎が拡げている宇宙人の皮膚を指して大きくのけぞった。「こ、殺してる」

「大変だ。宇宙人を殺しちまった」中年の記者が、大あわてで外へとび出していった。

「ななな、なんということを。なぜ殺したんだ。大問題になるぞ。大問題」若い記者は宇宙人の屍体に駈け寄り、店内の人間を見まわしながら大口をあけ、わめき散らした。「ああっ。宇宙人を殺しちまった。えらいことだ。大変だ。あんたらは自分たちが何をしたかわかっているのか。このためにもし人類が絶滅を強《し》いられるようなことになったら、あんたらの責任は」

　がき、と、骨の折れる音がして、記者の細いからだが店の隅へふっとんだ。健の鉄拳を顎に見舞われ、記者は口から折れた歯と血を吐いて床にぶっ倒れた。

「SFは、それぐらいにしとけ」と、健が低い声で記者にいった。

「何をするんだ」記者は血まみれの顔を歪《ゆが》めて泣き叫んだ。「お前らは野蛮人か。この事態の重大性がわからんのか」

「しつこいな。まだ言うか」

　また記者の方へ歩み寄ろうとした健を押しとどめ、アナウンサーが記者を抱き起した。「言っても無駄だよ。この人たち、この事件を信じていない」

「事件を信じていないとは、どういうことだ」記者が驚きの声をあげた。「さっきからの報道を信じていないっていうのか。いったい何故だ」

　アナウンサーが悲しげに言った。「どっきりカメラだと思っている」

　しばらく唖然とし、記者は周囲の人間たちの顔を見まわした。やがて、すすり泣きはじめた。「悪夢だ」顔をあげ、ゆっくりとアナウンサーに眼を向けた。「テレビが悪い」アナウンサーの胸ぐらをつかみ、わめきはじめた。「マスコミが大衆に信用されなくなったのはテレビの連中の責任だ。あんな、どっきりカメラなんてものをやるからだ。どうしてくれる。どうしてくれる」

アナウンサーは記者をつきはなし、投げやりに言った。「今ごろそんなこと言ったって知るもんか。なるようになるさ」

わっ、と、記者が号泣した。冷笑を浮かべ、浮田と浜野がぱちぱちぱちぱち、と、軽く拍手をした。

「よう。名演技」学生たちも軽い拍手をした。

「はい。お仕舞い。お仕舞い。ええ幕切れや。な。もうこれで、何もかもお仕舞い」けりをつけようとする口調でお勢が叫んだ。「さあさ。もうやめまひょ。やめまひょ。マスコミの人、出て行ってんか。うちかて営業続けなあかんのや。商売にならへん。さ。出て行ってんか」

記者が充血した眼をお勢に向け、静かに言った。「こいつはね、おばさん、仕舞いにはならんのだよ」

お勢は顔をしかめた。「まだやるつもりかいな」

「殺したんだって」

「本当かおい」

店の前にいた報道陣ががやがや喋りあいながら店に入ってこようとした。

「こらあ。お前ら」心張り棒を振りかざし、健が入口に立ちはだかって叫んだ。「これ以上この店の営業の邪魔するちうんやったら、わいが相手や。どいつもこいつも、ただで済めへんぞ」

報道関係者たちがいっせいに抗議の声をあげた。

「それどころじゃないだろうが」

「あの宇宙人を殺したのはお前か」

「事情だけでも聞かせろよ」

「おい。警察を呼べ。警察を。その辺にパトカーがいるだろ」

「こいつでは、話にならんじゃないか」

エリート臭をぷんぷんさせた記者のひとりが健の前に進み出、切口上で言った。

「朝目新聞の者だ。取材させて貰う」

「誰も入れたらへん。帰れ」

健に怒鳴られて記者が血相を変えた。「日本一の大新聞、天下の朝目の取材を拒否するというのか。思いあがるな。公務執行妨害だ。恥を知れ。貴様それでも日本人か」

わめき続ける記者の脳天を、健がものも言わずに一撃した。記者は仰向きに倒れ、片足を高くあげてひくひくと痙攣させた。

報道陣を押しわけ、健の持った心張り棒の下をかいくぐり、さっきとび出していった中年の記者が顔色を変えて店の中へとびこんできた。「えらいことになった。またひとり、宇宙人がやってくるぞ。出かけていった同僚からの音波か何かによる連絡が途切れたというので、ここへ様子を見に来るらしい」

「わっ」若い記者がとびあがった。「その宇宙人の屍体の、破れた皮をどこかに隠せ」五郎に駈け寄り、彼はわめいた。「見つかったら大変だ。あんたたち、顔を拭け。その、緑色の汁、いや、宇宙人の体液のついた服を脱げ」わめき散らした。「さあ。お願いだ。早くしてくれ」

「おんどりゃ」五郎がわめき返した。「まだ殴られたいか」

「おいっ。テレビ・カメラの用意だ」アナウンサーはカメラマンにそう叫んでから、まだ狂ったようにわめき続けている若い記者を怒鳴りつけた。「やめろ、君。屍体を隠したって、いずれはわかることじゃないか」

「あんたは、テレビ効果のことしか考えていないんだ」若い記者はアナウンサーに怒鳴り返した。「君はただ、宇宙人が同僚の屍体を見て、驚いたり悲しんだり怒ったりするところを、テレビ・カメラに納めたいだけなんだ。いいか君。これは宇宙からの攻撃、地球の破滅につながるかもしれない、おそろしい局面なんだ。君はそのことを認識」

「わっしょい。わっしょい」若い記者の熱弁を学生たちがはやし立てた。

「もう遅い」中年の記者がテレビを指さして叫んだ。「店の前までやってきた」

「わ」若い記者が頭をかかえこんだ。

さっきの宇宙人と寸分違わぬもうひとりの宇宙人が店に入ってきた。

「あーっ」頭の穴から声を出し、宇宙人は店内の様子を見てのけぞった。「殺してる」

「あーあーあー」お勢がうんざりしたようにカウンターをぱんと叩き、大声を出した。

「いつまで続けますんや。こんな阿呆なこと」

「阿呆なこと」宇宙人が眼を剝いた。「わたしの同僚殺しといて、何が阿呆なことやねん」

「こら」五郎がわめいた。「人聞きの悪い。殺した殺したとでかい声で言うな。こんなもん、おもちゃやないか。ゴムやないか。言いがかりつけるんやったら、表へ出え」

「それは、わたしらの皮ですねん」宇宙人がおろおろ声で説明した。「思い通りの外見にすることのできる、皮ですねん」

「それで、中はどろどろの緑色の汁か」明が笑った。「そんなけったいな生物が、居ってたまるかい」

「いるんだから、しかたないじゃないか」若い記者がわめいた。「いい加減にしないか。君たち、この人にあやまれ。這いつくばってあやまれ。それで人類全体の罪が許してもらえるとはとても思えないが、しかし」

がん、と五郎が記者の顎にこぶしをめり込ませ、若い記者はふたたび壁ぎわにふっとんだ。

「えらそうに何さらす。這いつくばれとは、そらいったい誰に向こうて言うとるんや。這いつくばってあやまらないかんのは、お前らやないか」

「この人形もリモコンかいな」と、浮田が宇宙人の腕の皮をつまんでそう言った。

「なかなかうまいこと動《いの》かしよるやんけ」

「気ちがいや。誰もかれも気ちがいや」あきれ果てた宇宙人が天井に向かってわめいた。「まともに話のでけるひと、どなたか居《い》てはりまへんか」救いを求めるように宇宙人は店内を見まわし、さっきからじっと自分を見つめているノボルに気がつき、ややほっとした口調で声をかけた。「あんた。そう。あんたは気ちがいやなさそうな。

あんたはまともだっしゃろ。そうに違いない。さあ。事情を説明しとくなはれ」

「ノボルを、まともや言うとるで」良作がげらげら笑った。「あいつ、ノボルから説明を聞くつもりや」

労務者たちがにやにや笑って、宇宙人とノボルに注目した。

ノボルが喋り出した。「どど、どどどど、どどどっきりカメラを、ママママスコミがやった。ママママスコミが、テテテテ、テレビで、どど、どどどどどどど」

宇宙人はひどく驚いた様子で、ノボルの顔をまじまじと見つめた。「あんた、病気でっか」

「ぼぼぼぼくは宇宙人、しーしーしー信じてやってもええ。そそそそやけど、ぼぼぼぼぼぼぼくは宇宙人」

「そいつに喋らせるな」顔を鼻血だらけにした若い記者が、おどりあがって叫んだ。

「えらいことになるぞ。そいつ、吃《ども》りじゃないか」

「あっ。この野郎。マスコミの人間の癖に差別用語使いやがったな」急に吃らなくなったノボルが、そう叫んで記者に殴りかかっていった。「ぶち殺すぞ」

「ワーオ」歓声をあげ、ヒノマル酒場の亭主の幸一が駈けこんできて、健の首ったまに齧《かじ》りつき、頰にキスをし、次に五郎の頰にキスをした。「ワーオ。二千万円二千万円。ワーオ」

「どないしたんや、おっさん」健が眼を丸くした。「気でも狂うたか」

「あんたは、まあ」と、お勢が叫んだ。「店抛ったらかして、今ごろまでどこほっつき歩いとったん」

「ワーオ」幸一はカウンターに駈け寄り、胴巻きの中から次つぎと札束を出してお勢の前に積みあげた。「大穴。大穴。二千万円やでえ。二千万円当てたでえ。三レース、四レース、五レース、全部穴じゃ。大穴じゃあ。うははははははははは」

「やった」

労務者たち、浮田と浜野、明と直道、そして淳子が、歓声をあげて幸一を取り巻いた。

「こら凄い」

「うわあ。やったなあ、おっさん」

「よかったなあ」

「今まで競輪仲間と祝杯あげとったんや」金時の如く赤い風船の如く紅潮した顔ににたにた笑いを浮かべて幸一はお勢にいった。「そやけど心配すな。三万円しか使うてへんで。儲けた二千三十六万四千円は手つかずや。見てみい。これ」

「ほんとにまあ」お勢が泣き笑いをしながら自分の頬をつねった。「夢やないんかいな」

「おとりこみ中ですが」アナウンサーがおずおずとマイクをつき出した。「皆さん、ちょっとこっちの方にも注意を向けていただけませんか。ご覧なさい。宇宙人のかたは、お友達の死を悲しむあまり茫然としていらっしゃいます。これがどっきりカメラではないことを、もうそろそろわかっていただきたいと」

幸一がやっと周囲の報道関係者に気づき、眼をしばたいた。「なんや、こいつらは」

労務者たちがいっせいにかぶりを振った。「ほっとけほっとけ。マスコミや」

「なにマスコミ」幸一はきょろきょろし、テレビ・カメラを見て大声をあげた。「わー。ほんまや。テレビが来とるやんけ。さすがに耳が早いのう。もう取材に来よったんか」神棚の横のテレビを見あげて幸一は、頭の穴から声を出した。「おーっ。映っとる。わしらが映っとるやないか。わはははははは」彼はテレビ・カメラに向きなおって手を振り、それから胸を張った。「はい。こういうわけでしてな、わたしはついに大穴をあて、二千万円を獲得したのでありまあす。これもわたしの、ながの年の競輪研究の」

「気ちがいや」同僚の破れた皮膚を抱きしめ、椅子に腰かけてぼんやりしていた宇宙人が力なくかぶりを振った。「この星のやつは、どいつもこいつも気ちがいや」「で、ありますからして」幸一はカメラに向かい、さらに喋り続けた。「四レースで儲《もう》けた金をば、も一回この五レースへさして、そのまま全部」

若い記者がたまりかねてとびあがり、また叫びはじめた。「やめろ。やめろ。あんたなんかを取材に来てるんじゃないんだ。二千万円がどうしたっていうんだ。宇宙からの報復を受けたら、二千万円なんてものには芥子粒《けし》ほどの値打ちもなくなるんだぞ。みんな、どうしてそれぐらいのことがわからんのだ。あんたたちは人類を超す知的生命体の命を奪っておきながらその自覚もなく」彼は叫び続けた。

「なんや、この人は」幸一が眼を丸くした。

「ほっときなはれ。気ちがいだす」と浮田が言った。

「勝手にわめかしといたらよろし」と、浜野もいった。

「さあ、祝杯の用意や」幸一がお勢にそう命じた。「コップ出せ。コップ。さあ淳子。そのコップ皆に配れ。特級出せ特級。さあ。今夜はわいの奢《おご》りやでえ」

わあ、と、一同が歓声をあげた。

「さあさあ。みんなコップ持ったか。あ。マスコミの人も飲んどくなはれや」幸一がアナウンサーやカメラマンにコップを手渡した。

「あんたも。さあ。あんたも」その緑色の手にコップを握らせてから幸一ははじめて宇宙人に気がつき、のけぞった。「なんや。この人形は」

「わて、人形と違います」と、宇宙人はいった。

「そいつ、自分では宇宙人や、宇宙人や言うとるねんけどな」明がうす笑いをしながらそう言った。

「まあ、ええがな、ええがな。わはははははは」幸一は機嫌よく宇宙人の持っているコップの中へ酒を注いでやりながら言った。「自分で宇宙人や思うてはるんやったら、それでもええがな。なあ宇宙人さん。わはははははは」

「なんて失礼な」若い記者が頭髪を掻きむしった。「人類をはるかに超す知性の持ち主に対して、なんと無礼な。無作法な。きい。なんと頑迷な。無教養な。ききいきい。あんたたち無知な大衆には、この事態がいかに重大なものか、絶対にわからんのだ。ききいきいきいきい」

「みんな無知やないから、これが茶番やと悟ったんです」と、浮田がいった。「さあ。あんたも呑みなはれ」

「あーっ。まだ、そんなことを」記者は額を押さえてのけぞり、救いを求めるようにあたりを見まわして、カウンターの隅の福太郎に気がつき、駈け寄った。「おじいさん。あなたは最初からここに居られたんですね。さあ。どう思われます。さっきからの出来ごとが茶番かどうか。ただの茶番でわたしがこんなに真剣に、けんめいに、必死に、こんなに血まみれになれるものかどうか。これがどっきりカメラか真実か。さあ。おっしゃってみてください」

周囲が騒がしくなるにつれてますます自分ひとりの世界に沈みこんでいた福太郎がゆっくりと顔をあげ、若い記者にいった。「これが茶番か、ほんとの出来ごとか、そんなことはあんたらが勝手に決めたらええことやおまへんのか。マスコミが今さらわたしらの意見聞くのはおかしい。今までマスコミは意見をわたしらに押しつけてきたし、わたしらは押しつけられるのにええ加減うんざりしてた。今度は嘘か本当かわからんような情報をわたしらに押しつけた。その押しつけ方によってわしらが茶番やと判断したのがなんで悪い。そうでのうてもわたしらはそれぞれ、自分のことをかかえこんどる。ここのおっさんは二千万円競輪で勝って喜んでる。二千万円よりも宇宙人の方を気にせえというのはあんたの勝手な言い分や。それ気にするのはあんたらの問題と違いまっか。同じように、わたしはわたしで自分の猫が死んだことを。ああ。ああ。また思い出したがな」福太郎はぽろり、と涙をこぼした。「猫が死にましてのう」「猫がどうしたって」若い記者はのども裂けよとばかりにわめいた。「猫どころじゃないでしょうが。よその惑星からの初めての来訪者を殺しちまったんですよ。これはマスコミだけの問題じゃない。人類全体の問題なんだ。あんたはそれを避けて、猫が死んだというくだらない日常茶飯事へ逃げこむつもりか。あんたの猫なんか、何匹死のうが、何十匹死のうが、何百匹死のうが、何千匹死のうが」

「がお」若い記者がわめいている間、顔や手足にゆっくりと焦茶色《こげちゃ》の毛を生やしはじめていた福太郎が、ついにゴリラに変身し、ひと声吠えて立ちあがった。「ごっほ。ごっほ。がお」

「そうら。とうとう隠居を怒らせてゴリラにしてしまいよった」健が笑った。「わしら、知らんぞ」

ゴリラに首を絞められ、かかえあげられ、そして若い記者のからだが三たび壁ぎわへとんだ。

「これはひどい」中年の記者が気絶した若い記者を抱き起し、おろおろ声で叫んだ。「神聖なる記者に対して何たることを」

「気ちがいや」椅子やテーブルをたたき壊し神棚を落して荒れ狂っている、ゴリラと化した福太郎を眺めて宇宙人がつぶやいた。「この星の人間、みんな気ちがいや」

「では乾杯」

「おめでとう。おっさん」

「おめでとう」

客の全員がコップ酒で幸一に乾杯した。

「さあ、宇宙人さん。あんたも呑みなはれ。この焼鳥、食べとくなはれ」と、幸一が陽気にすすめた。

「もう我慢できん」がやがやと大勢の報道関係者が店内になだれこんできた。「入ってはいけないと言われちゃいたが、何がどうなっているのか、外にいてはさっぱり。あーっ」店の中のひどい有様を見て、全員が頭の穴から声を出した。「これはいったい、何ごとだ」

「ああっ。そんな不潔なもの食べちゃいけない」ひとりの記者が、酒と焼鳥をやけくそで飲み食いしている宇宙人に駈け寄った。「すぐにお捨てなさい。あなたのからだはわれわれと違う筈だ。中毒を起しますよ」

「何さらす」調理場から出刃包丁を握った宗吉がおどり出してくると、記者が宇宙人の手から焼鳥の串を床へはらい落した瞬間を目撃してさらに逆上し、血相を変えた。「不潔とはなんや。誰が中毒するようなもん料理するか。大衆酒場や思うてひと馬鹿にするな」記者を追いまわしはじめた。

大騒ぎをバックに、さっきからアナウンサーがテレビ・カメラに向かって喋り続けていた。「しかし宇宙人は知的でありますから、この無知な大衆の勘違いをきっと理解し、許してくれるに違いありません。ちょうど人間がひとりライオンに食われたようなもので、だからといってわれわれがライオンを絶滅させようとはしないのと同じであります。こんなことになったのがどっきりカメラの責任であるかどうか、テレビの責任であるかどうか、そんなことは一朝一夕においそれと結論を出せるような問題ではありませんが、その」アナウンサーは一瞬ことばに詰ったが、すぐに気をとりなおし、いつもの思考停止のせりふを結論にした。「よく考えてみなければならないと思います」

あまりの大騒ぎでついに淳子が発作を起し、床にぶっ倒れて四肢を痙攣させ、泡を吹き出した。

「しめた」五郎が喜んで淳子のスカートをまくりあげた。

「気ちがいや」と、宇宙人がいった。「みんな気ちがいや」

労務者たちがまた歌いはじめた。「えんやとっと。えんやとっと」

「〽松島ァーの」浮田と浜野が踊りはじめた。

浮かれ騒ぎながら、酔っぱらった明が直道にいった。「宇宙人が来たんやから、次は異次元からも誰ぞ来よるでえ」

「そうやそうや」直道も、手拍子をとりながらいった。「タイム・マシンに乗って、過去やら未来からも客が来よるでえ」

大騒ぎの続く中で、さらにアフリカ象や天皇もあらわれて店内を徘徊《はいかい》し、天井近くではターザンがとびはじめた。

タイム・マシンがあらわれ、中から義経が顔を出した。「さしたる用もなかりせばこれにてご免」すぐに消えてしまった。

「あっ。しまった。撮り損なった」新聞社のカメラマンが地だんだをふんだ。

「ぱんぱかぱあん。ぱぱぱ、ぱんぱかぱあん」突然、電気屋の店員秀造が、胸に日の丸を描いたランニング・シャツというグリコ式のスタイルでカウンターにおどりあがり、大声で叫んだ。

「さああ。皆さあん。十一時になりましたあ。十一時でえす。ヒノマル酒場はこれにて閉店でえす。さああ皆さあん。帰りましょう。お家に帰りましょう。宇宙から来た人は宇宙に、アフリカから来た人はアフリカに、マスコミの人はテレビの中に、みんな帰りましょう」カウンターからとびおりて店内を走りまわり、彼は客たちを追い立てはじめた。「さあ帰ってくださあい」

「さあ。帰っとくなはれや。警察がうるさいさかいに」お勢もカウンターの中から出てきて、店内の人間を追い出しはじめた。「さあさあ。もう、おしまいや。何もかもおしまいだっせ」

「店さえ閉めたら事件は終るというのか。安易な。まったく安易な」

ぶつぶつとぼやきながらの報道関係者、気ちがいや、気ちがいやとつぶやき続ける宇宙人、さらには客の労務者たち、会社員と学生、福太郎の化けたゴリラ、アフリカ象や天皇やターザンなどすべてを追い出してしまい、いちばん最後にマラソン・スタイルの秀造が出ていくと、お勢は亭主の幸一に手伝わせて戸を勢いよく締め、念入りに心張り棒をかけ、かくしてヒノマル酒場は閉店した。

二人娘

精一のからだの下で、頭のどこかのナットがゆるみでもしたように破れかぶれの大声をあげていた知恵子が、最後にひと声低く呻《うめ》いてからぐったりした。

彼女のからだからそそくさと身をひっぺがし、精一はバスルームへとびこんであわて気味に熱いシャワーを浴びた。欲望を満たしたあとは、できるだけ早く別れるに限ると思っているからである。ご休憩の一単位である二時間をだらだら過していると、知恵子は必ずうるさいことを言い出すのだ。むろん露骨に結婚してくれなどとは言わない。そんなことをくどくど言えば精一に嫌われて捨てられるだろうということぐらいは知恵子とて心得ている。そこでやたらに精一に愛のことばを求め、愛情を確かめようとし、その証拠を見せろと迫ったりする。精一にはこれがうるさいのである。

精一に知恵子の不安がわからないわけではなかった。知恵子は安サラリーマンの娘である。一方精一は、今でこそただの平社員だが父親は重役で、しかも精一や知恵子が勤めている大きな建築会社の重役だ。いざ縁談となれば、釣合いがとれぬことおびただしいのである。知恵子の武器といえば、若さと美貌と、それに精一と四回寝たという過去の実績だけだ。しかし精一にだって若さと美貌はあり、寝たことだって半分は知恵子の方から持ちかけてきたものである。知恵子にしてみればそれではどうにも分が悪いというので、精一に愛のことばを繰り返させ、なかば自己催眠的状態にしておき、どさくさまぎれに結婚してしまおうという腹なのであるが、精一はその手に乗るまいと思っている。

靄《もや》のかかった眼をして知恵子がバスルームに入ってきた。むろん全裸であるが、精一にとってはもはやそんなものは見てもどうということはない。最初の頃知恵子は裸を見せ惜しみした。だが見せ惜しみするほどのいい裸でないことが精一にはすぐわかった。胴長でウエストが太くて色黒で、三、四代前までが百姓でもあったのか骨太であることがあきらかである。

もういちどゆっくり湯に浸って時間かせぎをしようという魂胆《こんたん》の知恵子が、バスタブに湯を入れながら言った。「ねえ。もうしばらくいてもいいんでしょう」

あたふたとからだを拭きながら精一は話をそらせた。「課長のことだがね。まだ、業者から何か貰っている証拠はつかめないか」

「また、その話」うんざりしたように知恵子は答えた。「ないわよ。あの気の小さい人が、そんなこと、できるわけないでしょ」

「見張っといてくれって言っただろう」精一が背を向けたまま、鏡の中の知恵子を睨《にら》んだ。「おれの机からは課長を監視できない。君の席からならできる。大事なことなんだ」

「あら。ちゃんと見張っていたわよ」知恵子は不満そうに言った。「でも、そんな気配はぜんぜんないんだもの。前の課長の芦沢さんが収賄して馘首《くび》になったことは社員全部が知ってるわ。それでなくても資材課は業者からの贈賄の多い課だというので皆が眼を光らせてるんだもの。あの神奈山《かなやま》さんはね、今のところ課長の椅子を守ること以外、何も考えてないわ。課長になれただけでも幸運だったと思ってるわ。芦沢さんのお蔭《かげ》でね。だから今さら芦沢さんの真似をして一生を棒に振ったりはしないわよ」

「何かあいつの弱味はないのか」精一は苛立たしげに言った。「あいつの餓鬼はもうすぐ高校だ。名門の私学へやるとか聞いた。金がいる筈《はず》だ」

「でもねえ」肩まで湯に浸っている知恵子が、うっとりと眼を細めた。「あの人はお金のことはとてもきちんとしていて神経質なぐらい。経理からも前借りはしないし」彼女は不審そうに精一を見た。「神奈山課長の監視を専務さんから言いつかってらっしゃるの」

「いや。親父には関係ない」精一は服を着はじめた。「あいつをなんとかしないと、おれが課長になれないんだよ。上がつかえている。その上、うちの会社には二代目がいっぱいいるからな。現場関係には社長の息子。こいつはいずれ社長だ。あのまま現場・営業畑を昇進していく。おれには建築のことがよくわからないから、こいつのことはまあ、しかたがない。常務の息子が経理にいる。これがもうすぐ経理課長になる。強敵だ。あいつは経理担当重役の椅子を狙《ねら》っている。おれは奴と張りあうためになんとか総務へ行って、やつを押しのけて部長にならなきゃいかんのだが、そのためには早いところ資材課長になっとかなきゃいかんのだ。資材課長でなくてもいいが、今のところいちばん手っとり早くなれそうなのが資材課長なんだ。ところが現在、神奈山課長という土龍《もぐら》男がいて、これがまだ四十五歳。定年まではあと十年もある。具合の悪いことにこの男、資材のこと以外に能がないからよその課へ行かされる可能性もないし、まして昇進する可能性もない。ほっとけば定年まで居すわるだろう」

「いやん」知恵子はネクタイを結んでいる精一を見て、バスタオルを胸に巻いたまま身をくねらせた。「まだ服を着ないで」

「何を言ってる。もう十二時半だぞ」上着を着ながら精一は言った。「明日に差支える。重役の息子という眼で見られているから遅刻できない。早くしろ、ぐずぐずしてると先に帰るぞ」

「待ってよう」鼻を鳴らしながらのんびりとベッドの端に腰をおろし、知恵子は精一の引きとめ策を模索しながら喋《しゃべ》りはじめた。「要するに神奈山課長が失脚して、馘首になったらいいのね」

「課長の椅子が空きさえすればいいわけだが、そうなるには現実としてあいつが馘首になる以外ないだろうな」

「いい考えがあるの。ね。聞いてよ」

「聞いてるよ」

「ここへ来てくれなきゃ厭《いや》」

精一は椅子を引き寄せ、鼻息荒く腰かけながら知恵子と向きあった。「いい考えって、なんだ」

知恵子は、いかにも思考に精神力を集中させているかの如く装い、眉を寄せた。

「さっき、神奈山課長は神経質だ、って言ったでしょう」

「うん」

がらりと、知恵子は口調を変えた。「ねえ。コーヒーとらない」

精一は立ちあがった。「思わせぶりってやつが大嫌いでね。帰る」

「待って」悲鳴まじりにそう叫び、知恵子も立ちあがった。「だから、神奈山課長をノイローゼにするのは、わりあい簡単だと思うの」

「ノイローゼだと」眼を光らせ、精一はまた椅子に掛けた。「そんなことができるのか」

にっこり笑い、知恵子はベッドの端に尻《しり》を据えた。「課長は今だって、部下の掌握ができなくていらいらしてるわ。もともと管理職に向いていないためよ。そのために部長からもよく叱《しか》られてるわ。弱味といえばそれが弱味でしょう」

精一は電話でフロントへコーヒーを注文し、知恵子に向きなおった。「奴《やっこ》さんをノイローゼにするなんてこと、君ひとりじゃ無理だろう」

「優子と麗子に手伝ってもらうわ」と、知恵子はいった。「女三人でやればきっと成功するわ」

「どういう具合にやるんだ」

「それはこれから考えなくちゃ。そのてのことは女の特技なんだからまかせといて。それよりも、うまく神奈山課長がノイローゼになって、課長をやめさせられたら」気をもたせるように知恵子はちょっと黙った。「ご褒美には何をくださるの」

「ダイヤの指輪をやるよ」と精一はいった。母親の宝石箱の中から、いちばん小さい流行遅れの指輪を持ってくればいい、あれだって充分一カラットはあるだろうからなど考え、彼は大きくうなずいた。「豪勢なやつだ」

結婚、ということばを期待していただけに、知恵子はちょっと不満だった。そこでわざと大袈裟《おおげさ》に喜び、嬉しいと叫んで精一の首にとびつき、精一がもう一度服を脱がねばならぬ雰囲気を無理やり作り出した。そのため、二人がそのホテルを出たのは午前二時だった。知恵子はいっそのこと泊ろうと提案した。だが精一は誘いに乗らなかった。そんなことをすれば熟睡できなくて仕事に差支える。その上会社には、昨日と同じ服を着て出社してくる男女社員に眼を光らせているオールド・ミスもいたのだ。

営業部長に呼びつけられ、現場に納めた資材のうち、二、三の品目の合計数量が間違えていることを指摘され、さんざ厭味まじりの文句を聞かされた神奈山課長は、首をひねりながら資材課へ戻ってきた。これで二度めである。間違いといっても小さな間違いではない。高価な資材なので予算から大きく足が出てしまうほどの間違いであり、営業課長がひと眼見て間違いとわかるほどの間違いなのだ。わしがこんな間違いを見逃がした筈はないが、と、神奈山は思った。しかし検印欄にはたしかに彼の印が捺印《なついん》してあった。前と同じだった。前と同じ間違いだからこそ、二回めはじきじきに営業部長が神奈山を呼びつけたのである。

席に戻り、神奈山は突っ返された伝票を眺めながらしばらく茫然とした。わけがわからなかった。

「お茶をくれないか」三人の女子社員のうちの、誰に言うともなく神奈山は、うわの空でそう言った。

資材課にいる三人の女子社員は神奈山のすぐ傍の席にいた。女子社員には書類や伝票の整理の他にもいろいろ雑用があるので、そのため課長のすぐ傍にいるのである。

三木麗子、藤村優子、赤坂知恵子というこの三人の女子社員は若手男性社員から資材課の三人娘などと呼ばれている。この三人娘の名前の皮肉さに、神奈山はいつの頃からか気がついていた。

三木麗子は名前に反して綺麗でなく、三人娘の中でもいちばん不細工である。色が黒くてちんちくりんで、顔もからだも縦よりは横に大きい。鼻が低いのを胡魔化《ごまか》すため厚化粧をし、そのためメリケン粉にまみれた狸《たぬき》のように見える。部厚い唇には口紅を、丹前の袖口のようにべったりと塗りつけ、瞼《まぶた》が垂れ下がるほど重そうなつけ睫《まつげ》をしている。その上眼が小さいので、つけ睫のために眼球がよく見えない。

藤村優子はちっとも優しくない。底意地の悪さは社内一であろう。新入社員たちは一度は必ずこの娘に泣かされている。恨みも何もなく、単に趣味で意地悪をするのだからひどいものである。挙動は乱暴でことばづかいの悪さは現場の大工そこのけで、性格は顔にまであらわれて角《つの》を生やせばそのまま般若《はんにゃ》の面として通用する。せめて仕事ができるかといえば投げやりで遅く、その上仕事中喫茶店へ行くのが好きという、どうにもならない娘である。

赤坂知恵子だけは名に恥じぬだけの悪知恵を持っている。ただしあくまで悪知恵だけであって、頭そのものはあまりよくない。計算はしょっちゅう間違えるし、何か書かせれば誤字だらけで、そもそも文章になっていない。神奈山の命令をはじめ、人の言うことをよく聞いていないので常にへまばかりしている。それでも三人娘の中ではいちばん美貌なのでリーダー格である。美貌といってもたいしたことはなく、人里離れた山奥の高校の準ミスといったところだ。

三人娘が誰も反応を示さないので、聞こえなかったかと思い、神奈山はもう一度催促した。「お茶をくれないか」今度は優子を指名した。「藤村君」

「はい」藤村優子はいそがしげに伝票を記帳しながらいったんはそう答え、もう二、三度算盤《そろばん》をはじいてから向かい側にいる三木麗子に早口で言った。「麗子ちゃん頼むわね。わたし今、ちょっと手が離せないから」

麗子は後輩の優子にむっとした顔を向けてから、もと通り計算書の書きこみを続けはじめた。「わたしだって駄目よ。これ、営業から急がされてるんだから」

どちらも立とうとしないし、赤坂知恵子も知らん顔をしている。神奈山はむかむかしたが、他に課員が大勢いて聞き耳を立てているのも何人かいるだろうから女子社員に舐められっぱなしでお茶を濁すことはできない。わざと大声で、にやにや笑いながら神奈山は言った。「おい、おい。お茶汲み拒否かい。それならそうと、はっきり言ってくれよ。こっちも対策を立てなきゃならんから」

どん、と机を叩《たた》いて面倒臭そうに優子は立ちあがり、伝票の束をつかみあげて向かい側の麗子の机の上に投げ出した。「じゃ、あんたこれやっといてよ」茶を汲みに立ち去ろうとした。

神奈山はかっとした。これだから計算を間違うのだ。こいつらの為にわしがどれだけ上役から睨まれていることか。部下の掌握ができていないというが、こんな女どもをどうやって掌握しろというのだ。

「藤村君」思わず甲高い声が出た。「待ちなさい。なんてことをするんだ。どうしてそんなに伝票を粗末に扱うんだ」

課員たちほとんどが、驚いて神奈山と優子を見た。優子は振り返り、立ったまま般若の顔で神奈山を睨みつけた。

　なぜだ、と、神奈山は思い、怒りで喋れなくなった。なぜこの女は上役を睨みつけるんだ。妻も子もある課長のわたしが、なぜこんな小娘に睨みつけられなくてはならないのか。

「今、君のやった計算違いのために、わたしは営業部で怒鳴られてきた」ややあって神奈山は、ゆっくりとそう言い、机の上の書類を指さきで叩いた。「これだ。二度めだぜ」

「ああ。それ」突然優子は頰にうす笑いを浮かべ、ぼそぼそした声で言い返した。「でもそれ、課長が一度見てくれたんじゃないんですか」

　言葉づかいの悪さは毎度のことで馴《な》れていた。だが、非はそちらにあると言いたげな優子の反撃には、神奈山は一瞬怒りさえ忘れ、どぎまぎしてしまった。二、三度、眼が左右に低く動いて、やるまいと気をつけていた筈の、課員たちの様子をうかがうようなそぶりがまた出てしまった。その陰気な習癖のために神奈山は課員たちから陰で自分が土龍《もぐら》と呼ばれていることを知っていた。

　自分の態度でよけい腹を立て、こんなことで怒ってはまずいと承知していながら、神奈山は逆上した。「お茶はいりません」怒った時の癖で切り口上になり、彼は叫んだ。「この計算をやりなおしてください。今度は絶対に間違わないでくださいね」語尾がヒステリックにはねあがった。指さきが顫《ふる》えていた。

優子が涙を流しはじめた。だが、声を出して泣き出したりはせず、頬に涙を伝わせながら、なおも反抗的にまっ赤な眼で神奈山を睨みつけ、言い返した。「お茶を汲みに行かなかったぐらいで、わざわざ皆の前で、大声で怒鳴ることないでしょ」

優子の涙を見てすっと怒りから醒《さ》め、まずいことをした、と神奈山は思った。お茶汲みを拒否したために怒鳴られたなどと組合に報告でもされたら面倒である。無理をして作り笑いを浮かべ、そうではないといってなだめようとした時、少し離れた席にいる倉庫係長の真木がのんびりした大声で優子をたしなめた。

「おいおい。何言うんだよ。課長は君の計算違いのことを怒ってるんだぜ。お茶汲みなんて関係ないだろ」

火に油を注いだようなものだった。優子は唇を顫わせて真木を睨みつけ、また神奈山の方を振り返って叫んだ。「そう。お茶汲みは関係ないのね。じゃ、わたしこれから絶対お茶汲みはしないから」くるりと神奈山に背を向け、彼女は部屋を出て行った。

また喫茶店か、と思い、神奈山は嘆息した。このいそがしい時に、なんてことだ。

「わたしだって、お茶汲み、いやよ」間のぬけた大声で麗子がいった。「だってお茶汲みは必ずいちばん後輩がやることになっているのよ。わたしだってあの子が入社してくるまで、ひとりでやってたんだもん」

どいつもこいつも、と神奈山は心で罵倒《ばとう》した。まともな女子社員なら点数稼ぎに、この時とばかりお茶汲みを買って出るところではないのか。いやいや、わしはそもそもお茶汲み拒否など問題にしてはいなかった。なのに、結局今の三木麗子のことばで、わしがやっぱりそれを問題にしたような印象を皆にあたえてしまったではないか。

三木麗子と藤村優子は共謀《ぐる》になってわしを困らせようとしているのではないか、と、神奈山が思いついたのは帰りの電車の中であった。

藤村優子のやった計算に、神奈山はいつも眼を通し、誤りがないかどうかを確かめている。たまたま数日前、誤りがあることを営業課員が指摘してきたので、ここ二、三日は特に念を入れて見ている。今日の藤村優子の誤りは、伝票の書き写しの過程での間違いではなく、単なる算盤上の誤りであった。そんなものを計算に強い神奈山が見逃がす筈はなかった。

書類を、誰かがすり替えたとしか神奈山には思えなかった。検印用の印鑑は日中机の上へ出しておくから、これは神奈山が席を立った時、三人の女子社員のうちの誰にだって捺印できる。しかし今日突っ返された書類は、急ぐと言われていたため検印を捺《お》してすぐ三木麗子に営業へ持って行かせたのだ。だからつまり、三木麗子が営業へ持って行く途中で、藤村優子がわざわざ作った間違いのある書類とすり替えたことになる。

なぜだ。眼を見ひらき、神奈山は向かい側の車窓に映っている自分のまっ黄色の顔を見つめた。なぜあの娘たちはそんなことをするのだ。問いつめてやろうか。

いやいや。たとえあの娘たちの前で彼女たちの手口を予想して見せたところで、連中はまたひとを馬鹿《ばか》にしたような例のうすら笑いを浮かべ、否定するに決っている。また、誰に話したって、二人がかりで、間違いを叱られるのを覚悟してまで、なんの得にもならぬそんな馬鹿なことをする社員などいる筈がないといって笑うだろう。それこそあの娘たちのつけめなのだ。そうだ。今日の藤村優子のあのうす笑いからも想像がつく。そんな馬鹿げたことをわしが誰にも言えないことは承知の上で、そうやってわしに人知れぬ苦しみと悩みをあたえるつもりなのだ。

わしを苦しめてどうなるというのだ。なぜわしを憎むのだ。わしが何をした。何もしないのに上役だというだけで憎まれるのか。課長とはそういうものなのか。

たしかにあの娘たちの考課表には悪い点をつけた。それがなぜいかん。今日のことでもわかるように、連中には仕事をしようという気もなく、叱られることも平気なのだ。むしろ叱られると、ここぞとばかりに不平を言い、叱られたことを口実に喫茶店へ行ったりして怠けるような連中であり、つまり考課表にいい点をつけてほしいという切実さはまったくないのだ。そのくせ、わしが考課表に悪い点をつけたことだけはわかるらしく、昇給した月の給与明細を見ては昇給率悪いわねえなどと大声で話しあい、恨めしげにじろりとわたしを見たりする。

誰だ。あんな連中を入社させたのは。人事課の眼はふし穴か。なぜあんな出来そこないばかり資材課へ送りこみやがった。

だいたい、なぜ女子社員などを採用するのだ。どうせ結婚する時は辞めるのだからと思って、たとえ馘首になっても平気という奴ばかりではないか。そんな目茶苦茶な小娘どものために、なぜ一家を養うという大きな責任を持つこのわしが、ながいことかかり苦労して課長にまでなったこのわしが、平社員のしかも女子社員ごときになぜ日夜悩まされなきゃならん。他にも考えなきゃいかんことはいっぱいあるというのにくそ、と大声で叫んでしまい、神奈山は首をすくめ、また視線を左右に低くさまよわせた。終電車に近かったが、それでもシートに三分の一ほどの乗客が驚いて神奈山を見た。ぐったりと凭《もた》れに背を投げかけ、神奈山は嘆息した。疲れていた。今まで残業し、娘たちが作った書類の間違いを訂正するため全部計算しなおしていたのだ。彼女たちの間違いは、日を追ってふえつつあった。

その日も神奈山は眼を充血させ、睡眠不足で出社した。前夜、むしゃくしゃしていたのでつまらないことから妻や二人の息子と口論し、腹が立って眠れなかったのだ。息子の入学金を納めてしまうと貯金が底をつき、卒業式に着ていく服がないとこぼした妻を怒鳴りつけたため、家族全員から総反撃を食い、甲斐性のなさから性格上の欠点にいたるまでをいやというほど責め立てられたのである。会社でも、連日いらいらし通しであった。あの日以来、彼は印鑑立てを机の上に出さないことにし、ふだん入れておく抽出《ひきだ》しに鍵《かぎ》をかけていた。女子社員、中でも三木麗子に書類をどこかへ届けに行かせる時は彼女が部屋を出るまで見まもり、監視した。自分がますます土龍じみた顔になりつつあることを神奈山は、時おり視線がぶつかる課員たちの頰に浮かんだ嘲笑で知ることができた。藤村優子は神奈山がいちいち鍵束を出して抽出しをあけ、印鑑をとり出すのを見るたびにふんとあざ笑い、三木麗子は書類を持って部屋を出る前には必ず振り返り、神奈山の視線が自分に向けられているのをわざわざ確かめ、大っぴらににやにや笑ってみせるのだった。

「何をしているんだ」

二時ごろ、便所から戻った神奈山は大声を出した。三木麗子、藤村優子、それに倉庫係の檜坂の三人が、神奈山の机の抽出しをこじあけようとしていたのだ。

「すみません」と、檜坂がいった。「至急この型の板ガラスを上町の現場へ届けなければならなかったものですから、検印を頂こうと思って」

「ひとの抽出しを勝手にこじあけるやつがあるか」ぶつぶつ言いながら神奈山は鍵束をとり出した。

「でも現場から急《せ》かされたものですから」

やや不満そうな檜坂のことばに勢いを得て、藤村優子が唇を歪《ゆが》め、いや味たっぷりに言った。「課長は以前、判こを机の上に出していたでしょう。どうして最近、抽出しにしまっとくんですか」

三木麗子も調子に乗って神奈山を非難しはじめた。「困るんですよね。皆がそう言ってるわ。急ぐ時なんか。こういうこまかい出庫の判こ、いちいち部長のところへは貰いに行けないし」

そんなことで部長のところへ検印を貰いに行かれたのでは神奈山が困る、ということを見透していながら、今度から直接部長のところへ貰いに行くぞと暗示し、神奈山を脅《おど》しているわけである。神奈山はかっとした。

「自分の印鑑は自分で管理する」大声が出た。「それがあたり前なんだ。今まで机の上に出しといたのが間違いだったんだ」

「でも、他の課長はみんな、机の上に出してるわよねえ」

「そうよねえ」

小さな声でいいながら優子と麗子が顔を見あわせてうなずきあい、このわからず屋という眼で神奈山をじっと見た。

倉庫係長の真木が、心配そうにやってきて訊ねた。「気になっていたんですが、課長、印鑑のことで何かあったんじゃないですか。事故でも」

「うん。まあな」どっちつかずに神奈山は頷いた。

「何があったんですか」天真爛漫を装い、にやにや笑いながら優子が大声で訊ねた。

「そんなことはどうでもいい」神奈山はまた逆上した。「君たちは自分の仕事をしなさい」

ぷっとふくれあがり、優子は麗子と眼くばせしあって神奈山の傍を離れた。

「事故なんて、あるわけないのよねえ」

神奈山が何もいえないことを承知しきっている優子がそう言うと、麗子も聞こえよがしに、歌うような口調で言った。「被害妄想じゃないのかしら」

「とにかく、課長の机の抽出しをこじあけるなんてのはよくないよ」真木は檜坂に、たしなめる眼を向けて言った。

檜坂までが、席に戻りながら低く不満を洩《も》らした。「やりにくいよなあ」

真木はちらと神奈山に同情するような眼を向け、何か訊ねようとし、結局何も言わずに自席に戻った。

檜坂が検印を急いでいるのでこれさいわいと、優子と麗子が檜坂をけしかけ、抽出しをこじあけさせようとしたに違いない、と、神奈山は想像した。

机の上には眼を通さねばならぬ書類が山と積まれていた。こんなところをもし部長にでも見られたら怒鳴りつけられるに決っているから早く片付けなければならないのだが、日中は営業からの督促の電話だの業者との交渉だのに追われ、その他のいろんな雑用でまたたく間に時間は過ぎ、何ひとつまとまった仕事ができない。その上新しい仕事は次つぎと持ち込まれ、ますます机の上に積み重ねられていく。

藤村優子を土龍の眼でうかがうと、彼女は昨日の昼過ぎにあたえた仕事をのんびりとまだ続けていた。この上新しい仕事をあたえたのではいつになるかわからないし、それは特に計算違いをしてほしくない仕事でもあった。

「赤坂君」神奈山は知恵子を呼び、デスクの前へやってきた彼女に伝票の束を見せ、小声で命じた。「これ、材料別にして計算書を頼む。記帳もね」

ちらりと伝票を見ただけで知恵子は大声をはりあげた。「あらあ。でも、これ、藤村さんの仕事じゃないんですか」

神奈山はもう少しで唇に指さきをあてるところだった。思わず首をすくめ、土龍の眼で優子をうかがうと、案の定彼女は般若の顔をして神奈山を睨みつけていて、神奈山と視線が合うなり机を平手で叩き、憤然《ふんぜん》と立ちあがった。

「そんなに信用されていないんじゃ、仕事なんてできないわね」捨て科白《ぜりふ》のようにそう言うと、身をひるがえして部屋から出て行った。いったん喫茶店へ出かけたら、少くとも三十分は戻らぬ筈であった。

「なんて大きな声出すんだ」

恨めしげな顔をした神奈山のことばに、知恵子はやっと気がついたというそぶりをして見せ、にやにや笑った。「あら。すみません」

伝票の束を自分の机に持ち帰る赤坂知恵子のでかい尻を眺め、この女も共謀者《ぐる》だった、と神奈山は思った。なぜそれくらいのことに、もっと早く気がつかなかったのだろう。三人娘が悪だくみのグループであることは社内では誰知らぬ者がないぐらいではないか。それにだいたいあの伝票をちょっと見ただけで、待ちかねていたようにあんな大声を出したのだから、いずれは藤村優子の仕事がまわってくる筈と予想していたに違いないのだ。

土龍の眼で課員たちを見まわすと、ほとんど全員があわててそれぞれの机の上へ視線を戻した。同情に満ちた眼で神奈山を見つめ続けているのは真木だけであった。またしても課長としての権威は一段階失墜した、と、神奈山は思い、げっそりした。課員たちは今まで以上に、おれの言うことを聞かなくなるだろう。

その日の午後五時半、あっという間に課員全員が退勤してしまったあとのがらんとした事務室にひとり残った神奈山は、ついに徹夜を決意して自宅へ電話をした。

今夜は帰らない、と、ひとことふたこと言っただけで、妻は理由も聞かずにがちゃんと電話を切った。神奈山はまた、かっとした。なんてことだ。仕事かどうかを確かめ、その上でたとえば風邪をひかぬようにとか、夜食はどうなさるのとか、わしをねぎらうやさしいことばのひとつぐらいは言ったらどうなのだ。わしが夜遊びで遅く帰ったことがあるか。徹夜といえば徹夜で仕事をするに決っているではないか。それを知っているくせして叩きつけるように電話を切るとは何ごとだ。まるでわしが何か悪いことでもするようではないか。ひ、ひ、ひ、人を何だと思っているのだ。わしは亭主だぞ。

くそ、と大声で叫んでしまったため、社内を見まわっていた初老の守衛がドアをあけて覗《のぞ》きこみ、神奈山を見て納得したようにうなずいた。「また、残業ですか」

「いや。今夜は徹夜する」

「おやおや。今度は徹夜ですか」守衛特有の無表情さの裏に、迷惑顔と軽蔑《けいべつ》の色が隠されていた。「火に気をつけてください」

三時間ほどぶっ続けに仕事をした神奈山は、ひどく空腹を覚えて九時ごろ会社を出た。オフィス街なので深夜まで開いている食堂は附近になく、彼は閉店間際の喫茶店に入ってカレーライスとコーヒーをとり、夜食用にサンドイッチを包ませた。

会社に戻ってふたたび仕事にとりかかるなり、満腹感のためか睡魔が襲ってきた。ここのところ四、五時間しか眠れない夜が続いている。眠っても悪夢に悩まされ、その悪夢にはたいていあのいまいましい娘どもが登場するのだ。大のおとなである自分が小娘如きに悩まされているというだらしなさを昼間は否定し続け、できるだけ彼女たちのことを頭から追い払い、考えないようにしているのだが、潜在的な恐怖までは頭から締め出せず、結局はその分だけひどく夢の中で脅かされることになるのである。三人の娘が彼の直属上司である部長に何ごとかささやきかけていた。あれはおれの悪口を告げているのだと思い、神奈山が、次第に表情をこわばらせていく部長の顔を顫えながら見つめているうち、部長がついに大声で叫んだ。

「あの野郎」

「違う」夢の中でそう叫び、神奈山は眼醒めた。

計算書に頬を押しあてうたた寝していたらしく、数字がよだれで滲んでいた。そして廊下では、一杯機嫌と思える部長の声がしていた。

「やあ。すまんすまん。明日は朝から接待ゴルフがあってね。ところが田中部長と飲んでる最中、部長室へゴルフ道具を全部置き忘れてきたことに気がついてさ。それであわててこんな時間に」

神奈山は腕時計を見た。十一時半であった。廊下の突きあたりにある管理部長室の方向へ、部長と守衛の靴音が遠ざかって行き、ほどなくまた戻ってきた。

「誰かいるのか」

資材課の灯りを見たらしく、部長が守衛に訊ね、守衛のぼそぼそした声がそれに答えた。

「何。神奈山君だって」ドアをあけ、部長が部屋に入ってきた。「神奈山君。君はいったいこんな時間に、会社で何をしているんだ」不愉快な時の癖で、部長は頬をひくひくさせた。

自分とほぼ同年輩でありながら性格も風貌もまるきり正反対の、この堀部長に自分が好かれてはいないことを、神奈山は知っていた。神奈山は立ちあがり、頬と額をてかてか光らせた血色のいい丸顔の部長が嫌悪感たっぷりに寄せている眉間の皺と向かいあった。

「は。仕事がだいぶ溜ったものですから、その、少し整理を」

つい出てしまった寝呆け声をなさけなく思いながら神奈山は、ふとこんなことがずっと以前にあったという思いにとらわれた。いや、正確にはこの場にいたのは部長と自分ではなく、部長と前資材課長の芦沢だったのだ。芦沢は業者から収賄し、その分水増しされている伝票の不自然さを訂正するため深夜残業しているところをこの堀部長に発見されたのだった。そのことを思い出し、神奈山はあわてた。自分が今している仕事の内容をもっと詳しく、すぐに部長に説明する必要がある、と彼は思った。

うわずった声で神奈山は言った。「女の子たちが最近計算違いばかりするものですから、計算のしなおしをしてやらなきゃいけない書類が、こ、こんなに溜ってしまいましてねえ。ははは。は」自分の愛想笑いの下手さ加減に、神奈山は泣きたくなった。

部長は笑わなかった。「それを、課長の君がやっとるのかね」縁なし眼鏡がぎらりと光った。

「は。はあ」神奈山は思わず視線を、部長の仕立てのいい背広の、よく膨らんだ腹のあたりにまで落した。

これだ、と、堀部長は思った。このいじいじとした態度が課員に舐められ、同僚や上役から嫌われるもとになるのだ。こんな男は課長になるべきではなかったのだ。

「君にはまだ、管理職がどういうものか、わかっていないらしいね。え」ついとげとげしい口調になってしまうのを、堀部長はどうすることもできなかった。それどころか、自分のことばのひとつひとつにいちいちおどおどしてみせる神奈山の土龍のような顔を見ているとますますいらいらし、腹が立ち、ついには逆上し、より激しいことばで叱りつけてしまうのである。「君ね。そんなことは課員にやらせればいいでしょう。君は部下を信用できんのかね。何もかもひとりでやらなきゃ気がおさまらず、ひと任せにできないという人はね君、管理職としては落第なんだよ。君がいまだに計算などという職人芸に固執しているから、部下も課長としての君を信じないし、言うことを聞かないんだ。君ねえ、課長としてやるべき仕事はもっともっと、いっぱいあるでしょうが」

「いえ。あの、部長」ますますヒステリックになっていく部長の声にせいいっぱいさからって大声を出し、神奈山は弁解した。「課長としての本来の仕事はその、昼間にやっておりますからあの、その点はどうぞその、ご安心を」

きいきい声の言いわけでいやが上にも苛立ちを増し続けていた堀部長が神奈山の頰の、どうやら数字と思えるインクの跡を発見したのはその時だった。

「やめたまえ」うしろに立っている守衛がとびあがったほどの大声で、彼は怒鳴った。「昼間、どの程度やっているのかね。やれるわけ、ないじゃないか。こんな時間になるまで残業して、うたた寝するほど疲れきっていて、どうやって昼間の仕事をするっていうのかね。その顔を見りゃわかるよ。眼はまっ赤だし。だいたい君は立っていられないくらいふらふらじゃないか」

「いえ。いえいえ。大丈夫です」神奈山はハンカチを出して頰を拭《ぬぐ》い、無理ににっこり笑いながら背すじをのばした。「これでも丈夫な方でして」

「まだわからんのか。困った人だね。わたしは君のからだのことなんかを心配しとるんじゃない」部長は大っぴらに舌打ちした。「そういう仕事をしている暇があったら、部下の教育のことでも考えなさいと言っとるんだ。君の課の連中はなっとらんぞ。あの三人の女の子など、ひどいもんだ。いつも廊下でこそこそ立ち話をしておる。わしが傍を通っても、挨拶《あいさつ》するどころかじろじろとわしを眺めてささやきあい、通り過ぎてからうしろでけたけたと笑う。あれは何ごとだ」

神奈山は同情を乞う眼で部長にうなずきかけた。「はい。まったくあの連中にはわたしも困っておりまして」

「それがいかんのだ」手近の机を拳固で殴りつけ、部長は神奈山を睨みつけた。「そういうことすべてが君の責任だとわたしは言ってるの。君が一緒になって部下の悪口を言うのはおかしいの。むしろ、なぜ部下をかばおうとしないの。え。あべこべでしょうが。君はね、だいたい部下と一緒に飲みに行くことなんてあるのかい。奢《おご》ってやったことなんて一度もないんだろう。まったくもう、そんなことまでわしが教えてやらなきゃならんのかね」

涙が出そうになり、神奈山はあわてて俯《うつむ》向いた。部下を奢ってやるなんて金があるわけないのだ、と、神奈山は早くも泣き出している心の中でおろおろとそう言いわけした。わしの小遣いだって切りつめて家計にまわしているのに。わしはこの堀部長のような、金のある良家の出ではないのだ。

怒鳴りたいだけ怒鳴ってしまうと部長は大きく息を吐き、とどめを刺すように言った。「とにかく、残業は今日限りでやめなさい。でないと、また芦沢君みたいなことをしているのかと疑われるよ」

「部長。とんでもない」神奈山はとびあがって叫んだ。「わたしがそんなことをする人間に見えますか。部長。わ、わ、わたしは、部下の仕事を助けてやるために残業をしているのでして、それをそんな風に疑われましては、わたしとしてはもう、わたしは、わたしは」涙があふれ出た。「ぜぜ、絶対に、わたしに限ってそんなことは」

神奈山の突然の興奮ぶりにしばらく唖然としていた部長は、やがて大声で神奈山のおろおろ声を中断させた。「やめんか。やめなさい。何も君が収賄したなんて言っとらんじゃないか。まだ君はわたしの言うことがわからんのか」いったんおさまりかけた部長の怒りはまたぶり返し、今度は唇までが顫えはじめた。「どうにもならん馬鹿だな。わたしはね、君、君にむしろちょっとぐらい悪いことをするほどの根性と度胸があればと」

「とと、とんでもありません」悲鳴まじりに神奈山は叫び、顔じゅうを涙で濡らして身もだえた。「わたしは悪いことなど、ここ、これっぽっちも」

こいつは白痴だ、そう胸の中でつぶやいた堀部長は、もはや叱る気をなくしてまだ泣き続けている神奈山に背を向けた。

ドアの手前で立ちどまり、キャディ・バッグを右肩から左肩へ背負いかえたついでに部長は振り返って言った。「それから、あの三人の女の子のミニ・スカートをなんとかしなさい。短かすぎる。もっと長いめのスカートをはいてくるようにと、そう教えなさい。わかったね」

しかし神奈山は部長の命令にさからってその夜は徹夜をした。どうせ終電車には間に合わないし、大金を投じてタクシーをとばすなどとんでもないことである。もし帰ったとしてもすでに寝ているであろう妻が起きてきて厭味を言うにきまっていた。それに、部長からなんと言われようと神奈山にとってその仕事は、どうしても自分自身でしなければならぬもののように思えたのだ。おれがやらなくて誰がやってくれるというのだ。あの娘どもが自分たちの作った書類の中から過ちを発見するといったような仕事を喜んでやるとはとても思えないし、やっても発見できるまい。できるものか。できないできない。それどころか過ちはふえる。そ、そうだ。絶対に、わざわざ過ちをふやしておいて戻して寄越すのだ。そうに決っているのだ。もう、絶対にそうなのだ。

だからといって他の部下にやらせるわけにはいかん。連中は連中でそれぞれの仕事を手一杯にかかえている。そういう連中にやらせたとしたら課員たちの娘どもに対する非難が湧き起り、課内は喧嘩ばかりという状態になる。しかも娘たちの復讐の刃はわしひとりに向けられるのだ。そ、そ、そうなのだ。そんなひどい、怖ろしいことになってたまるものか。

明けがた、仕事の大半をやり終えた神奈山はあともう少しという気のゆるみからまた眠りこんでしまい、今度は夢も見ずに熟睡した。

「あら、課長、徹夜したのかしら」

三木麗子の遠慮のない大声が部屋中に響いても、神奈山はまだ半醒半睡だった。

真木の声がした。「でかい声出すなよ。疲れてるらしいから、もうちょっと寝かせといてあげようじゃないか」

やっと眼が醒め、神奈山は机に伏せていた顔をあげて、寝呆け眼で室内を見まわした。娘たちが、その顔の面白さにけたけた笑った。出勤してきたばかりと思える三人の娘たち以外にも、もう、ほとんどの課員が出勤し、席についていた。

「課長。どうして徹夜なんかなさったの」赤坂知恵子がわざとらしい心配顔でそういった。「書類なら、わたしたちが見てさしあげますのに」

「ほんと。ご苦労さまなことね」藤村優子が揶揄するような口調でいった。

寝起きの照れ臭さも、娘たちの不遠慮な厭味で一度にけしとんだ。昨夜部長に言われたことを思い出し、神奈山はさっそく三人の娘の服装に眼をやった。三木麗子のスカートが、膝上十センチというずば抜けた短かさだった。

「またそんなスカートをはいてきたな」神奈山はしかめ面で麗子にいった。「眼ざわりでいかん。明日からはもっと長いスカートをはいてきなさい」

恐縮する様子もなく、麗子は大きな口をあけ、けたたましく笑った。「あらあ、いやだわあ。課長エッチねえ。起きるなりそんなところへ眼が行くんですかあ。あははははははは」

無邪気さを装った麗子のことばに、課員のほとんどがどっと笑った。まだ勤務時間になっていないから今怒るのはまずいと思い、神奈山も無理やり顔を歪め、とりあえず一緒に笑ってから、やがて真顔に戻った。

「服務規定というものがあります」今度は麗子の顔にひたと視線を据え、神奈山は重おもしくいった。「とにかく、ひと眼を惹《ひ》く服装はいけません」

徹《こた》えた様子はまったくなく、麗子はそっぽを向いたままつぶやくように言った。

「まだ言ってるわ」

にやにや笑いながら机の上に事務用品や帳簿をひろげはじめていた赤坂知恵子が、顔をあげて口をはさんだ。「麗子ちゃん、課長にいいスカート買ってもらいなさいよ」

「ああら。それがいいわあ」ここぞとばかり藤村優子がすっ頓狂な大声をはりあげた。

「馬、馬鹿を言いなさい」いったんは苦虫を嚙みつぶしたような顔になってそっぽを向こうとした神奈山は、このままでは言わなかったも同じことになると思ってすぐ三人の娘に向きなおり、決然とした命令口調で課内全員に聞こえるような大声を出した。

「君たちもそうだよ。三人ともだ。ミニ・スカートはいけない。明日からはやめること。わかりましたね」

一瞬、三人娘が顔を見あわせた。課内全員、三人娘がどういう態度に出るかと、しばし息をとめた。

負けてはいられず、三木麗子が持ち前の無神経さで神奈山の口真似をした。「ミニ・スカートはいけない。明日からはやめること。わかりましたね」

驚くほど神奈山の口ぶりに似ていたが、知恵子と優子がくすくす笑っただけだった。課内全体がしんとした。

神奈山は顔色を変えて立ちあがっていた。ぶん殴ってやる。くそ。舐めやがって。

視界が赤く染まっていた。脳へ遡《さかのぼ》る血液の音が聞こえた。挑戦的な笑みを浮かべ、麗子が神奈山の三メートルばかり前方に突っ立っていた。この机を迂回し、三メートル進み、あいつを張りとばせばいいのだ、と、神奈山は思った。

だが、神奈山にそんなことができるわけはなかった。彼はのろのろと机の抽出しをあけて手拭《てぬぐ》いをとり出し、便所へと歩き出した。顔を洗うためであった。

「君ら、ちっとは課長の言うことを聞けよ」三人娘をたしなめる真木の声が背後で低く響いていた。

顔を洗いながら神奈山はなさけなさにまた涙を流した。わしはなぜあんなに馬鹿にされなきゃならんのだ。課長というものはもともと馬鹿にされるべきものなのか。あの娘たちのために徹夜までしてやったというのに連中は恩を感じるどころか徹夜したことをたねにしてわしを冷やかし、徹夜疲れでいらいらしておるわしをここぞとばかり尚さら苛立たせる。あいつらは鬼か。

「課長、お疲れでしょう」真木が、いつの間にか神奈山のうしろに立っていた。「あの娘《こ》たちのした計算の検算なら、お手伝いしますよ」

この男だけはわしの苦労を理解してくれていると思い、神奈山はまた涙をこぼした。皆から冷たく当たられてすっかり気が弱くなっているものだから涙腺がゆるんでしまっていて、たまに優しくされるとたちまち泣き出してしまうのである。「ありがとう。ありがとう。そう言ってくれるのは君だけだよ」むろん真木にそんな仕事を頼むことはできない。倉庫係長のいそがしさは神奈山も経験済みである。

　しかし、さすが、できるやつは違う、と、神奈山はつくづくそう思った。やはりこの青年は将来の大物だ。専務の息子だけあって育ちがよく、思いやりがある。この青年にさえわかっていてもらえば、おれの課長の椅子は大丈夫だろう。部長ごときがなんと言おうと、この青年が直接、父親である専務にとりなしてくれる筈なのだ。

その日は頭がぼんやりして仕事ははかどらなかった。業者への資材発注の時も、新しい工事に関する課長会議の席でも、居眠りをしてもう少しでテーブルへ頭をぶつけそうになったのだ。

午後三時ごろ、神奈山は社内電話で部長に呼ばれた。おそるおそる管理部長室へ入っていくと、ゴルフ場から帰ってきたばかりらしい様子の堀部長が一枚の計算書用紙を手にして眺め、不機嫌そうに下唇を噛みしめていた。

「あの、何か」すでに声が顫えている。

「これを見なさい。君の課の女の子が拾ってわたしのところへ持ってきたものだ」部長が用紙を机の上に投げ出した。

それは建築用特殊金物を製造している下請会社の見積書だった。そこには二十数種の金物の見積金額が書かれていた。ところがそれぞれの見積金額の上に赤いボールペンで、見積額よりもやや多いめの数字が書き込まれているのである。

「こ、これは」神奈山の、見積書を持つ手が顫えはじめた。

あきらかに業者に水増し請求をさせようとした者の書きこんだ数字である。

「わたしは存じません」悲鳴に近い声を、神奈山は出した。「こんなこと、わたしは、か書か書か書きこんだ憶えはない。ぶ部ぶ部ぶ部長。信じてください」

　部長は顔をしかめ、神奈山のとり乱し様をじろりと横眼で見てそっぽを向いた。「何を興奮しとるのかね。誰もまだ、君がその赤い数字を書き込んだなどとは言っとらんじゃないか」

「しかし、しかし、これでは誰が見てもわたしが書いたとしか思えないじゃありませんか。ほら。ほらほらほらほらほら。わたしの字に似せてあります。それに、今までこういった資材を阪下金物に発注してきたのはほとんどわたしですからね。そのことは皆が知っているんです」神奈山は泣き出し、すぐ、はっとしたように顔をあげた。「誰だ。くそ」真赤な眼を部長に向け、神奈山は訊ねた。「だ、誰ですか。こ、この見積書を部長のところへ届けた女の子というのは」

「ほうら。それがいかん」部長は太い指を神奈山に突きつけた。「君ね。その女の子が誰であるかよりも、なぜその女の子が、君に届けず相談もせず、直接ぼくのところへ持ってきたか、そこをよく考えなさい。君は信用されておらんのだよ。部下から頼り甲斐がないと思われておるからだよ。恥かしいと思いなさい。おまけに君は自分の部下の誰かが隠れてそんなよからぬことをやっていることにも今まで気づかなかった。怠慢じゃないのかね。そんな紙が落ちていた以上、君の部下の誰かが収賄したことは確かだ。君がやっていないにしたって、どうせそれは君の責任になるんだよ。課長とはそういうものだ。それがわかっているのか」

「いえ。いえいえいえ部長。誰かがやっていればわたしには必ずわかった筈です」呼吸をはずませ、神奈山は肩をはげしく上下させた。「そ、そ、それなら部長。その女の子は、こ、こ、これをどこで拾ったと言っておりましたか」

「なあぜ君は」話にならん、というように部長は上半身を左右に振った。「なぜそんなつまらんことにこだわるのかねえ。そんなこまかいことばかり根掘り葉掘り聞くようなところがあるから女の子も君に報告するのが厭だったんだろう。まあ、その子は会議室で拾ったとか言っておったが」

「ほうら。それが、それがもう、おかしいじゃありませんか。ね。ね。そうでしょう部長」机を迂回し、部長の迷惑顔もお構いなしに神奈山はにじり寄った。「うちの課の女の子がですよ、なぜ会議室などへ行く用があるのですか。部長、わかってください。こ、こ、これは陰謀です。わたしを陥し入れるための陰謀です」

部長はあきれて神奈山の顔を見つめた。「君。被害妄想じゃないのか。またはじまったな。馬鹿な。陰謀などと」

「部長。おわかりになっていただけませんか」神奈山は身もだえするようなそぶりをした。「こ、こ、この見積書はずっと以前のものなのですよ。すでに納品され、もとの金額で請求書も出ている筈です。そ、そ、そんなら阪下金物を呼んで、この数字を誰が書き加えたか訊ねてください」

「馬鹿か君は。そんなことを聞いたって阪下金物は知らぬ存ぜぬに決っておるよ」

「そうです。その通りです。なぜか」神奈山は部長の服に唾をとばしてまくしたてた。「収賄した者をかばう為でもなく。贈賄を隠すためでもありません。阪下金物は本当に何も知らないのです。では、では、この書きこみをしたのは誰か。もうおわかりでしょう。わたしに疑いがかかるような陰謀をたくらむやつです」

「そらそら。その、なんでもかでも自分への陰謀に結びつけるのが被害妄想の証拠だよ。え。いったい君は、その陰謀をたくらんだ人間を誰だというのかね」

「ですから、これを持ってきた女の子ですよ。だからさっきも、名を教えてくださいと申しあげたのです。教えてくだされば彼女に、すべてを白状させます」

啞然とし、部長は椅子の上でややのけぞり気味に数十センチしか離れていない神奈山の顔を見つめた。眼球が充血し、頰に涙が流れ、唇の端からは顎へかけてよだれが垂れ下がっている。正気とは思えぬひどい状態の神奈山の顔から眼をそむけ、部長はやがてかぶりを振った。

「いいや。君にはその子の名を教えるわけにはいかんよ。君のその様子では何をするかわからん」急に苛立ってきたらしく、部長は大声を出した。「君ね、たかが女の子ごときがなぜ陰謀などをたくらむのかね。もう少し常識的に話をしようじゃないか。いいかね。その女の子がだよ、君を陥し入れたとして、いったいどんな得をするのかね」

「は」神奈山は直立不動の姿勢をとった。それこそが謎なのだった。その原因がわからぬために彼は悩んでいるのだ。「ええと。そこまではまだ」

「そら見なさい」部長は苦い顔をして煙草をくわえた。「たかが女事務員に対して疑心暗鬼も度が過ぎるよ。それじゃあっちから信用されないのも当然だ」

「部長はご存じないのです」おろおろ声の神奈山の眼からまた涙が噴き出した。「あの三人の娘の、いやがらせのもの凄さを。あれはあきらかにわたしをどうにかしようと」

「馬鹿。君はそれでも男か」テーブルを叩き、部長は立ちあがった。「部下の女事務員にいやがらせされたなどといって泣く。な、なあんとなさけない。君はそれでも課長か。え。女の子たちがどうしたというんだ。なぜ君をどうにかしようとしているんだ。うしろにＣＩＡがいるなんて言い出すんじゃないだろうな」

はっとした様子で神奈山は部長の頭上の宙を睨んだ。眼が据わっていた。「黒幕がいる」

「なんだって」

「そうだ。黒幕がいるのです。女たちを動かしている黒幕が」

部長はあわてて神奈山の肩を叩き、なだめるように言った。「疲れているんだよ君。ね。さあ、もういいから行きなさい。今日はこれぐらいにしておこう。さっき聞いたら君は昨夜、わたしの言うことも聞かずにとうとう徹夜したそうじゃないか。それじゃいろんな妄想が浮かぶのも無理はないよ。ね。さあさあ。行きなさい」

「部長」新たな涙が溢れ出るままの眼をくわっと見ひらき、神奈山は部長を睨みつけた。「部長は、わたしを、わたしを、気が狂っているとおっしゃるんですか」

その表情の人間離れした凄さに部長はたじたじとした。「いや。そんなことは何もだが、すぐに部長は激昂した。おびえた自分にも腹を立て、彼は怒鳴った。「いい加減にせい。君はわたしを脅しとるつもりか」ぐい、と煙草を灰皿にこすりつけて揉み消し、彼は腰に手をあてて神奈山に向きなおり、咆えた。「その威嚇的な態度は何ごとだ。君の非常識さはもう、いやというほどわからせてもらったよ。それ以上馬鹿なことばかり言うと承知せんぞ」

神奈山はへたへたと床に膝をつき、両手をついた。「そんな。そんなつもりは。威嚇するなんて部長。そんな部長」

「いいから、もう行けと言っとるのがわからんか。これ以上君の顔は見たくないんだ。だいたい、なんだそのひどい顔は。わっ。服が唾だらけだ。まったくもう、君という男は、非非非、非常識というかなんというか」改めて大きく息を吸いこみ、部長はドアを指して怒号した。「出て行け。今度君の課で何かあったら、君には課長をやめてもらうぞ」

足もと定まらず、幽霊のような顔をして戻ってきた神奈山を見て、三人の娘が眼顔でうなずきあい、下を向いてくすくす笑った。だが神奈山からは、すでに彼女たちを憎もうとする気力さえ失せていた。

現場へトラックで搬送する資材の積みこみに立ちあっていた男性課員たち数名がどやどやと戻ってきた。

「ああ疲れた」

「おうい。茶をくれよ茶を」

「茶は駄目なんだよ。お嬢さんたちお茶汲み拒否してるんだ」

「自分で汲めってのかい」

「ひでえもんだよなあ。これだけ疲れて帰ってきてるのに知らん顔かあ」

男たちの声が次第にとげとげしくなってきた。

自分の席でぼんやりしていた神奈山が、突然踊りあがるような恰好をしてさっと立った。「あ。お茶かい。よしよし。わしが淹《い》れてきてやるよ」ドアの方へひょこひょこ歩きはじめた。

彼の頭の中には、今にも起りそうな課内の揉《も》めごとを食いとめることしかなかった。今喧嘩でもされては一大事だ。わしは課長をやめさせられてしまう。そうなってはもはやわしには家庭にさえ居場所がないのだ。息子の学費が払えなくなるのだからな。課長の椅子を奪われぬ為にはなんでもやらなきゃあ。

「課長」さすがに真木がとんできて、呼吸をはずませながら神奈山を引きとめた。

「やめてください。課長がそんなことをなさらないでください。いや。なさってはいけません」

「ん。なぜかね」不審げに真木を見てから神奈山は、驚きの表情で自分を注視している課員たちを鈍重に見まわした。「なに。いいんだよ。いいんだよ。皆いそがしいんだからね。ぼくが淹れてくるよ。うん」

「やりたいって言ってるんだから、勝手にやらしといたらいいのよ」と、藤村優子がヒステリックに叫んだ。

「君」真木が優子を睨みつけた。「お茶汲みは君の仕事だった筈だぜ。なんとも思わないのか」

「当てつけがましいのよ」優子は勢いよく立ちあがった。「課長なら、命令すりゃいいでしょ。何も自分が淹れてくるなんて言わなくてもさ」ふくれっ面で、彼女はドアの方へ歩き出した。

「君がお茶を汲んできてくれるんだろうな」

怒鳴るようにそう念を押した真木に、優子はドアを開きながら振り返って怒鳴り返した。「誰が汲んでくるもんですか」ぴしゃり、と荒っぽく彼女はドアを締めた。

「しまった。また喫茶店へ行かれてしまったぞ」神奈山は額を押さえて呻いた。「悪い時にあの娘《こ》を怒らせてくれたなあ。藤村君が今やっているやつは今日中に営業へまわさなきゃならんのだ」

「申しわけありませんでした」部下を怒ることがまったくできなくなってしまった神奈山にちらりと憐憫《れんびん》の眼を向けてから、真木はドアの方へ歩き出した。「じゃ、ぼくが行って、戻ってくるように説得します」

会社の隣りの雑居ビルの地下が、いつも優子の行く喫茶店のある場所だった。店の隅のテーブルでテレビを見あげていた優子は、真木精一が入ってきたのに気づいてにっこりと般若の笑みを浮かべた。

「どう。課長、だんだんおかしくなってきたじゃない」向かいあった椅子に腰かける精一を、優子は眼を細くして見つめた。

「うん、完全なノイローゼだね。あとひと息だ」精一は煙草を出しながら言った。

「わたしがいちばん損な役やってるのよ。感謝してくれてもいいでしょ」眼がますます細くなっている。

「う、うん。そうか」精一はあわてた。「そうだね。感謝するよ」

「それだけ」

「え。それだけって」赤坂知恵子に対しては褒美の約束をしているものの、あとの二人には何を報《むく》いてやるかまったく考えていなかったことに、精一ははじめて気がついた。「そりゃまあ、何かお礼をしたいけど、ぼくには何も、その」

「いいのよ。わたしたちだって趣味でやってるんだから」優子は淫蕩《いんとう》な笑みを浮かべた。「何もいらないわ。そのかわりね精一さん」秋波《しゅうは》のつもりであろう。気味の悪いうわ眼遣いで優子は精一を見た。「わたしにも、知恵子みたいに、一度でいいから、あのう、遊んでやってほしいの」

抱いてくれと言っているらしい。精一は吐きそうになった。

「わたしも前から精一さんが好きだったのよ」急に大胆になり、優子はじっと精一を見つめた。「一度ぐらい、つきあってくれてもいいでしょう。それとも、わたしなんか嫌いかしら」

「そんなことないさ」精一はどぎまぎした。「そりゃあその、そう言ってくれるのは嬉しいけど、でも、知恵子が」

「知恵子なら大丈夫よ。わたし絶対喋らないから」くすり、と笑って見せたが、憎たらしい言動をさんざ見ているので可愛くもなんともない。「じゃ、今夜ね。約束したわよ」

そしてその夜、精一はしかたなく優子を抱いた。報酬を何もやらなくてすむのだから考えようによってはありがたい話といえた。しかし、それにしても精一にとって裸の優子は、昼間の優子以上にひどかった。どこの物好きが抱いたのか優子はすでに体験済みであったが、それにしては女らしさのまったくないからだだった。色黒で毛深くて腋臭がひどい上、陰毛が熊の毛のような剛毛で、さらにぞろりと長いために挿入が困難だった。ベッド体操と勘違いしているのかやたらに興奮してあばれまわるので、もともとさほど勃起していないものだから途中で六、七回抜けてしまい、そのたびにより萎縮し、遂行には二時間を費した。うるさいこと限りなく、大口を開いて耐え難いほどの口臭を吐きかけながらあらぬことを息つく暇なくわめき散らし、最後には白眼を剝いてのけぞってげっと叫んでベッドからころげ落ちた。むろん精一も彼女に乗りかかったまま一緒に落ちて床で頭頂を強打した。シーツと枕はバケツの水をぶちまけたように濡れ、臭気ふんぷんたる湯気を立てていた。優子は二回戦をせがんだが、もはや精一の方は使いものにならなくなっていた。

翌朝、出社してきた三人娘を見て神奈山は眼を剝いた。三人が三人とも膝上十センチ以上のミニ・スカートを穿いてきたのだ。三木麗子だけはミニ・スカートがそれ一着しかない為か昨日と同じものをはいていたが、藤村優子は蹴出しに似た色の赤無地ペラペラ布の膝上十五センチ、赤坂知恵子に至っては膝上二十センチという短かさである。三人娘いずれも足はさほど長くない方だからスカートがより短かく見え、赤坂知恵子などは椅子に掛けようとするたびに娼婦じみた黒いパンティの股座《またぐら》が顔を出す。三人が申しあわせてミニ・スカートを穿いてきたことは明らかであった。それは三人が、スカートをわざと神奈山に見せびらかし彼の反応をうかがって面白がるような態度を示すことによってはっきりしていた。勤務時間になってからも三人は、何か席を立つ用があるたびにわざわざ遠まわりをしてまで神奈山の机の前を横切り、彼を挑発した。もう叱るまい、と、神奈山は思った。なろうことなら今日三人娘が社内のどこかで部長と出会ったりしませんようにとけんめいに祈るだけであった。だがいくらそう思っていても、昼の休憩時間、神奈山が資材課室にたったひとりでぼんやりしている時、まるでその機会をうかがっていたかのように三人娘が入ってきて、神奈山を見て並んで立ち、にやにやと挑戦的な笑みを浮かべたのでは、やはり何かひとこと言わぬわけにはいかなかった。

「ふん」眼の前へ一列横隊に並んだ三人娘のスカートを順に見て、神奈山は鼻さきで笑って見せた。他に課員がいないから神奈山は孤立無援である。ここは厭味にとどめておいた方がよかろうと彼は思った。「ま、ぼくはいいんだよ。ぼくはね。でも、ぼく以上にミニ・スカートの嫌いな人は大勢いるからね。部長もそうなんだよ。もともと君たちのスカートが短かすぎるといって怒ったのは部長なんだからね。ま、君たちが部長から睨まれるだけなんだからね。あの部長、怒ると怖いよ。ぼくは知らんよ。ぼくは皆のいる前でいったん君たちに注意したんだからね。ひひひひひ」こう言っておけばこの娘たち、今日一日部長と出会いそうな場所へは足を向けるまいという神奈山の計算であった。

がらり、とドアをあけて阪下金物の営業部長が入ってきた。「やあ、神奈山課長」

神奈山は愛想よく立ちあがった。「おや。これはこれは峰岸さん。今日はまた部長自らわざわざ。いったいどういう風の吹きまわしですかね」

「じつは神奈山課長。この四月で阪下金物は創立二十五周年になるんです。ああ君たち、それ、持って入ってくれ」

神奈山とも顔馴染の阪下金物の営業部員ふたりが、一メートル角ほどのダンボール箱を資材課室に持ちこんできた。

陽焼けしたたくましい顔をまた神奈山に向け、峰岸は快活に喋った。「それで記念品を、わが社一番のお得意先であるこの松林建設資材課の皆さんにお持ちしたんです」

「わあ素敵」

「何くれるの」

三人娘が駈け寄ってダンボール箱を覗きこんだ。

峰岸が得意顔で説明した。「うちの若社長がこの冬パリへ行ってきまして、そこで知りあいになったのがベルジュという、フランスではファッション界の新進といわれている会社の社長だったんです。ベルジュというのは日本ではまだ一般に知られていませんが、専門家の間ではすでに高く評価されていましてね。で、その会社で特に作ってもらった日本人のからだにぴったりのワイシャツとブラウスを」

「うわあすごい」

「見せて。早く見せて」

「こっちの箱がブラウスね」

峰岸の説明が終るのも待ちきれず、三人娘がそれぞれブラウスの箱をとり出し、もどかしげに包装紙を破りはじめた。

「待ちなさい。これ。待ちなさいというのに」制止の声も耳に入らぬ様子なので神奈山はついに咆哮《ほうこう》した。「やめんか。がつがつするんじゃない」

大声に驚いて娘たちはさすがに手をとめ、反抗的に神奈山を睨みつけた。「何よ。大きな声で」

「峰岸さん。まことに悪いんだがね、その品物は頂けません」神奈山は決然として言った。「フランス製などというそんな高価な品物は、ちょっと困ります」

「いえ。あの」まったく予期していなかったらしい拒絶に峰岸は少し戸惑い、やがてあわてて喋りはじめた。「こりゃ少し大袈裟に言い過ぎましたが、フランス製品と言ってもせいぜいがシャツやブラウスで、それほど高価なものじゃありません。それに、さっきも言いましたように、若社長があっちの社長に話して特に安くで」

「いや困ります」神奈山は頑《かたく》なにかぶりを振り続けた。「あなたの話じゃ、その品物を資材課だけに配るらしいが、そんなことをされては尚さら困るんです」

「いいじゃないですの課長」赤坂知恵子がいった。「よその会社のお中元お歳暮だって、いつも貰っているんですから」

「そうよねえ」三木麗子もいった。「遠慮することなんか、ないわ」

顔中を口にして神奈山はわめいた。「君らは口を出すな」

社員食堂で昼食を終えた男子課員たちががやがやと部屋に入ってきた。

「どうかしましたか」神奈山の怒鳴り声を耳にしたらしい真木が、神奈山と峰岸の顔を見くらべた。

鼻にかかった声で藤村優子が甘えるように真木へ訴えかけた。「課長がさあ、せっかく峰岸さんの持ってきた創立記念のワイシャツとブラウス、貰っちゃいかんというのよ」

「あたり前だ。絶対にいかんのだよ。真木君。君からも峰岸さんに言ってくれんか。

ただでさえ資材課は社内全体から役得があるんじゃないかという眼で見られているんだ。特に今は資材課全員が身を慎まなきゃいかん時なんだよ」

「身を慎むだなんて、そんな」峰岸は困惑しきった表情で神奈山に言った。「まるで贈賄みたいに言われては困ります。こちらは単純に、一緒に喜んでいただこうというだけの」

「ううん」真木も困り果てて男子課員たちを振り返った。

「前例はいくらでもありますから、頂いておいたらどうでしょう」もの欲しげにダンボール箱をのぞきこみながら檜坂がいった。

「そ、その前例がいけなかったんだよ、君」神奈山はとびあがった。「これからは新しい前例を作るべきなんだ。資材課全員潔白という前例をな」

峰岸が呻いた。「また潔白などと」

「じゃ、課長だけ貰わなきゃいいでしょ」しっかりとかかえこんでいたブラウスの箱の包装紙を藤村優子は、ふたたび破りはじめた。「わたしは貰うんだから」

「こら」さすがに真木が、優子から箱をとりあげた。「勝手なことをするな」

「そう。じゃ、わたし、いらないわ」知恵子は手にしていた箱をダンボール箱の中へ乱暴に投げこんだ。「そのかわりみんな、フランス製のブラウス、課長に買って貰いましょうよ。だってわたしたちのお給料じゃとても買えないんですもの」

「そうよそうよ。課長が買ってくれるんならわたしだって、これ返すわ」麗子も、ブラウスの箱をダンボール箱の中へ叩きこむように投げ返した。

「ようし」優子は般若の顔で神奈山を睨みつけた。「もし買ってくれなかったら承知しないから」

「何を馬鹿なことを言うか」たちまちおろおろ声になり、神奈山は泣き出しそうな顔で叫んだ。「そんな高価なものを買う金なんか、わしは持っとらんぞ」

「ああら。嘘ばっかり」知恵子が意味ありげににやりと笑った。「お金がなかったら息子さんをあんな高価《たか》い学校へ入れられるわけ、ないでしょ。お金持ってるのよ。わたし、知ってるのよ」

「それはどういう意味だ」神奈山は顔色を変えた。「わしが何か悪いことをしているようじゃないか。やっぱり君だな。あの見積書を部長のところへ持って行ったのは」知恵子に駈けより、彼女の両肩をつかもうとした。「言え。なぜあんなことを、黒幕は誰だ」

　ここぞとばかり知恵子は悲鳴をあげた。「きゃあ。気ちがいよ。助けて」

「何ごとだ」部長が入ってきた。「廊下の端まで聞こえとるぞ。神奈山君。また君か。

今度はなんの騒ぎだ。うるさい。うるさい。一度に説明するな。黙れ。神奈山君。どうしたんだ」

「ぶ、部長。部長」神奈山は部長に近づき、喋ろうとしてなかなか喋れず、しばらくぜいぜいと呼吸をはずませた。「あのそのこれはブラウスで、これはシャツで」

「何を言うとるんだ」

「阪下金物が、創立の記念品の名目で、わたしたちに渡そうとしたものですが、わたしとしてはその、あくまで金品は受けとりたくないので、特に芦沢課長の一件もあり」

「おい神奈山君」部長の眼が光った。「外部の人の、いや、下請会社の人の前で何を言い出すんだ」

「あっ。あの、失礼」神奈山はますますしどろもどろになった。「別に、騒ぎ立てようとしたわけではないのです。ただ、阪下金物とはあの、例の見積書のこともあって、特にわたしはこういう贈答品を受けとることによって業者との癒着を疑われたくありませんし」

「業者との癒着だなんて、そんなに大袈裟に考えられては困るんですよねえ。部長」峰岸が大声で訴えかけた。「うちはお中元もお歳暮も、今までろくなことはしとらんので、それでまあ今回たまたまその分も一緒にと。でもその、見積書って何のことですか」

「いいんです。いいんです。あなたはご存じないことだ」なだめるように峰岸にうなずきかけてから、部長は神奈山に向きなおった。「ことばに気をつけなさいと言った筈だぞ」

「あっ。はいっ。はいっ。外部の人の前で社内の恥をどうも。それで、それでわたしはおことわりしたんです。ところがこの娘たちが、この娘たちがどうしても貰うといって」三人娘を指さし、神奈山は涙声になって身をよじった。「まったくこの娘たちときたら、わたしのいうことを何ひとつ。部長に言われました通り、ミニ・スカートをはくなといっても、こ、この通り」

「馬、馬鹿っ。黙れ」部長はあわてて大声を出した。「馬、馬鹿だな。君はいちいちわたしの名を出さずには部下に命令もできないのか」

「あらっ」知恵子が顔を輝やかせた。「やっぱりそうだわ。部長さんがそんなことおっしゃる筈ないもの。じゃ、部長さんはミニ・スカートをはくななんておっしゃらなかったんですのね」

「あたり前です」威嚇的に神奈山の方へ胸を張りながら、部長はいった。「わたしがそんなつまらんことを言いますか」

「えっ」神奈山はのけぞった。「で、でも部長はたしかに」

満面に朱を注ぎ、部長が咆《ほ》えた。「黙りなさい。まったく君はどうしようもない男だな。もういい。あとでわたしの部屋へ来なさい。ああそれから、せっかく持ってきてくださったのだから、その記念品は貰っときなさい。わたしが許可するから」

「わあ。さすが部長」

「話わかるわあ」

神奈山へのあてつけから誇張して賞讃する三人娘の声を背にし、部長がそそくさと出て行くと、もう誰も神奈山の方を見ようとする者はなく、全員がわっとダンボール箱の周囲に群らがった。

またしてもみじめに権威の失墜した神奈山は、午後の就業ベルが鳴るなり真木の席へ行き、救いを求める眼で彼に頼みこんだ。「ねえ君。一緒に部長のところへ行ってくれないかなあ」

「えっ。どうしてですか」

真木に見つめられ、神奈山は充血した眼を気弱げにしょぼしょぼとまたたかせた。

「そのう、君ならつまり、ぼくの苦労がわかってくれているだろうから、つまりだねえ、その、弁護を」

あきれ返ったが表情には出さず、真木は笑いながら言った。「それはどうですかなあ。だってぼくは、呼ばれてもいないのに」

「た、頼むよ君」神奈山は合掌した。「実状を部長に説明してくれ。あの人はちっともわしの言うことを信じてくれないんだ」

真木は溜息《ためいき》をついて立ちあがった。「じゃ、行きましょう」

管理部長室へ入るなり、神奈山は悲痛な声をはりあげた。「部長。先ほどは申しわけございませんでした」

深ぶかと頭を下げた神奈山をじっと睨みつけてから、部長は横を向いて冷たく言った。「君の狂態は、どこまでエスカレートするんだ」

「はいっ。まったくさきほどのわたしは非常識でした。社内の恥を下請業者に教え、部長の権威を借りて部下を服従させようとし、課員全部のいる前で部下の不服従を部長に訴え」

「ふん。ちゃんと自分でわかっとるじゃないか」つぶやくように言ってから部長は向きなおり、平手で机を叩いて叫んだ。「やる前にわからなきゃ駄目なんだ」

「ははあっ」神奈山は床に這いつくばった。

「ふふん。また土下座か」憫笑《びんしょう》し、部長は真木に訊ねた。「何か用かい」

「いえ。特に用では」真木はちょっと間を置いて、這いつくばっている神奈山を見つめた。「課長がわたしに、ついてきて弁護してくれとおっしゃるもんですから」

たちまち、部長は顔をしかめた。「子供みたいな男だな。ひとについてきて貰わなければわしの前へ出られんのか」嘆息した。「つくづくあきれ果てたよ。神奈山君。もういい。明日の重役会で君のことを報告するつもりだから、前もって言っておく。その結果はどうなるかわからんが」

「ほ、ほ、報告」はっと顔をあげ、神奈山は部長の方へ膝でにじり寄って行きながら訊ねた。「報告とおっしゃいますとあの、あのあの、つまり重役会でわたしの課長としての適任不適任を問題に」

「そうだよ」部長は冷然と神奈山を見下した。「文句あるかね。あれだけ非常識な振舞いをしたんだ。わしとしてはむしろ、君の方から自発的に辞表が出て当然と思う」

「ちょっ、ちょっ、ちょっとお待ちください」神奈山はあわてて立ちあがり、机越しに部長の方へ身をのり出した。「それはもうしばらくお待ちください。今課長をやめさせられましてはわたしは家族に顔向けが。いや。いやいやいや。また非常識なことを。あのですね部長。課内に特殊な事情がありまして。どういう事情かと申しますと、それはもうまったく、大変に特殊な事情でして。はい。それはあの、ここにいる真木君が」神奈山はけんめいの表情で真木を振り返り、また部長にうなずきかけた。「どれだけひどい特殊な事情であったか、それを証明してくれますので。はい。その条件の下においてもなおはたして、その、わたしが課長として適任か不適任かをその、お考えいただければ」

「聞きたくないね」太い声でそう言い、部長は神奈山を嫌悪感の籠《こ》もった眼で睨んだ。「どうせあの女の子たちが厭がらせをするとか、誰かの陰謀だの黒幕がいるだの言うんだろう。そんなことは聞き飽きたよ。しかしまあ、せっかく真木君をつれて来たんだ。ひとつ聞いて見ようじゃないか。課長としての君を、真木君がどう見ているか」真木に向きなおり、彼は訊ねた。「さあ、いいなさい。上役の批判を今回に限りぼくが許すよ。陰口じゃないんだから公平な立場で言えるだろう。君の人間観察がどれだけ深いかはぼく個人にとっても興味があるんだ」

部長と真木はしばらく見つめあい、やがて今度は実験動物を見る二人の科学者の如く、じろじろと神奈山を観察した。

「では申しあげますが」歎願するような神奈山の眼から視線をはずし、真木は喋りはじめた。「神奈山課長は仕事に熱心で陰日向《かげひなた》がありません。資材については会社でいちばん詳しいかたです。さらに事務処理能力、計算、仕入先各社に関する知識、いずれも文句のつけようがありません。しかし」嘆息した。「課長としては無能です」

神奈山は耳を疑った。

「つまり神奈山課長は」ショックで床にべったり尻をおろしてしまった神奈山に今はもう眼もくれず、真木は喋り続けた。「自分は仕事に詳しいが故に課長に昇進したのであるから、平社員時代以上に仕事をしなければならないと勘違いしておられるわけでありまして、課長にとっては仕事そのものより部下の管理の方が重要なのだ、早く言えば部下さえ掌握していれば自分自身は仕事ができなくても差支えないのだということがおわかりになっていないのであります。いやいや。無論それぐらいのことは神奈山課長にしたって、本をお読みになったり講習を受けられたりして、頭では充分わかっていらっしゃるのだと思います。ただ、それを忘れさせるのが神奈山課長の、今はすでに身にしみ込んでしまったいわば職人根性から発する頑《かたくな》さ、厳密主義、小心さなのです。これが神奈山課長に今なお個人プレイと独走を演じさせている原因であり、神奈山課長にとって部下は単に、神奈山課長の個人プレイと独走の障害になる邪魔ものに過ぎない。まさに神奈山課長こそ、ピーターの法則をそのまま顕在化した存在だと言えましょう」

次第に演説調になって行く真木のことばをぼんやり聞きながらゆっくりとかぶりを振り続けていた神奈山が、突然立ちあがって叫びはじめた。「違う。違う。それはたしかにわたしの中には、職人根性がしみ込んでいるかもしれない。今、君が言ったような傾向もたしかにある。それは否定しない。しかし、それはすべて今までわたしが、わたし自身が、理性でもって押さえつけていることができた筈のものなのだ。いや。できていたのだ。わたしが押さえつけていたそうした傾向を触発させた何者かがいるのだ。部ぶ部ぶ部長。聞いてください。そいつの存在こそが重要なのです」

堀部長は死にものぐるいの表情で自分に向きなおった神奈山へ露骨に顔をしかめて見せた。「また陰謀説か」

「こうした被害妄想の傾向は」真木は神奈山がそこにいないものの如く、あるいは精神病患者を前にしてその容態を第三者に解説する臨床医の如く、冷たい口調で続けた。「本人の意志にかかわりなく、神奈山課長の潜在意識が部下をすべて邪魔者扱いしているところから生まれたものです。その証拠に、彼は感情的に陰謀だの黒幕だのと申しておりますが、さすがに理性では、実在しないその陰謀の張本人あるいは黒幕を、当然のことながら発見できないでおります」

「実在しないだと」真紅の眼球を向けて神奈山は真木に近寄り、唸《うな》るように言った。

「発見できないだと。いや実在する。そして今こそわたしはそいつを発見した」

気ちがいじみたその土気色の神奈山の顔にちらと眼を向けた真木は、その表情のものの凄さにたちまちたじたじとなって二、三歩あと退った。「か課か課か課長。あなたはいったい何を。ぼぼ、ぼくはただ部長に命じられてあなたの課長としての人物の評価を」

今にも血を吐きそうな声で神奈山は言った。「黒幕は貴様だったのだ。なるほどお前ならあの三人娘を小手先であやつることも可能だろう。おれが失脚すればお前は課長になれる。早く重役になれる。さっきからお前はおれの悪口ばかり言ってあの三人娘のことをまったく口にせず、部下ということばで胡魔化している。他の部下はどうでもよく、おれにとって問題なのは他ならぬあの三人娘だけなのだということをよく承知していながら、部下全体ということに話をすり替えている。なぜか。あの三人娘はお前の手足だ。指さきだ。眼だ耳だ口なのだ。だからお前はあの三人娘をかばっているのだ」

ぴょん、と一メートルばかり神奈山からとび離れた真木は、その場で直立不動の姿勢をとり、またもとの口調に戻って部長に解説しはじめた。「と、いったように、彼の被害妄想は、彼にとって仕事上のライバルであり邪魔者である部下を見さかいなしに加害者と断定するところまで嵩《こう》じてしまっております。つまり彼にとっては、部下の中でもいちばん仕事のよくできる部下こそがいちばんの邪魔者なのです。また、自分にいちばん親しげに接してきてしかも自分にいちばん忠実な人間こそが、実はいちばん危険な敵だと思いこむのは、これは精神分裂病患者に特有の症状でありまして」「やはり貴様か」神奈山は激昂し、真木にとびついて背後から腕で彼の首を絞めあげた。「最初から、いつかはおれを気ちがい扱いするつもりだったんだろう。それであの娘どもが、ことあるごとにおれをノイローゼだと言い、気ちがい呼ばわりしていたんだ。くそ。おれは気ちがいじゃないぞ。精神分裂病とは何ごとだ」

「部長。だじげでぐだざい」真木が悲鳴をあげた。「誰か。誰か誰か。誰かに来てもらってください」

「病院へ連絡するように言おう」

部長が大いそぎで社内電話をとりあげたのを見るなり、今度は神奈山が悲鳴をあげ、真木からとび離れた。「気ちがいじゃない。部ぶ部ぶ部長。わたしは気が狂ってなんかおりません」泣き出した。「なんでこうなるのですか。やめてください。電話なんか、しないでください。妻も子もあるこのわたしが気ちがいなんかである筈がないでしょうが。わたしが気ちがい病院へなどつれて行かれたら、女房子供が可哀そうです。

女房子供」

どた、と床に膝をつき、おいおい泣き続ける神奈山を見て見ぬふりで、部長は受話器に向かい大声で言った。「ああ君か。至急救急車を」

「わあ」神奈山がとびあがり、髪を振り乱したまま部長のデスクに身をのり出して受話器を奪おうとした。「呼ぶな」

その怒号に驚いて思わず絶句し、身をのけぞらせた部長に、ここぞとばかり真木が叫んだ。「気をつけてください部長。何をするかわかりません。こうなれば部長のことだって、陰謀に加担している黒幕のひとりだぐらいに思いこんでいるかもしれませんからね」

「気、気ちがいじゃない」神奈山が顔中を口にしてわめいた。

「よし。わかった。わかった。君は気ちがいじゃない」やや蒼白になった部長はいったん受話器を置き、子供を諭《さと》すような口調で神奈山をなだめはじめた。「呼ばない。病院なんか呼ばない。だからもう、おとなしくしなさい。ね。君はちょっと疲れただけなんだから。ね」

「やっぱり気ちがいだと思っている」神奈山は泣き続けた。「なぜこうなるんだあ」

彼はいつの間にかズボンの中へ小便を垂れ流していた。

「そらそら。すぐそういう風にひとを誤解する。それがいけない。ね。君。いつわれわれが君を気ちがいだなんて言ったのかね。そんなこと言ってないんだよ」部長はけんめいの面持ちで、腫《は》れものにでもさわるような手つきをし、びくびくしながら神奈山をなだめ続けた。「さあ、今日はもうおうちへ帰ろうね。帰ってゆっくりおやすみ。ね。何も心配することはないんだから」

「うわあ」部長のことばで神奈山はますます悲しげに泣き叫んだ。「どうしてそんな、子供に言うみたいな言いかたをしてくれるのですか。ぼくはおとなだ。おしっこを洩らしたけど、やっぱりぼくはまだおとななんだ。男だぞ。ぼくは男だぞ」

「そうだとも。そうだとも」部長と真木が声をあわせて言った。「ぼくちゃんはおとなだよ。ぼくちゃんはおとなだよ」

神奈山はおいおい泣きながら四つん這いになって床を這い進み、壁ぎわで頭をかかえこんだ。「ああっ。どうしたらわかってもらえるのか」

「わかってる。わかってる」部長と真木が歌うように言った。「君は気ちがいじゃない」

「気、気、気ちがいではないといいながらその眼つき」ひいひい泣きながら神奈山は言った。「おれは気ちがいではない。一人前のおとなだ。一人前の男だ。どうすればそれがわかってもらえるのか」急に泣きやみ、彼は眼をうつろにした。「そうだ。証明してやるぞ」へらへらと笑った。「それを証明してやる。おれが一人前の男だということを」びしょびしょに濡れたズボンの前ボタンをはずし、神奈山は陰茎をまろび出させた。

「わっ」

「何をする気だ」

「課長。あなたは、こんなところで、なんということをいったい」

驚きあわてる二人の眼の前で、壁にもたれて床にべったり座りこんだままの神奈山がオナニーをはじめた。

「せんずりもぐら、っていう渾名《あだな》が、たった半日で会社中に拡まっちゃったわね」コーヒー・カップの中をかきまわしながら三木麗子が、重いつけ睫で垂れ下がった瞼の下からじろりと精一を見て、くすくす笑った。

恥かしげもなく「せんずりもぐら」などと口にする麗子をやや不安な気持で見つめながら、この娘「せんずり」の意味がわかっているのかな、と精一は思った。「君たちが言いふらしてくれたお蔭だ」

「そうよ」麗子がちんちくりんのからだでせいいっぱい胸をはった。「それに課長があそこまでハクランしたのも、わたしたちのお蔭よ」

ハクランではなくサクランだ、と訂正してやる気にもならなかった。麗子が何を言い出すつもりかと、精一は気が気ではなかった。帰りがけに「今日タンポポで待ってるわ。麗子」と書いたメモを彼女に貰って以来ずっと精一は悪い予感に悩まされていて、今その予感は次第に現実化しつつあった。

「感謝してるよ」と、精一はしぶしぶそう言った。「何かお礼をしたいけど、あいにくぼくは今のところまだ安サラリーマンで」

「それよ」麗子が声を高くした。「お礼、何もいらないわ。そのかわりわたしにも」あいかわらずまったく恥かしげな様子を見せずにあっけらかんとした口調で彼女はいった。「知恵子や優子にしてやったのと同じことしてよ」

あたりはばからぬ大声だった。胸がむかつき、精一は口に含んだばかりのコーヒーが飲みこめなくなった。彼は誰にも聞かれなかったかと思いながらそっと喫茶店の中を見まわしてから無理やりコーヒーを飲みくだし、つくづくと麗子を見た。この娘、釣合いというものを考えたことがあるのか、そもそも自分の容貌や姿態をどの程度に認識しているのか、そのからだがまともな男性であるこのおれにあたえることができるようなまともなからだだと思っているのか、獣姦よりひどいなどとぼんやり思っている精一に麗子は尚も迫った。

「ね。今夜してよ」鈍感さをむき出しにした平然たる口調である。自らを省みず知恵子や優子と同等の権利を主張しているわけである。

ことわれば優子とのことを知恵子に喋るだろうと想像できたので、精一はけんめいの笑顔でうなずいた。「そりゃあもう、いいとも。喜んで」

その夜精一は不気味さに堪えて麗子を抱いた。麗子は優子以上にひどかった。パンティ一枚の裸でどんとベッドに仰臥《ぎようが》した麗子のからだは乳房のわずかな膨らみ以外に何らアクセントがなく、いわば卵に手足をつけたようなものである。ナマで見る彼女の両足のあまりの太さと短かさに精一は改めて驚いた。これを見てまともな人体を連想することさえできぬと精一は思った。風呂で化粧を落した麗子の顔を、精一はなるべく見ないようにした。まともに見れば腰を抜かすと信じたからである。脱がせたパンティには大便がついていた。風呂でよく洗わなかったらしく、陰唇は白い恥垢にまみれていて、そのあまりの不潔さにすくみあがり、精一はふるい立たせるのに数十分を要した。どてっ、としたからだをぴくりとも動かさず、まったく無感動のように見えながら、それでも内心興奮だけはしているらしく、バルトリン腺液はたっぷりと垂れ流している。なかなか絶頂に達しないまま行為は三十分ほど続いたがその間麗子は無表情な顔を窓に向け、魚のようにきょとんとした眼で夜空の星を眺め、時おりうん、うんと唸っているだけであった。早く終らせようとして精一が激しくすると彼女はぽんと大きく放屁し、精一はまた萎えるのだった。精一がやっとわびしくうすら寒い射精に至った時彼女はこの上なく気味の悪い怪奇なうす笑いを洩らしてぬはははなどと口走り、どこまでも非人間的にできていると精一を感心させた。

麗子は出血していた。あきらかに処女だったのだが、処女にしては彼女はあまりに無感動だった。もっとも、終ったあともしばらく彼女はそのままの姿勢で口をあんぐりあけ、窓の外を見つめていたから、それが衝撃を受けたための放心状態と考えればそう考えられぬこともなかった。

「だから当然、この直接資材と間接資材に掛ける利益率は違ってくるわけなんだ。今いったような、その利益率の違いが何によるものか、それをよく知っていないからこそさまざまな計算上の間違いが起る。原理さえ知っていればこんな簡単なことはないんだよ。わかるかね」

われながらうまく説明している、と、喋りながら神奈山は自分でそう思った。三人娘を呼んで自分の机の前に並ばせ、突然レクチュアをはじめた神奈山の本来の意図は充分成功しつつあるようだった。たとえ今、会議室で行われている重役会によって自分の失脚が決定的になりつつあるとしても、課長である間は課長としての職務を全うしなくてはならないし、今、自分にできるいちばん課長らしい仕事はといえば、ながい間の経験で培《つちか》った資材や原価計算に関する知識を部下に授けることだ、と、神奈山は考えたのである。今そうしておくことが、たとえ課長をやめさせられたとしても、あとあと課長であった神奈山という人間の価値を課員たちの記憶に残しておくことができるし、それが彼の汚名返上につながるかもしれないのだ。

「間接資材はたしかに永久資材と間違えやすい性格を持っている。君たちの今までしてきた間違いにもこれが多かった。しかしこれは、さっきわしが言ったようなポイントをチェックすればいいわけだ。第一に、それが営業利益に結びつく購入物品であるかどうか。第二に」

神奈山は次第に声を高くした。三人娘に聞かせる為というよりは課員全員に対するデモンストレーションとしての意図が大きかったからである。事実神奈山が話しはじめると、話の要所要所へさしかかるたびあきらかに課内がしんと静まり返り、これは即ち今まで神奈山からそうした知識を一度も授けてもらえなかった課員たちが自分たちの席から神奈山の話に耳を傾け、少しでも話の内容を吸収しようとしているからに他ならなかった。そして神奈山が今喋っているその内容がいかに貴重な、すぐにでも仕事に役立つ便利な知識であるかということは、時おり「あ、そうか」「なるほど」などといった男性社員たちのつぶやきによる反応で証明されていた。檜坂などは仕事を中断してしまい、椅子を神奈山の方に向け、なかば神奈山を再認識したらしい驚きの表情、なかば「今までにどうしてそういう話を一度もしてくれなかったのか」という不満そうな表情で神奈山を見つめ、じっと聞き耳を立てている。

真木はいつの間にか姿を消していた。最初のうちこそ神奈山の話をとるに足らぬ最後の悪あがきという眼つきで眺めながら苦笑して聞いていたものの、次第に神奈山の知識に圧倒されてきたらしくそわそわしはじめ、自分の知識の乏《とぼ》しさに劣等感を抱いたか、このまま自席にいて何か質問でもされたら大変とばかり逃げ出したのであろう。

「と、いうわけだ。わかったかね」いくらなんでもこれだけ喋ればいかなこの娘たちといえどわしを見なおしただろう、そう思い、ひと区切りついたところで神奈山は教科書がわりに開いていた資材リストから顔をあげ、娘たちを順に眺めた。

娘たちは一様に口を半開きにし、ひとを小馬鹿にしたような表情で神奈山を見つめ、にやにや笑っていた。いかにも今まで神奈山の話をうわの空で聞いていましたと言わんばかりの表情であった。神奈山は落胆した。こいつらには何を言っても駄目だ、と思った。これが女の本質なのだ。いったん弱味を見せてしまえば、もうその男にどのような長所があろうと認めようとはせず、ただただ馬鹿にし続け、自らを向上させようとは絶対に考えないで相手をひきずりおろすことにのみ熱中する。それ以外のことは何も眼に入らない、耳に入らないのだ。この娘どもにとってわしは、わしがたとえどれだけ貴重な情報をあたえてやろうと、わしがいかに多くの知識を持った人間であろうと、単なる「せんずりもぐら」に過ぎんのだ。

腹を立て、神奈山は少し声を大きくしてもう一度訊ねた。「わかったのかね」

自分たちの馬鹿さ加減を認めさせるため、何か質問して困らせてやろうかと神奈山が思った時、赤坂知恵子がにやにや笑いながら低い声で言った。「バカ」

神奈山は眼を見ひらいた。

わが耳を疑う神奈山に、ここぞとばかり藤村優子が吐き捨てるような口調で追い打ちをかけた。「バカ」

電話のベルが鳴っているため、彼女たちの声は他の課員には聞こえない。

それをいいことに三木麗子が、鈍重なうす笑いを浮かべてとどめを刺すように言った。「バカ」

もはや挑発ではなく、はっきりした侮辱《ぶじょく》であった。神奈山のからだがぐらりと傾いた。怒りで頭に血がのぼった為だった。もう許せん、と彼は思った。それが彼女たちの罠であることに考えを及ぼす余裕さえなく、激昂して神奈山は立ちあがった。咆哮した。「ば、ば、ばかとはなんだ」

課内にいた者全員が立ちあがるか椅子の上でとびあがるかして神奈山の席を注視した。三人娘はいかにもおどおどしたそぶりで身を寄せあった。

「まあ。課長のことを馬鹿だなんて、そんなこと言ってません」知恵子が大袈裟にふるえて見せながら大きく叫んだ。

「だだ黙れ。今言ったじゃないか」

「課長の空耳よ」優子が叫び返した。「そんなことわたしたちが、言うわけないじゃないの」

「被害妄想よ。被害妄想よ」三木麗子も大声で無神経にくり返した。「課長は被害妄想よ」

「どうしてもわしを気ちがいにしたいのかあ」のども裂けよとばかりに絶叫し、神奈山は机ごしにおどりかかって麗子の服の胸もとを鷲《わし》づかみにした。

「ぎゃあああ」麗子がここを先途《せんど》と、太いのどからできるだけ高い声をしぼり出してのけぞった。服が破れた。

「気ちがいよ」知恵子が数歩とび退いて神奈山を指し、地だんだをふみながらヒステリックに叫び続けた。「気が狂ったわ。気が狂ったわ」

「こ、殺してやる」神奈山が麗子の首を絞めはじめた。

「早く。早く。電話して。気ちがい病院に電話して」優子も騒ぎ立てた。「警察を呼んで。早く。麗子が殺されちゃうわ」

「ぐ。げ。ご」麗子が白眼を剥き、舌をとび出させた。

「課長」

「課長」

「やめてください」

檜坂ほか三、四人の男性社員が神奈山に抱きついて彼を麗子からひき離した。

「どうしたっ」真木が部屋にとびこんできた。

のどを押さえてげえげえと空《から》えずきをし続ける麗子の背中を撫でさすりながら、知恵子と優子が神奈山の狂乱ぶりを競争で言い立てた。

檜坂たちに背後から抱きすくめられたまま怒りにがくがくと全身を顫わせ、娘たちを燃えさかるような眼で睨みつけていた神奈山が、突然、また暴れはじめた。「こいつら」

「きゃあ」

「また発作《ほっさ》よ」

「助けて」

娘たちが悲鳴をあげて真木の背後へまわりこんだ。

「そいつを離さないで」

「つかまえていて」

「早く電話を」

だが神奈山は男性社員たちの手を振り切って部屋からとび出した。

「課長」

「落ちついてください」

「どこへ行くんですか」

追いすがる課員たちの声を聞きながし、神奈山は階段を三段抜きで一気に二階分を駈けあがった。

社屋の最上階にある社長室へは、秘書室を通ってでなければ入れない。神奈山がドアをあけて秘書室へとびこむと、資材課の三人娘などとは容姿も知能も段違いの女性秘書がおどろいて立ちあがった。

「あの、社長は今お出かけで。あっ。神奈山さん。何をなさるの」

神奈山は鍵のかかった社長室のドアを足で蹴りあけた。十坪は優にある、調度備品の豪勢な社長室。正面社長用デスクに向かって右手の壁には百二十号の東郷青児の絵がかかり、その下の飾り棚には刀剣趣味の社長がガラス・ケースの中に納めている備前国景光三尺一寸五分の名刀。ガラスを叩き破った神奈山はこれをひっつかみ、ガラスの破片が突きささり血まみれになった手で刀身をずらり鞘《さや》から引っこ抜き、抜き身振りかざして社長室を走り出た。神奈山のことを報告しようとして社内のどこかへ電話をかけていた社長秘書がひいと叫び、受話器を抛り出して机の下にもぐりこんだ。

廊下へ駈け出た神奈山はここで追いすがってきた檜坂たち三人の課員と出会った。

「うわあっ」神奈山が手にした刀を見て仰天した三人は、逃げ場がないままに廊下の隅へうずくまり、壁ぎわで頭をかかえ、神奈山に尻を向けた。

いくら錯乱しているといっても完全な気ちがいではないから、斬るべき奴とそうでない奴の見わけぐらいはつく。三人をそのままにして階段を駈けおりた神奈山は、斬り込み隊よろしく刀振りかざしていやあごうなどとわけのわからぬ怒号を発しながら資材課室へ戻ってきた。

「戻ってきた」

「わぁ」

「きゃあ」

十数人の課員それぞれが、めいめい独自の表情と態度でもってそれぞれの恐怖をあらわにし、蜘蛛《くも》の子を散らすように部屋の隅へ逃げた。

必ずおれを殺そうとするだろう、と、真木は思い、居場所を知られてはいけないからまず咄嗟《とっさ》に机の下へしゃがみこんだ。折を見て四つん這いのまま出口へ近づこうと考えたのである。だがあいにく、あっちから見られることがないかわりに真木の方からも神奈山の居るところがよくわからない。おそろしさで手足はすくんでしまっている。彼は尻をべったりと据え、ズボンで床を拭きながらとりあえず手近の隅へずるずると移動しはじめた。

部屋の中ほどにいた三人娘のうち、知恵子は、神奈山の手にしているものを見るなり感電したようにとびあがり、窓ぎわまで逃げてうずくまった。優子はぎゃっと叫んで机の上にとび乗り、机づたいにぴょんぴょん跳んで出口近くまで逃げ、机からとびおり、足首をくじいていてドアの前にひっくり返った。

麗子はぼんやりしていて逃げ遅れた。神奈山が自分の方へまともに向かってくるのを、うす笑いのような表情を浮かべてしばらく見つめていたが、やがておおおおとうろたえた声で呻いてその場できりきり舞いをして見せ、近くの机の下に這いこむと頭をかかえ、尻を高くした。

頭をかかえこんで敵に向けた尻を高くもちあげるというのは、本能的な行動ではあるが理にもかなっている。頭を守ることになるし、尻なら少しぐらい斬られても生命に別条はないからである。神奈山はふぬ、がお、などとわめき、机の下から出ている麗子の尻を縦横碁盤目状に斬りまくった。痛さに耐えかね、ぎゃあとわめいて麗子は机の下から這い出してきた。切りきざまれ、ところ天のようになったずたずたの、脂肪分の多い尻の肉をだらりと垂らしたまま彼女はドアの方へ走り出そうとした。その時神奈山の振りおろした刀の切っ先が麗子の背中をすうっと薄く切り開いた。彼女は恐怖と貧血で失神し、ぶっ倒れたはずみで机のかどに頭を打ちつけ、頭蓋骨を陥没させてしまった。

「早く早く。警察に電話して」ドアの近くでまだひっくり返ったままの優子がわめいた。

「よしっ」二、三人が部屋を走り出た。

「や」神奈山が優子に向きなおり、鬼の如き表情で刀を構えなおした。「お前はまだこのええええ」

優子は悲鳴をあげ、近づいてくる神奈山に向けて倒れたまま足をばたつかせ、パンティをまる出しにした。「来るな。来るな」

「何をこの。お前はもう。この。も、どうしてやるか」神奈山がさっと横に振るった刀の切っ先が優子の大腿部《だいたいぶ》を裂いた。きいっと叫び、身を弓なりに反り返らせてのけぞる優子に続けて浴びせる二の太刀、三の太刀。だが剣道を心得ぬ悲しさ、いずれも致命傷にはなり得ない。乳房と腹をうすく斬られてのたうちまわる優子は全身血まみれ、あたりは血のりでべとべとである。

早くもパト・カーのぱあぴいぱあぴいという警笛が高まり、近づいてきた。

神奈山は顔をあげた。なかば正気を失ったその眼に、窓の外を見ようとして窓ぎわに立ちあがった真木と知恵子の姿がとびこんできた。

「あ」

「わ」

った。

「げ」

互いに顔を見かわして神奈山は踊りあがり、知恵子はふるえあがり、真木はのけぞった。

「しまった。喜ぶのが早すぎた」真木は知恵子の肩をつかみ、彼女のからだを楯《たて》にして身構えた。

「うぬ。もう妻もない。子もない。課長もない。何もない。おれは何もない」神奈山がほげえとわめき、刀を大上段に構えて突進してきた。

神奈山の振りおろした刀は窓のサッシュにあたって折れてしまった。それでも手もとにまだ一尺五寸ばかり残っている。これで突いてこようとする神奈山に、真木は泣き叫ぶ知恵子のぼってりしたからだをどんと押しあて、正面衝突した二人が床に転倒している間に机の上へとび乗った。

「貴様は殺すのだ」すぐさま立ちあがり、わめきながら突いてくる神奈山。

殺《や》られるか。逃げ切れるか。逃げ切れたらしめたもので、重役の椅子だ。殺られたら最後で、ただ死ぬだけだ。殺られてたまるか。殺られてたまるか。あたりにある帳簿や書類箱を手あたり次第に投げつける真木。さっき衝突した時に耳たぶを切り落され、痛い痛いと泣きわめきながらのたうちまわる知恵子。社屋の周囲に集結してくるパト・カーの警笛は今や嵐の如く、ぱあぴいぱぱあぴぴいぱぱあぴいぴいぱぱあぱぱあぴいぴい。

自作解説

徳間書店から七十八年に単行本、八十二年に文庫としてそれぞれ発行された本書が、久しぶりに定本として復刊されるのは誠に嬉しく有難いことである。タイトル・ストーリイの「バブリング創世記」は、その徳間書店の「問題小説」に掲載した。担当は故・菅原善雄で、特に何も言わないで載せてくれた。当時小生の書くものは、ほとんどの雑誌で無条件に載せてくれたし、当時は短篇小説の態をなしていないとされる筈《はず》のものでも、「問題小説」と「SFマガジン」は特に優遇してくれたように思う。内容はヘミングウェイの作品に「ナダにましますす我らがナダよ、ナダこそ御身の名にして」うんぬんと続くお祈りのパロディがあり、ナダは虚無《きょむ》という意味で、いわば「無意味」だから、いつかこの手を使って「聖書」の無意味なパロディをやってやれと思っていたのである。当時は山下洋輔トリオとのつきあいがあり、彼らはジャズのスキャットを日常的にギャグにしていた。これを作品に仕立てたのであるが、タイトルは

「スキャット」という言葉をわざと避けて「バブリング」にしている。「バブリング」は幼児の喃語《なんご》である。この作品でいちばん大受けしてくれたのは、やはり山下洋輔であった。井上ひさしも問題にしてくれたが、なぜかタイトルを「生む」だと思いこんでいたようだ。

「死にかた」も掲載は「問題小説」である。書いてすぐ、発表以前だったが、あるイベントで朗読した。他の作家の講演もあるので、中ほどを少し省略して読んだ。これは大受けだった。何度も大笑いがあり、特に最後の、「いや。やっぱり殺すのだ」では場内大爆笑だった。その人間ならどんな死にかたをするかというテーマでは、特に戦争ものでは「馬の首風雲録」などをはじめ、ずいぶんたくさん書いたように思う。

旧版「発明後のパターン」は「善猫メダル」「前世」などといった超短篇いくつかと共に「週刊小説」に載せた。主にワーナー・ブラザースの昔の俳優の名前をギャグにしているのだが、この頃すでにベラ・ルゴシやロン・チェイニイがどんな俳優なのか知らない人がいたり、そもそもそれが俳優の名前だということもわからない人がいたりしたので、現代の人気俳優の名前をギャグにした最新版「発明後のパターン」というものを書き、掌篇集「天狗の落し文」の一篇とした。しかしこれも早、二十年近く前のことで、旧版最新版をぶっ続けにやった何度かの朗読会では、最近になればなるほど笑いが乏《とぼ》しくなってきている。今でもいちばん受けるのは、やはり「ケビンコスな。それだけはやめてくれ」である。

「案内人」も「問題小説」掲載である。ローラン・トポールやテリー・サザーンやイヴリン・ウォーやボリス・ヴィアンなどのブラック・ユーモアが大好きだったので、ああいう雰囲気の小説をと思って書き、思い通りの作品になったと自負していたのだが、あまり高い評価は得られなかったように思う。最後の意外性も含め、少しレベルが高過ぎたかな、などと思っている。

「裏小倉」はご覧の通り「小倉百人一首」のパロディである。最初、「オール讀物」に載せた時は、オールの読者のインテリジェンスを信じて原典の和歌を載せなかった。その後も単行本、文庫、全集なども含め、ずっと原典を載せなかった。気に入ったパロディがいくつかあるのであちこちで紹介したのだが、きょとんとしている人が多かったので、今回初めてとなるが原典を併載したのである。最初の一行目が原典、二行目が裏、つまりパロディである。蟬丸の「これやこの」のパロディは野坂昭如に褒めてもらった。

「鍵」は今でも小生の最高のホラーとしてツイッターなどで取り沙汰されていることが多い。書いたのは「小説新潮」だった。その後「世にも奇妙な物語」でテレビドラマ化されている。鍵を手がかりに転転と訪ねる昔の家や会社や学校はすべて小生自身の昔の住まいや会社や高校をイメージしていて、思い出深い短篇だ。最後の、昔の女を訪ねるくだりの恐ろしさは、志ん生の「本所七不思議」から影響を受けている。

今回は何やら一工夫して「上下左右」を、アンソロジイ「SFマガジン700【国内篇】」を除いては文庫本としては初めて収録するという。この作品をどうして思いついたのかどうしても思い出せない。ジョルジュ・ペレックの「人生 使用法」かと思ったが、「上下左右」が「SFマガジン」に掲載されたのは七十七年の七月号、「人生 使用法」が翻訳されたのは九十二年である。念のため本国でいつ出版されたのか調べたら、なんと七十八年で「上下左右」の一年後。ペレックはあの長篇をホテルの断面図を見ていて思いついたと言っているが、これが恐らく小生と同じなのだろう。この作品は大きなケント紙五枚に枠《わく》を描き、別に印刷した科白《せりふ》を一部屋の大きさに切って貼付けたのだが、当時の「SFマガジン」の編集部員だった今岡清が神戸までやってきてこの貼付けを手伝ってくれたことを思い出す。彼はまだ編集長ではなかった筈だ。

「廃塾令」は「週刊小説」に掲載したシナリオ形式の作品。新たなギャグに乏しかったせいか評判はよくなかったが、演劇化されたりテレビドラマ化されたりしている。

「ヒノマル酒場」はそもそもが一幕物のつもりで「別冊 問題小説」に書いた作品で、

俳優の伊沢弘が自身の劇団「ビッグフェイス」で何度か上演しているほど評判がよく、最後の公演では小生も出演し、隠居の福太郎を演じている。

　最後の「三人娘」は、「Ｇｅｎ」という雑誌が創刊した時に書いてくれと言われて、中程より少し後の、「神奈山は耳を疑った。」までを書き、「未完」として渡している。なぜそんなことをしたかわからないのだが、恐らく締切に間に合わなかったのか、ほんとに結末に困ったのか、どちらかであろう。今回編集部の指摘で知ったのだが、雑誌掲載時には「作者よりのお詫び」として、こんなことを書いていたらしい。

「私としては滅多にないことですが、この作品に限り結末をつけることが不可能になりました。どう結末をつけてよいかわからなくなりましたので、不本意ながら未完のまま終らせていただきます。読者及び編集部諸氏にお詫び申しあげます」

　これが本当かどうか、今となってはわからない。というのも、そこまでの話としてはなかなか出来がいいし、この程度の尻切れとんぼならそれまでにいくらでも書いているからだ。とにかく編集長が、このままでは困ると言い出して、締切を少し延ばしてもらったか、*次号だったのか、続きを書いたのだったが、いちばん多忙な時期だったことだけは、こうしたうろ覚えのエピソードからも懐かしく思い出されるのである。

この作品は日本テレビで一時間ドラマとなって放送されたが、先日、文化放送の大竹まことと壇蜜のトーク番組に出た時、喫茶室で神奈山をやってくれたきたろうに会い、彼から「あんなドラマ、今ではもうできませんよ」と言われた。小生もそう思う。

二〇一九年八月

筒井康隆

＊編集部注　「三人娘」の続きは、次号（77年盛夏号）に掲載されました。冒頭に「（作者敬白）前号で未完のまま終ることを宣言しお詫び申しあげたものの、その後編集長より是非とも完成させよとのきついお達しがあり、やむなく完結篇の筆を執ることになりましたが、さて読者諸兄のご満足のいく結末と相なりますかどうか。もしや読者諸兄ご想像の結末に完成度アイディア迫力など大きく劣ります時は平にご勘弁を。」と書かれていました。

解　説——競技場の光景

井上ひさし

ぼくの周囲にはたくさんのすぐれた編集者や記者がいます。そのなかのひとり、「新潮」の編集者で、同時に御自身が自立した演劇評論家でもある岩波剛さんが、あるとき、ふと次のような名言を口になさった。

「ひいでた作家を、同時代の人間が正当に評価することは、じつにむずかしい。彼は、凡庸なくせに尊大に振舞っている作家たちと、同じ競技場の、同じ競争路を走っているのだが、ほとんどの見物人は、彼が凡庸尊大作家たちを、何周もリードしていることに気がつかない。一見して競り合っているように見えるので、力は伯仲……と思いがちだが、真実はそうでなく、凡庸尊大作家たちは彼の何千米か後をドタバタ走っているだけなのだ」

ある作家へ讃辞を呈するのに、別の作家群を持ち出し、世にいう「劣等比較」でものを云うのは、引き合いに出された作家群はもとより、讃辞を呈しようと思うその作家に対して失礼千万なはなしですが、ぼくは岩波剛さんの見方にすっかり感心してしまい、無断でここに引用させてもらいました。なにしろ、筒井康隆さんの現代日本文学における位置を説明するのに、これほど適切で的確な言い方はないと思いますので。

もう一度云い直しますと、ここは現代日本文学競技場です。数千人の走者たちがゴールの定かでない長距離レースをたたかっている。先頭集団には当然、お年寄りたちが多い。おたがいに先を譲り合ったりして、まことに美しい走りっぷりです。それに意外の健脚で、見物人はちょっとびっくりしたりもしています。あまり間をあけずに第二集団が走っている。そしてその次あたりを筒井さんが駆ける。そのフォームは奇抜です。ときおり片足跳になったり、うしろ向きになった、あるいは逆立ちし、舌をベロッと出してみたり、おもしろおかしく走っている。ときどき、先頭集団の偉大な走者たちのフォームをそっくり真似てぐんぐん飛ばし、その偉大な走者のすぐそばへやってきて、並んで走ったりしてみせます。

見物人たちは筒井さんの愉快な走り方に腹の皮をよじり、偉大な走者たちをからかう勇気に拍手を送ります。がしかし、もし筒井さんがじつは何周も先まわりした上で第三集団あたりを走っていると想像したらどうなるでしょう。彼の走り方は、ふざけているように見えるがそうではなく、本当は《小説や戯曲はこうあるべきだ》と得々として唱えながら、その実、何周もおくれている文学走者たちへの辛辣《しんらつ》な批評であることに気づき、見物人たちの拍手をする手は宙にとまり、その笑いは立ちどころに凍りつくことでしょう。これだから小説だの戯曲だのはおそろしい。

このように、外見はいっしょに走っているようでありながら、その実は何周も先まわりしている「天才」は数十ばかりおりますが、筒井さんはその代表的なものの一人です。これはぼくの個人的な感想ですが、こういう天才たちと走るときは、ただもう「拙を守って」こつこつと行くしかありません。こういう天才たちと同じ競走路を駈けるのは名誉なことだと思って、せっせと走るしかありません。

では、筒井さんの、あのすばらしい脚力はどうやって養われたのか。理由はたくさんありすぎて、その全部にふれるわけにはまいりませんので、とりあえず一つだけここに書きつけておきます。筒井さんは「型式」にたいして異常なほど敏感です。この「型式」を、類型《パタン》、定型、フォーマット、標準型、紋切り型、きまり、常識、道徳、様式、手本、模範、規範、法《のり》、鑑《かがみ》、亀鑑など、お好きな言葉と互換してくださってさしつかえない、とにかく「きまりごと」に敏感で、その「きまりごと」の構造、本質をすばやく、一瞬のうちに見抜く。小説は自由に書いていいのに、もう無数の作法が存在しています。たとえばぼくが、その小説作法を一所懸命に身につけようとしているのに、筒井さんは、その異能力を駆使して、もうすでに小説のきまりごとに鋭くメスを入れている。「彼は何周も先まわりしている」といったのは、そういう意味でした。

体制の正体などとうの昔に、筒井さんによって見抜かれ、さんざんコケにされています。かといって彼は反体制の旗手などではない。反体制の滑稽《こっけい》部分は、筒井さんの常食とするところ。それどころか彼は自分自身を、そして唯一の武器である「ことば」をも、からかいの対象としています。ことばぐらい一から十まで「きまり」で成り立っているものはありません。女性の×××は、○○○と呼ばれてもいいのに、×××と呼ぶことにきまっているから×××であるわけで、この一事をもってしてもことばが「きまりごと」の最たるものであることは疑う余地がありませんが、筒井さんはこの「ことばのきまり」をも解体しようとしている。作家にとってただ一つの道具をこわそうとしている。これはおそろしい軽業《かるわざ》で、つまり彼は軽業をしながら走ってもいるのです。それでいて何周も先行している。とにかくたいへんな作家です。そのたいへんさ加減を、ここに収められた九篇の傑作でお感じになってください。ぼくの好みをいえば、「鍵」こそ筒井文学の極北、小説のきまりごとをからかいながら、第一級の小説になっているところが見事ですし、フロイドをここまで嚙み砕いてみせた作者の知的暴力には、ただただおそれいるしかありません。

一九八二年一〇月

この作品は1982年11月小社から刊行された徳間文庫『バブリング創世記』に、「上下左右」(「SFマガジン」77年7月号)、最新版「発明後のパターン」(新潮文庫『天狗の落し文』04年8月)を加え、定本としたものです。

徳間文庫

定本《ていほん》 バブリング創世記《そうせいき》

2019年9月15日 初刷

著者 筒《つつ》井《い》康《やす》隆《たか》

発行者 平野健一

発行所 株式会社 徳間書店

東京都品川区上大崎三―一―一 目黒セントラルスクエア 〒141―8202

電話 編集〇三(五四〇三)四三四九 販売〇四九(二九三)五五二一

振替 〇〇一四〇―〇―四四三九二

印刷 製本 大日本印刷株式会社

ISBN978-4-19-894500-8 (乱丁、落丁本はおとりかえいたします)